HEXENEHRE

DIE HEXEN VON KEATING HOLLOW, BUCH 12

DEANNA CHASE

Übersetzt von
HELENA TAMIS

Die Hexen von Keating Hollow 12: Hexenehre

Originaltitel: Honor of the Witch © 2022 Deanna Chase

Copyright für die deutsche Übersetzung: Die Hexen von Keating Hollow 12: Hexenehre

© 2023 Helena Tamis

Lektorat: Nadine Manz

Lektorat Original: Angie Ramey

Cover Art: © Ravven

Deutsche Erstausgabe

ISBN Print 978-1-953422-64-4

Bayou Moon Press, LLC

www.deannachase.com

ÜBER DIESES BUCH

Es gibt einen Grund, weshalb Brinn Taylor Keating Hollow niemals verlassen wird. Es ist der einzige Ort, der ihr Frieden vor den Geistern bietet, die sie heimsuchen. Als Erwachsene hat Brinn alles, was sie je wollte. Na, fast alles. Der Einzige, den sie aufgeben musste, war Austin Steele, die Liebe ihres Lebens, der die Stadt verließ, um seinen Träumen zu folgen. Doch jetzt ist er zurück, und er bietet bei der ersten jährlichen Junggesellinnenversteigerung auf sie. Das Problem? Er ist nur kurzzeitig in der Stadt, und es steht gar nicht zur Debatte, ihm wieder näher zu kommen.

Als Austin Steele nach Keating Hollow fährt, will er sich sofort wieder mit Brinn Taylor in Verbindung setzen. Leider hat sie kein Interesse. Und das aus gutem Grund. Sobald er das Testament seiner Großmutter geregelt hat, wird er die Stadt wieder verlassen, zurück zu dem Leben, das er sich aufgebaut hat. Doch als es rund um sein Erbe ein Rätsel zu lösen gibt, kann ihm nur ein Mensch helfen – Brinn Taylor. Nun ist er bereit, alles zu tun, um sie sich wieder gewogen zu machen … selbst wenn es dazu führt, dass er ein Vermögen auf einer Wohltätigkeitsversteigerung für sie bezahlen muss.

KAPITEL 1

$\mathcal{B}$rinn Taylor ging zum Tresen von *Verhext und zugenäht*, Keating Hollows neuestem Wollladen, und starrte ungläubig den Stapel Wollknäuel ihrer Cousine an.

„Die kaufst du alle heute?"

„Aber natürlich", sagte Wanda und grinste sie an. „Wenn es etwas ist, das zu machen sich lohnt, dann lohnt es sich auch, es zu übertreiben. Oder, Blake?"

Blake, Wandas Halbschwester, schob sich die langen dunklen Haare über die Schulter und verdrehte die Augen in Wandas Richtung. „Dein Bastelzimmer quillt bereits über vor Projekten. Du musst Cam noch einen Frauenschuppen bauen lassen, wenn du so weitermachst."

Wanda schniefte und zog die Schultern zurück. „Es ist kein Bastelzimmer. Es ist ein Atelier, und es hat genug Platz, wenn ich nur ein paar weitere Rollcontainer kaufe."

Brinn lachte und schüttelte den Kopf. Die beiden Frauen hätten nicht unterschiedlicher sein können. Wanda hatte feuerrotes Haar und die dazu passende Persönlichkeit. Blake hatte dunkle Haare und dunkle Augen und war sehr viel stiller als ihre überlebensgroße Schwester. Blake war nicht unbedingt schüchtern, sie brauchte nur einfach länger, um sich jenen um sie herum zu öffnen.

„Ist das alles, was du kaufst?", fragte Wanda Brinn und hob eine Augenbraue.

„Ich brauche nur ein Knäuel für den Anfang", bestätigte Brinn. Sie wandte sich der älteren Frau zu, die neben ihr stand. „Stimmt das nicht, Ms. Betty?"

„Ganz genau, meine Liebe", erwiderte Ms. Betty, ihre weißen Haare hüpften, während sie begeistert nickte. „Häkeln ist genauso wie die Suche nach der Liebe. Für den Anfang ist einer schon gut, aber sobald man etwas Erfahrung hat, wird man sie alle ausprobieren wollen." Sie zwinkerte Brinn übertrieben zu. „Und so habe ich herausgefunden, dass ich bei der Wolle das Gleiche bevorzuge wie bei Männern – extra-groß."

Brinn kicherte laut. „Und wo finden Sie diese extra-großen Männer?"

„Im Fitnessstudio drüben bei *Enchanted Dreams*", sagte sie mit einem Schulterzucken, wobei sie sich auf die Seniorensiedlung im Außenbezirk von Keating Hollow bezog. „Die haben sonst nichts zu tun, außer Gewichte zu stemmen und sich zur Happy Hour zu treffen."

„Sie sagen, die Männer drüben in Ihrer Seniorensiedlung haben alle Sixpacks?", fragte Brinn, äußerst erheitert von der älteren Frau.

„Eher schon Sixpacks aus leeren Bierdosen", sagte Betty mit einem Schnauben. „Obwohl Xavier Unterarme hat wie ein Fünfzigjähriger." Sie machte die Hand zu einer Klaue und fuhr fort: „Raaarh. Dieser Mann versetzt mich in Aufregung, wenn er einfach nur seine Ärmel hochkrempelt."

Brinn lächelte sie an. „Wenn ich erwachsen werde, möchte ich so sein wie Sie."

„Ach, meine Liebe. Warten Sie bloß keine vierzig Jahre, bis Sie anfangen", sagte Ms. Betty, die Brinn den Arm tätschelte. „Ziehen Sie los und suchen Sie sich einen Mann … oder eine Frau", fügte sie mit einem Zwinkern hinzu, „mit Unterarmen, die ihren Motor schnurren lassen, und greifen Sie zu, meine Liebe."

„Wenn ich das nur könnte." Brinn stieß ein Seufzen aus. „Ich finde scheinbar immer die attraktiv, die es gar nicht erwarten können, Keating Hollow zu verlassen."

„Sie gehen doch nicht alle weg, Brinn", sagte Wanda, die ihrer Cousine einen schiefen Blick zuwarf. „Das weißt du doch."

Brinn zuckte mit den Schultern. Es stimmte schon. Eine Menge guter Männer blieben. Aber der Einzige, den Brinn je geliebt hatte, war gegangen und hatte in den letzten fünf Jahren keinen einzigen Blick zurückgeworfen. Er war verschwunden, hatte nur einen Brief hinterlassen. Keine neue Adresse. Keine Telefonnummer. Keine Anrufe. Und daran war ihr Herz zerbrochen. Danach hatte es sich wie Pflichterfüllung angefüllt, auf Dates zu gehen. „Wenn ich mich nur in einen von ihnen verliebt hätte."

„Brinn", sagte Ms. Betty. „Sie müssen sich doch nicht in einen Typen verlieben, um Freude an seinen Unterarmen zu haben." Sie wackelte mit den Augenbrauen, ein schelmisches Glitzern stand in ihren Augen. „Was glauben Sie denn, wie ich mich so jung halte? Das ist nicht alles nur diese kalte Creme, die die Schönheitsindustrie uns *reifen* Frauen aufdrängen will."

Mit einem Kichern bezahlte Brinn ihre Wolle und sagte: „Was immer Sie machen, für Sie funktioniert's."

„Sie sollten das auch für sich nutzen", beharrte Ms. Betty. „Das wird Wunder für Ihren Teint wirken."

Wanda warf den Kopf in den Nacken und kicherte, während sie beobachtete, wie die ältere Frau durch den Laden in das Unterrichtszimmer hinüberging, wo sie sich alle in ein paar Minuten versammeln würden. „Du solltest auf sie hören, Brinn. Es ist viel zu lange her, dass du mal auf einem Date warst, und sogar noch länger, seit du … von irgendwelchen Unterarmen deinen Motor zum Schnurren hast bringen lassen."

„Hör auf", beharrte Brinn, die abwehrend mit der Hand wedelte. „Ich brauche keine Erinnerung an mein armseliges Liebesleben."

„O nein. Das tut mir leid", sagte Wanda, die sie mitfühlend anschaute. „Du weißt, dass ich das so nicht gemeint habe, oder?"

„Klar", sagte Brinn, die sich zum Lächeln zwang. Tatsächlich wusste sie sogar, dass ihre Cousine ihr kein schlechtes Gefühl geben wollte. Sie wollte nur, dass Brinn etwas Spaß hatte.

„Ich glaube nicht, dass du das tust", sagte Wanda, die plötzlich engagiert klang. Sie nahm Brinns Hände in ihre beiden und drückte sie, während sie ihr in die Augen schaute. „Niemand glaubt, dass du einen Mann brauchst, um vollständig zu sein. Niemand, und ganz besonders ich nicht." Sie stieß ein lautes Lachen aus. „Weißt du noch, wie ich gesagt habe, dass ich viel zu eigen bin, um mit einem Mann zusammenzuleben?"

Brinn konnte nicht anders. Sie lächelte und nickte. „Ja. Niemand war überraschter als ich, als du was mit Cameron angefangen hast."

„Bis auf mich." Wanda grinste. „Die Sache ist die. Ich war

glücklich, bevor er dazukam. Und falls er das nicht getan hätte, wäre ich trotzdem noch genau derselbe glückliche Mensch. Aber es ist doch etwas Besonderes, mein Leben mit ihm zu teilen. Ich sage hier nur, dass ich nicht möchte, dass du dich den Möglichkeiten verschließt. Ich will, dass du Spaß hast und das Leben genießt. Du bist jung; genieß es. Versuch es nicht so ernst zu nehmen."

Damit meinte sie Dates. Brinn verstand, was ihre Cousine sagen wollte. Seit Austin Brinn das Herz gebrochen hatte, hatte sie den Dates und den Männern insgesamt so ziemlich abgeschworen. Die Vorstellung, noch einmal jemanden zu verlieren, den sie liebte ... das war zu viel. Aber ein Date musste ja nicht unbedingt zu was Ernstem führen, oder? Sie kannte viele Frauen in ihrem Alter, die ganz locker mit Männern ausgingen. Weshalb konnte sie das nicht auch?

Brinn nickte langsam. „Ja, ich glaube, du hast recht. Vielleicht sollte ich mich mal wieder auf dem Markt blicken lassen."

„Ich werde dir helfen, ein Profil in einer Dating-App zu erstellen", sagte Blake, die bereits ihr Handy herausholte.

Wanda wandte sich mit neugieriger Miene an ihre Schwester. „Was weißt du denn von Dating-Apps? Hast du da etwa ein Profil?"

„Und was, wenn?" Blake hob fragend die Augenbraue. „Ist das ein Problem?"

„Nein, ich wollte nur ..." Wanda stieß ein frustriertes Schnauben aus. „Ich weiß, dass du kein Kind mehr bist, aber wenn du dich mit Fremden aus dem Internet triffst, sollten wir echt ein paar Sicherheitsvorkehrungen treffen, damit dir nichts passiert."

Blake grinste. „Und die wären? Dass du mich alle zehn Minuten während des Dates mit einem Notfall anrufst? Oder hast du es dir praktischer vorgestellt, wie etwa, im selben Restaurant zu essen, damit du uns folgen kannst, wenn wir gehen? Ich könnte dich auch einfach als Chauffeurin einstellen. Dann hätten wir immer eine Anstandsdame, genauso wie in den guten alten Zeiten."

„Okay, Klugscheißerin", sagte Wanda, die Hände in die Hüften gestemmt. „Ernsthaft? Hast du dich mit fremden Männern aus dem Internet getroffen?"

Blake verdrehte die Augen. „Nein, Mom. Aber ich habe es in Betracht gezogen. Ist ja nicht so, als gäbe es in Keating Hollow einen Überschuss an Jungs in meinem Alter."

„Es gibt doch Cam", erklärte Wanda, die sich auf Camerons Sohn bezog.

„Cam und ich sind … Freunde", sagte Blake, die woanders hinschaute, damit sie ihrer Schwester nicht in die Augen sehen musste.

„Ich verstehe." Wanda ließ den Arm durch den von Blake gleiten und setzte sich zu ihr hinüber zu den Sofas in Bewegung. „Versprich mir nur, dass du mich wissen lässt, wenn du dich mit jemandem aus einer App zu einer heißen Affäre triffst oder auf irgendeine Art Blind Date gehst."

„Wirst du mir in deinem Golfmobil folgen?", überlegte Blake.

„Vermutlich." Wanda wandte ihre Aufmerksamkeit Brinn zu, während die drei gegenüber von Ms. Betty Platz nahmen. Miss Maple setzte sich neben sie. Sie war die Besitzerin des Ladens *Ein Löffelchen Magie*, der sich ein paar Türen weiter befand. Ihre Häkelnadel verarbeitete bereits rasch ein Knäuel Wolle. „Ich werde auch Brinn folgen. Niemand geht ohne einen Verstärkungsplan auf ein Date mit einem Fremden aus dem Internet. Verstanden?"

„Wer hat denn gesagt, dass ich auf ein Date mit einem

Fremden aus dem Internet gehe?", fragte Brinn. Solche Apps interessierten sie überhaupt nicht. Sie war eher der Typ, der sich mit dem jemandem persönlich treffen und dann entscheiden wollte, ob die Chemie stimmte. Darum war sie vermutlich auch seit Ewigkeiten nicht mehr auf einem Date gewesen. Außer im Buchladen, wo sollte sie denn sonst jemanden treffen?

„Ach, meine Liebe. Haben Sie es schon mal mit *Winker* probiert?", fragte Ms. Betty.

„*Winker?*", Brinn runzelte die Stirn. „Was ist denn das?"

„Sie wissen schon, diese Dating-App, wo man den heißen Typen zuzwinkert, und wenn sie zurückzwinkern, hat man ein Match." Ms. Betty holte ihr Handy heraus und zeigte ihr Profil vor. „Oh, verdammt noch mal. Schaut euch den an." Sie drehte das Handy und zeigte einen hochgewachsenen, tiefgebräunten Mann mit weißem Haar. „Ist der nicht einfach lecker?"

„Mit den ganzen Haaren, die ihm aus den Ohren wachsen?", fragte Blake. „Ich glaube, der könnte erst mal einen Tag im Spa vertragen."

„Pfft!" Ms. Betty schüttelte den Kopf. „Den kann man erziehen. Männer tun doch so gut wie alles, wenn sie hiervon mal kosten dürfen." Sie wedelte mit der Hand, deutete auf ihren Körper und zeigte die Zähne wie die Grinsekatze. „Ein Wort von mir, und er zückt diesen Ohrhaartrimmer schneller, als ihr *haariges Monster* sagen könnt."

„Okay. Na ja, trotzdem ..." Brinn starrte auf ihr Wollknäuel hinab und fragte sich, wann der Unterricht anfangen würde.

„Wir sollten Brinn für die Junggesellinnenversteigerung einschreiben", sagte Miss Maple.

„Das ist eine wunderbare Idee", stimmte Wanda mit begeistertem Unterton zu. „Ich kann nicht glauben, dass mir das nicht eingefallen ist. Da gibt es kaum Druck, eine ganze

Reihe von uns wird dort sein, und man treibt auch noch Geld für das Stadtkünstler-Programm ein, dass der Stadtrat auf die Beine stellt."

„Du machst bei der Junggesellinnenauktion mit?", fragte Brinn ihre Cousine. „Wie findet denn Cameron das?"

Wanda wedelte abwehrend mit der Hand. „Das ist doch nur zum Spaß und für die Wohltätigkeit. Es ist ja nicht so, als würde ich tatsächlich mit dem Gewinner zusammenkommen. Es ist nur ein Nachmittag meiner Zeit. Kein großes Ding. Du andererseits, du könntest da durchaus den Mann deiner Träume finden."

„Ich glaube nicht ...", setzte Brinn an, ihr gefiel gar nicht, worauf das das hinauslief. Der Gedanke, sich für ein Date zu versteigern, wirkte ziemlich verzweifelt.

„Ach, komm schon, Brinn. Blake macht es auch", sagte Wanda.

„Echt?", fragte Blake, die überrascht wirkte.

„Ja." Wanda schaute sie betont an. „Ich habe dich doch letzte Woche gefragt. Weißt du noch? Als ich gefragt habe, ob du deine Date-Butterkekse backen kannst?"

„Genau", sagte Blake mit einem Nicken. „Jetzt kommt es mir wieder. Du hast gesagt, du würdest mir dein Golfmobil leihen, wenn ich mitmache, und dann hast du gesagt, dass ich doppelt so viele Kekse backen soll, damit du welche abkriegst. Ich bin mir ziemlich sicher, ich habe nur gesagt, dass ich mal drüber nachdenke."

Wanda kicherte. „Das klingt ungefähr richtig. Aber ich habe dich bereits angemeldet. Du willst doch nicht Miss Maple enttäuschen, oder?"

Blake hob skeptisch eine Augenbraue, dann warf sie einen Blick auf Miss Maple. „Wären Sie echt enttäuscht?"

Die Besitzerin von *Ein Löffelchen Magie* schüttelte den Kopf.

„Nein, meine Liebe. Aber wir würden es durchaus zu schätzen wissen, wenn du uns aushilfst. Es gibt einfach nicht mehr so viele Singlemädchen in Keating Hollow, und keine ist so jung und hübsch wie du."

„Wie soll ich denn dazu Nein sagen?", fragte Blake Brinn, eindeutig auf der Suche nach Hilfe.

„Ich habe keine Ahnung", sagte Brinn, die nicht verhindern konnte, dass sie kicherte. „Diesen Damen kann man einfach nichts versagen."

„Hervorragend", sagte Miss Maple, die sich die Hände rieb. „Dann seid ihr beide dabei?"

Blake legte den Kopf zurück und lachte. Als sie sich wieder im Griff hatte, grinste sie Brinn an. „Du hattest deine Chance, da rauszukommen, und du hast es vermasselt."

„Da hast du recht. So war es." Brinn wandte sich an Miss Maple und sagte: „Ich hoffe, Sie finden ein paar süße Typen, die auf uns bieten, denn ich will mich nicht mit Ohrenhaaren herumschlagen."

„Keine Sorgen, meine Damen. Da haben wir vorgesorgt", versicherte Ms. Betty.

Brinn hatte so ihre Zweifel, aber es gab wirklich keine Möglichkeit, da elegant herauszukommen. Zumindest würde Blake da sein. Das konnte nicht so schlimm werden, oder? „Auf was für ein Date lassen wir uns denn da ein? Ein Picknick oder so was?"

„Alles, was ihr wollt. Die einzige Vorgabe ist, dass es gleich nach der Auktion losgeht", erklärte Miss Maple. „Ihr müsst euch auf nichts einlassen, es sind nur ein paar Stunden eurer Zeit."

Brinn runzelte die Stirn. „Normalerweise würde ich auf ein Date an die Küste oder auf eine Wanderung in den Wäldern gehen, aber wenn man bedenkt, dass es den ganzen Monat nur

DEANNA CHASE

so um die fünf Grad hatte, werde ich mir womöglich etwas anderes einfallen lassen müssen."

„Sie sollten einfach Netflix und Chillen vorschlagen", sagte Ms. Betty.

„Ms. Betty!" Brinn stieß ein hustendes Lachen aus. „Wissen Sie denn überhaupt, was das heißt?"

„Aber natürlich." Die ältere Frau verzog das Gesicht und deutete an, dass sie beleidigt war. „Ich bin doch hip."

Wanda kicherte. „Ich mir nicht sicher, ob das das Wort ist, das die Kids heutzutage sagen, wenn man am Puls der Zeit ist."

Ms. Betty schnappte sich ihre Häkelnadel und begann ihre erste Kette. „Dann habe ich halt den Slang nicht so ganz drauf, aber ich weiß, wenn man einen heißen Typen zu Netflix und Chillen einlädt, dann gibt's da eigentlich keine großen Fragen mehr. Beide wissen, was erwartet wird. Und wenn er was taugt und man ihn mag, kann man ihn zu einem richtigen Date einladen."

„Also macht man als erstes im Grunde mal eine Testfahrt?", fragte Brinn.

„Natürlich. In meinem Alter habe ich wirklich keine Zeit mehr zu verschwenden." Sie zwinkerte ihnen zu.

Alle lachten, und dann wurden sie ernst, als Zya erschien und mit den Fingern schnippte, damit magische Anleitungsblätter aus dem Nichts erschienen. Die hochgewachsene Brünette mit dem langen, welligen Haar hielt eine Häkelnadel hoch und deutete auf ihre Wolle. Das Ende legte sich um ihre Nadel, während sie fragte: „Sind wir bereit, loszulegen?"

Brinn nickte mit dem Rest der Gruppe und stellte fest, dass sie von der beruhigenden Stimme der Frau fasziniert war. Zya war eine neue Hexe in der Stadt. Nett, rätselhaft und sehr schön. Niemand wusste wirklich viel über sie, außer dass sie aus Salem stammte und für einen Neuanfang nach Keating Hollow gezogen war. Brinn schätzte, die meisten Frauen, die hier beim Unterricht aufgetaucht waren, hatten sich angemeldet, weil sie etwas über Zya in Erfahrung bringen wollten, und nicht, um neue Häkeltricks zu lernen. Aber das würde warten müssen, denn Zya fing an, die verschiedenen Stiche zu erklären, die sie ihnen beibringen wollte, und es war klar, dass nicht viel Zeit für Geschwätz bleiben würde.

Das würde später kommen müssen. Brinn machte rasch eine Schlinge und beschäftigte sich damit, ihre erste Reihe zu häkeln, damit sie Zyas Anweisungen folgen konnte.

KAPITEL 2

„Ich hab's", sagte Austin, der die Tür zu *Verhext und zugenäht* aufzog.

„Danke dir, Austin." Caroline Carmichael lächelte ihn dankbar an. „Du bist so ein Gentleman, dass du mich hierher begleitest. Ich verspreche, ich brauche nicht zu lange."

Er lächelte seine Nachbarin an. „Nehmen Sie sich, so lange Sie brauchen. Ich habe es nicht eilig." Austin hatte die beste Freundin seiner verstorbenen Großmutter gerade zum Mittagessen ausgeführt, und als sie erwähnt hatte, dass sie noch Wolle für ihr neuestes Projekt brauchte, hatte er ihr angeboten, dort vorbeizufahren, damit sie sich den neuen Laden ansehen konnte.

„Du warst schon immer ein süßer Junge", sagte Caroline, die ihn am Arm nahm.

„Streicheln Sie mein Ego bloß nicht zu sehr, Caroline. Sie möchten doch nicht, dass es mir zu Kopf steigt, oder?"

„Falls das so ist, bekommst du es mit meinem Holzkochlöffel zu tun. Hast du verstanden?", sagte sie und deutete mit einem langen, knochigen Finger auf ihn.

Er lachte nur. Die Drohung mit dem Holzkochlöffel war schon alt. In all den Jahren hatte sie ihre Versprechungen niemals wahr gemacht.

„Caroline!", rief Ms. Betty durch den Raum. „Sieht so aus, als hättest du dir einen heißen Typen geangelt. Bring doch mal dieses leckere Stück Frischfleisch rüber, damit wir ein Auge auf ... ich meine, damit wir Hallo sagen können."

Austin schüttelte den Kopf, während er seiner Nachbarin hinüber zu einer Versammlung von Frauen mit Häkelnadeln folgte. Sein Blick landete auf Brinn, während die umwerfende Blonde leicht keuchte und dann wegschaute, ihre Wangen heftig gerötet.

„Ms. Betty, ich glaube, wenn man jemanden heutzutage ein Stück Frischfleisch nennt, wird das nicht mehr so wohlwollend aufgenommen", erklärte Wanda, nicht unfreundlich.

„Stimmt. Ich bin woke. Ich vergesse es nur manchmal." Ms. Betty stand auf und streckte Austin die Hand hin. „Hallo auch. Da ich Sie hier in der Gegend bisher noch nicht gesehen habe, nehme ich an, Sie sind neu in der Stadt."

„Relativ neu", sagte Austin, erheitert von der älteren Frau. Er hatte von Ms. Betty gehört. Caroline hatte sie als kunterbunte, spaßsüchtige Persönlichkeit beschrieben, und trotz ihres Kommentars mit dem Frischfleisch fand Austin sie entzückend. Während er ihr die Hand schüttelte, fügte er an: „Ich bin Austin Steele. Caroline und meine Großmutter Peggy waren beste Freundinnen, bevor sie starb."

„Austin?" Ms. Betty zog ihn an sich und umarmte ihn so fest, dass er ein *umpf* ausstieß. „Ich habe so viel von Ihnen gehört. Mein Beileid. Peggy war eine wunderbare Frau."

Austin löste sich sanft und lächelte die Frau schwach an. „Vielen Dank. Sie fehlt auf jeden Fall sehr."

Caroline schob ihren Arm durch seinen und zog ihn von Ms. Betty weg. „Na, die Damen, es war schön, euch heute zu treffen. Ich beeile mich lieber und hole mir ein paar Sachen, damit ich Austin nicht zu lange hier aufhalte. Er war so nett, hier kurz anzuhalten, und ich will nicht, dass er diese Entscheidung bedauert."

„Das passiert auf gar keinen Fall", beteuerte Austin, während er Brinn in die Augen schaute.

„Oh … Ich sehe schon, was los ist", flüsterte Ms. Betty Miss Maple zu.

Die beiden Frauen plauderten leise miteinander, während Austin sie ausblendete. Ms. Betty hatte nicht unrecht. Ihre offensichtliche Annahme, dass er Interesse an Brinn hatte, traf genau ins Schwarze. Sie hatte einmal ihm gehört, und er war so dumm gewesen, sie damals gehen zu lassen. Wenn sie ihm nur eine halbe Chance gab, würde er diesen Fehler niemals wieder machen. Er nickte ihr zu und fragte: „Brinn, würde es dir was ausmachen, wenn ich mal kurz mit dir spreche?"

Brinn räusperte sich. „Ich bin mitten im Unterricht, Austin", sagte sie und hielt ihr Häkelprojekt hoch. Sie hatte erst vier Reihen gehäkelt, und was immer sie da plante, hatte noch nicht wirklich Gestalt angenommen.

„Ich bringe dich dann auf den neuesten Stand", warf Wanda hilfreich ein, während sie Brinn in die Seite stieß.

Brinn warf ihr einen verärgerten Blick zu, ehe sie aufstand und herüber zu Austin kam. Sie ging an ihm vorbei, direkt hinaus in den kühlen Januarnachmittag. Sobald Austin auf sie aufgeholt hatte, stemmte sie die Hände in die Hüfte und fragte: „Wusstest du, dass ich hier sein würde?"

Austin runzelte die Stirn, während er den Kopf schüttelte. „Wie hätte ich das denn wissen sollen?"

Sie stieß ein übertriebenes Schnauben aus. „Keine Ahnung.

Es ist nur so, von allen Orten, an denen ich dir begegnen könnte, hätte ich niemals gedacht, dass es ausgerechnet bei *Verhext und zugenäht* sein könnte."

Er stieß ein leises Lachen aus. „Da muss ich dir zustimmen. Das war ein ungeplanter Halt. Glaubst du wirklich, dass ich mich dazu herablassen würde, dich zu verfolgen, nur um mit dir zu reden?"

Ihre Wangen wurden wieder rot, und sie schüttelte verlegen den Kopf. „Nein. Ich schätze nicht." Dann wurde ihre Miene berechnend. „Ich war mir ziemlich sicher, ich hätte klargemacht, dass wir eigentlich nichts mehr zueinander zu sagen zu haben. Was willst du denn von mir, Austin?"

„Ich ..." Verdammt. Er wusste, was er wollte. Aber er konnte ihr nicht erzählen, dass alles, was er wollte, *sie* war. Nicht jetzt. Noch nicht. Es gab zu viel Vorgeschichte. Vieles war für sie beide Schnee von gestern. Er fuhr sich mit den Händen durch die Haare und stieß angehaltene Luft aus. „Ich will mich entschuldigen für die Art, wie ich damals weggegangen bin."

Ihre Miene wurde weicher, als hätte sie seine Entschuldigung nicht erwartet. „Okay. Das weiß ich zu schätzen."

Austin konnte immer noch die Nachricht hören, die sie auf seiner Mailbox hinterlassen hatte, als sie seinen Zettel gefunden hatte. Den Zettel, auf dem nichts weiter gestanden hatte als: *es tut mir leid.* Er hatte seine Gründe gehabt, aber er hatte sie nicht aufgeklärt. Er hatte einfach nur seine sieben Sachen gepackt und war gegangen. Wie hätte er ihr sagen können, dass er, wenn er lange genug innegehalten hätte, um ihr von seinen Plänen zu berichten, niemals weggegangen wäre? Das hätte ihn zerstört.

Es war nicht fair von ihm gewesen, und er wusste, dass es

nicht fair war, sie jetzt um Verzeihung zu bitten, aber er hatte keine Wahl. An diesem Tag hatte er sein Herz in Keating Hollow gelassen, und er hatte es niemals zurückbekommen.

„Was ich getan habe …", setzte Austin an.

Brinn hob rasch eine Hand, hielt ihn auf. „Das musst du nicht machen, Austin. Es ist schon lange her. Vielleicht sollten wir die Vergangenheit einfach da lassen, wo sie hingehört."

Sein Herz wurde schwer. So hatte er sich nicht vorgestellt, dass diese Unterhaltung lief. Aber ernsthaft, es hätte ihn nicht überraschen sollen. Die letzten paar Male, als er versucht hatte, mit ihr zu reden, hatte sie ihm eindeutig klargemacht, dass sie kein Interesse an dem hatte, was er zu sagen hatte. Die Tatsache, dass sie vor ihm stand, ohne wegzulaufen, war mehr oder weniger ein Wunder. „Kann ich dich zumindest zum Mittagessen ausführen … als alte Freunde?"

Sie lächelte ihn traurig an. „Wir waren niemals Freunde, Austin. Das wissen wir doch beide."

„Stimmt." Ihre Affäre war von Anfang an heftig gewesen. „Aber es ist inzwischen eine einige Jahre her. Und da ich zurück in Keating Hollow bin, wäre es nett, wenn wir keine Feinde sind."

„Wir sind keine Feinde", sagte Brinn leise. Sie griff nach vorne und drückte ihm die Hand, erweckte in ihm die Sehnsucht, sie in seine Arme zu ziehen. Aber sobald der Gedanke vor seinem Inneren aufblitzte, ließ sie ihn los und fügte an: „Ich glaube nur, dass wir zu viel Vorgeschichte haben, um irgendeine Beziehung aufzubauen, die mehr ist als eine lockere Bekanntschaft. Es war echt nett, dich zu treffen, Austin. Aber ich sollte vermutlich zurück nach drinnen."

Austin sah, wie sie wieder im Laden verschwand, und fühlte sich niedergeschlagen. Sie hatte sich völlig klar ausgedrückt. Er würde sie sich in nächster Zeit nicht wieder gewogen machen, aber zumindest hatten sie Fortschritte erzielt und sie war nicht wieder weggestürmt.

Das war ehrlich gesagt mehr, als er sich hätte wünschen können, und er würde damit zufrieden sein müssen, zumindest vorerst.

Austin holte tief Luft und folgte ihr wieder zurück in den Laden, um auf Caroline zu warten. Er ging zum Tresen, wo Caroline gerade bezahlte, wurde aber von einer kleinen, älteren Frau mit leuchtend rotem Lippenstift und einer tief ausgeschnittenen Bluse entführt.

„Hallo auch, Hübscher", sagte sie, nahm ihn am Arm und klimperte mit den Wimpern.

Obwohl er sie nicht gleich einordnen hatte können, half ihr koketter Unterton seinem Gedächtnis auf die Sprünge. „Was kann ich für Sie tun, Ms. Betty?"

Sie nahm sich einen Augenblick, um ihn von oben bis unten zu mustern, während ein gerissenes Lächeln auf ihre Lippen trat. „Ach, mein Lieber, was könnten Sie denn nicht für mich tun?"

„Betty", warnte Caroline von ihrem Platz neben der Kasse aus. „Benimm dich."

Ms. Betty lachte, dann zwinkerte sie Austin zu, während sie die Stimme senkte. „Caroline muss mal locker werden. Rufen Sie mich an, wenn Sie Lust auf echten Spaß haben, verstanden?"

Austin lachte leise und schüttelte den Kopf über die unnachahmliche Frau. „Wie wäre es, wenn Sie nächstes Mal mit uns Mittagessen gehen, wenn ich Caroline ausführe?"

„Echt?", fragte sie, ihre Augen blitzten vor Freude. „Das wäre wunderbar. Ich glaube, darauf werde ich zurückkommen. In der Zwischenzeit hoffe ich, Sie dieses Wochenende bei der

Junggesellinnenversteigerung zu sehen. Es ist für den guten Zweck."

Austin blinzelte sie an. „Junggesellinnenversteigerung?"

„Ja. Man bietet auf eine unserer wunderbaren Junggesellinnen, und wer eine gewinnt, geht gleich nach dem Event mit ihr auf ein Date. Das Geld wird für das neue Stadtkünstler-Programm von Keating Hollow eingesetzt." Sie grinste ihn frech an. „Brinn wird auch eine unserer Junggesellinnen."

„Brinn Taylor?" Hatte Austin die Frau richtig verstanden? Dass sie sich in einer Auktion anbot, schien Brinns Charakter völlig zu widersprechen. Er schaute hinüber auf die Sofas und erwischte Brinn, wie sie ihn anstarrte. Rasch wandte sie ihre Aufmerksamkeit wieder ihrem Projekt zu. Dann sah er Wanda Danvers, die ihn angrinste, und er wusste, dass sie wohl ihre Cousine dazu gebracht hatte, an der Auktion teilzunehmen. Und wenn die anderen Frauen sich in die Unterhaltung eingemischt hatten, hatte Brinn wohl ja gesagt, weil sie niemanden enttäuschen wollte.

„Also sind Sie dann da, mit einem dicken Stapel Scheine?", fragte Ms. Betty betont.

Wäre er das? Austin war nicht sicher, ob Brinn wollen würde, dass er auf sie bot. Aber er kannte sie auch gut genug und war sich genauso sicher, dass sie den Tag nicht mit einem Fremden würde verbringen wollen. Trotzdem wollte er sie nicht auf den Gedanken bringen, dass er sie nicht gehört hatte und ihre Wünsche nicht respektierte, sich nicht mit ihm zu treffen. Auf sie zu bieten, wäre nicht gerade das, was ein Gentleman machen würde.

„Austin?", drängte Ms. Betty. „Es gibt natürlich auch andere Frauen, die da angeboten werden. Ich zum Beispiel." Sie tätschelte sich die weißen Haare und drehte sich, als würde sie für die Kameras posieren.

Er konnte nicht anders. Austin stieß ein lautes Lachen aus und sagte: „Bei einer solchen Einladung, wie könnte ich da Nein sagen?"

„So ist es gut." Sie tätschelte ihm die Brust und beugte sich vor, um ihm einen Kuss auf die Wange zu geben.

„Betty? Belästigst du wieder meinen Nachbarn?", fragte Caroline, die neben ihnen Stellung bezog.

„Natürlich nicht." Sie gab Caroline ebenfalls einen Kuss aber auf die Wange und winkte ihr dann zum Abschied zu, während sie schnell wieder hinüber zu den Sofas ging.

Caroline schaute ihn an. „Sie hat dich doch nicht betatscht oder so was?"

„Diesmal nicht", erwiderte er ganz ernst und grinste dann. „Sie hat mich allerdings eingeladen, sie bei der Junggesellinnenauktion zu ersteigern."

Caroline hob eine Augenbraue. „Machst du das?"

„Ich sehe nichts, was dagegen spricht." Er zwinkerte ihr zu. „Es ist für den guten Zweck, und es sieht mir nach Spaß aus."

„Du bist unmöglich. Ihr beide", sagte sie und schüttelte den Kopf. „Na, wenn du auf sie bietest, dann biete hoch. Ansonsten werden wir das ewig zu hören bekommen. Biete hoch und biete oft, okay?"

Austin klopfte auf seine Hosentasche, wo er seine Geldbörse hatte, und nickte. „Verstanden."

„Da möchte ich wetten", sagte Caroline, während sie durch die Tür ging, Austin direkt hinter ihr.

KAPITEL 3

„D as war eine schlechte Idee", sagte Brinn, die hinaus auf die kleine Versammlung größtenteils älterer Männer schaute, die vor der behelfsmäßigen Bühne saßen.

„Ach, komm schon. So schlimm ist es nicht", sagte Blake, während sie ihren roten Lippenstift auftrug.

„Für dich sagt sich das so leicht." Brinn schaute hinüber zu Cam Berry, einem der wenigen Typen unter sechzig, der in der hinteren Reihe saß und ein Schild mit der Nummer achtundzwanzig darauf hielt. „Du kannst dich damit trösten, dass du weißt, jemand, der dich mag, wird auf dich bieten."

Blakes Augen glitzerten. „Das ist nett von ihm, oder?"

„Nett?" Brinn schnaubte. „Der Junge ist doch halb in dich verliebt. Ich bin sicher, er ist begeistert von dem Ganzen."

„Nein, ist er nicht", sagte sie, klang überhaupt nicht überzeugend. „Wir sind nur … gute Freunde."

„Wenn du das sagst", erwiderte Brinn und glättete ihr rotes Samtkleid. Die Auktion wurde in dem Veranstaltungssaal auf dem Weingut der Pelshs durchgeführt. Alle Dates würden direkt danach auf dem Grundstück stattfinden. Wie üblich hatten sich die Pelshs völlig verausgabt. Es gab eine verzauberte Kutsche, die Gäste hinaus zur Eislaufbahn bringen würde, schwebende Kerzen, um den Raum zu erhellen, und animierte Schneemänner, die die magische Schokoladenbar bedienten.

Die Schneemänner schenkten etwas aus, das *Holiday Cheer* genannt wurde und angeblich bei jedem die Laune heben würde. Brinn fragte sich, ob sie sich vor der Auktion eins hätte schnappen sollen. Sie würde bestimmt einen besseren Preis erzielen, wenn sie ein lockeres Lächeln zeigte. Bisher hatte sie nur eine traurige Grimasse zustande gebracht, wenn sie in den Spiegel schaute.

„Da seid ihr ja!", rief Ms. Betty, während sie direkt auf Blake zuhielt. „Es ist fast Zeit, und du bist als erste dran."

„Ich bin bereit." Blake trat zurück und öffnete die Arme weit. „Wie sehe ich aus?"

Ms. Betty kniff die Augen zusammen und betrachtete den langen schwarzen Rock und die schwarze Rüschenbluse der Frau. „Als wärst du bereit, unter dem Vollmond eine Séance durchzuführen. Aber das kriegt man jetzt nicht mehr hin. Komm schon."

Brinn schaute Blake in die Augen, und sie kicherten beide. Blake sah umwerfend aus, obwohl Brinn zugeben musste, dass das Outfit auf jeden Fall Hexenvibes ausstrahlte. Besonders, da sie zu dem Rock schwarze Schnürstiefel trug. Aber war daran etwas verkehrt? Sie waren in Keating Hollow, einem magischen Städtchen. Jeder war eine Hexe. Nur nicht die Art, die immer schwarz trug und aussah, als würde sie an Elviras Altar huldigen. „Viel Glück", rief Brinn ihr nach.

„Ich werde es offenbar brauchen", sagte sie und eilte Ms. Betty nach.

Brinn folgte ihr und beobachtete hinter einem Paravent, wie Ms. Betty Blake auf der Bühne herumführte.

„Holt eure hübschen Dollarscheine raus, Jungs, denn besser als mit diesem süßen Früchtchen wird es nicht", sagte Ms. Betty in ein Mikrofon.

Blake verzog sichtlich das Gesicht, und Brinn machte ihr keine Vorwürfe. Obwohl sie sich dafür hergegeben hatten, ihre Gesellschaft für einen wohltätigen Zweck zu verkaufen, war das kein Grund, es unbehaglich zu gestalten. Aber es war eben Ms. Betty da draußen auf der Bühne. Was hatte Brinn denn erwartet?

„Also zückt mal lieber eure Benjamins", rief Ms. Betty mit einem breiten Grinsen, „denn wir fangen mit fünf Dollar an."

Blake beugte sich hinüber und flüsterte Ms. Betty etwas zu.

Die ältere Frau wedelte verlegen mit der Hand. „Ach, das hätte Lincolns heißen sollen. Lincoln ist auf dem Fünf-Dollar-Schein. Aber wenn ihr einen Benjamin bieten wollt, bin ich sicher, ihr werdet es nicht bereuen."

Brinn kicherte und wurde dann nüchtern, als so gut wie jeder Mann im Publikum seine Nummer hob.

„Oh, wow. Ihr macht mich alle sehr zuversichtlich." Ms. Betty fächelte sich Luft zu und fing dann an, wild in die Runde zu deuten, während die Gebote rasch auf über hundert Dollar stiegen.

Blakes panischer Gesichtsausdruck sorgte dafür, dass Brinn flüchten wollte. Die Männer aus der Seniorensiedlung versuchten, das Erbe ihrer Kinder auszugeben, nur um einen Nachmittag mit Blake zu verbringen, die über dreimal jünger war als sie.

Brinn sah Cam Berry im Publikum. Er saß neben seinem Vater Cameron, und die beiden hatten die Köpfe zusammengesteckt. Nach einem Augenblick stand Cam auf und wedelte mit einem Bündel Scheine. „Zweihundert Dollar!"

„Verkauft!", rief Blake und deutete auf ihn, ihre Augen waren überrascht aufgerissen, noch während ein schwaches, erleichtertes Lächeln auf ihre Lippen trat.

„Aber …" Ms. Betty starrte die anderen Männer in der Menge an, die ein frustriertes Stöhnen hören ließen.

„Gut gemacht, Cam!", rief Wanda und schnitt ab, was immer Betty sagen wollte, während sie hinaus auf die Bühne marschierte. „Also, wer ist denn der glückliche Bursche da draußen, der ein Date mit mir gewinnen wird? Ich habe mein Golfmobil gewaschen und poliert, und in der Kühlbox gibt es eine Menge hochgeistiger Getränke."

Die Gebote für Wanda waren genauso heftig wie die Gebote für Blake. Als nichts mehr geboten wurde, stand Cameron schließlich auf und bot das Doppelte des höchsten Gebotes.

Wanda strahlte.

Die Menge beschwerte sich laut über Betrüger auf der Auktion und unfaire Taktik.

„Also, Jungs", sagte Betty süß. „Es steht nichts in den Regeln, was dagegen spricht, dass ein Liebster nicht so viel setzen kann, wie er möchte. Wenn irgendjemand von euch ein höheres Gebot abgeben will, ist die Auktion immer noch offen."

Keine Hand wurde gehoben.

„Seid ihr sicher? Wanda hat einen ziemlichen Ruf. Ich bin mir sicher, sie nimmt euch mit auf den Ritt eures Lebens."

Johlen und Pfiffe füllten die Scheune.

Wanda schnappte sich das Mikrofon und sagte: „Auf dem Golfmobil, Jungs. Lasst euch von Miss Betty nicht in die Gosse führen."

Sie lachten alle, und als niemand sonst ein letztes Gebot abgab, schlug Ms. Betty den Hammer auf ihr Podium, deutete auf Cameron und brüllte: „Verkauft!"

Wanda grinste ihrem Partner zu und marschierte von der Bühne direkt in seine Arme.

Während sie darüber den Kopf schüttelte, wie lächerlich das alles war, grinste Brinn vor sich hin. Aber dann rief Ms. Betty ihren Namen, und ihre ganze Erheiterung war weg, während Nervosität sich breitmachte. Sie hatte niemanden im Publikum, der darauf wartete, für ihre Zeit ein großes Gebot abzugeben. Es ließ sich nicht sagen, wer der Gewinner sein würde. Als die Gruppe im *Verhext und zugenäht* sie dazu überredet hatte, hatte sie sich jemanden vorgestellt, der altersmäßig zu ihr passte. Doch als sie hinaus auf die Teilnehmer schaute, wurde klar, dass Ms. Betty den Großteil der Rekrutierung für die Veranstaltung in der Seniorensiedlung durchgeführt hatte. Falls der Gewinner nur doppelt so alt war wie sie, hätte sie Glück.

„Wir haben einen besonderen Leckerbissen für euch, Jungs", sagte Ms. Betty in ihr Mikrofon. „Ich bin mir sicher, ihr alle kennt Brinn Taylor aus *Hollow Books*. Sie arbeitet nicht nur hart, sie ist auch Single. Also ist bestimmt diesmal niemand im Publikum, der mogelt. Seid bereit, einen richtig fetten Scheck auszustellen, denn sie ist tatsächlich auf dem Markt!"

„Ms. Betty!", zischte Brinn. „Ich bin doch kein Stück Fleisch."

Betty tätschelte ihr den Arm und flüsterte zurück: „Entspann dich, ich bearbeite doch nur die Menge. Da sitzt das Geld lockerer."

Entspannen? Darauf bestand gar keine Chance.

Ms. Betty stieß sie sanft an. „Geh schon. Stolziere über die Bühne. Mach eine kleine Show."

Brinn schluckte ihren Ärger und ging steif über die Bühne, versuchte, sich zu einem Lächeln zu zwingen. Sie würde das durchstehen und dann nie wieder teilnehmen. Was in aller Welt hatte sie sich nur gedacht?

„Wer will das erste Gebot abgeben?", fragte Ms. Betty.

Nur zwei Nummern wurden gehoben, und Brinn wurde das Herz schwer. Sowohl Blake als auch Wanda hatten jeden Mann im Raum dazu gebracht, auf sie zu bieten. Warum waren nur zwei an ihr interessiert? Meine Güte, sie konnte nicht einmal das Interesse der Männer aus der Seniorensiedlung wecken. Das war es; ihr war es bestimmt, ewig allein zu bleiben.

„Fünfzig, fünfundsiebzig", rief Ms. Betty der Menge zu.

Brinn runzelte die Stirn und schaute wieder ins Publikum. Weitere Nummern kamen langsam hoch, und sie stieß ein erleichtertes Seufzen aus. Es war nicht annähernd so wild wie bei den beiden vorherigen Auktionen, aber etliche Männer machten allmählich mit. Es schien nur, als würden sie etwas strategischer setzen.

„Hundertfünfundzwanzig." Betty deutete auf einen Mann in der vordersten Reihe.

Brinns Blick landete auf ihm, und dann auf dem Schatten einer Frau, die direkt hinter ihm stand, die Arme verschränkt und das Gesicht verzogen. Sie funkelte den Mann an, aber dann schaute sie auf und traf Brinns Blick. Ihre Augen blickten kurz überrascht, bevor sie rief: „Er gehört mir. Hörst du mich? Halt dich fern!"

Geist.

Das Wort hallte durch ihren Verstand, während ihr ganzer Körper eiskalt wurde.

„Meiner!", rief der Geist erneut. Eine Sekunde später verschwand sie im Äther.

KAPITEL 4

*A*ustin stand weit hinten in der Scheune, hielt die Nummer fest, die man ihm gereicht hatte, als er nach drinnen gekommen war. Er war nicht ganz sicher, was ihn dazu gebracht hatte, an diesem Ereignis teilzunehmen. Klar, Ms. Betty hatte ihn dazu verführt, aber er wusste auch, dass die einzige Frau, auf die er bieten wollte, auf gar keinen Fall dazu gezwungen sein wollte, einen Nachmittag mit ihm zu verbringen.

Er hatte geplant, etwas zu bieten, falls es jemanden gab, der nicht die Aufmerksamkeit bekam, die ihm zustand, aber bisher war das kein Problem gewesen. Und es war auf keinen Fall ein Problem für Brinn. Obwohl die Gebote nicht so heftig einprasselten wie am Anfang, kamen sie stetig und wurden immer höher.

„Hundertfünfundzwanzig!"

Austin drehte sich, um zu sehen, wer da einen dreistelligen Betrag bot, doch er erstarrte, als er Brinns Gesicht sah. Sie war völlig bleich geworden und wirkte, als wäre sie bereit, direkt von der Bühne zu fliehen. Austin hatte keine Ahnung, weshalb

Brinn gerade in den Fluchtmodus verfallen war, aber was immer es war, er konnte nicht einfach dastehen und nichts tun. Ohne noch einmal nachzudenken, hob er seine Nummer. „Zweihundert."

Brinns Kopf fuhr hoch. Sie brauchte einen Augenblick, um ihn zu finden, aber als ihr Blick auf ihm landete, stieß sie ein sichtlich erleichtertes Seufzen aus.

Mehr Ermutigung brauchte er nicht. Als der Mann in der vordersten Reihe wieder ein Gebot machte, verdoppelte Austin es.

„Verkauft!", rief Ms. Betty, bevor der Mann seine Nummer erneut heben konnte, und Austin fragte sich, ob der älteren Frau Brinns Unwohlsein mit dem anderen Mann auch aufgefallen war. „Wenn du nicht mal so richtig Glück hast", sagte Betty, die Brinn zuzwinkerte. „Keating Hollows neuester verfügbarer Junggeselle hat gerade ernsthaft Geld für einen Nachmittag mit dir auf den Tisch geblättert."

Brinn lächelte sie nur schwach an, und dann wandte sie ihr Aufmerksamkeit der Menge zu, ihr Blick auf alles und jeden gerichtet, nur nicht auf Austin.

„Verdammt", murmelte Austin vor sich hin. Brinn mochte ja glücklich gewesen sein, dass er sie in diesem Augenblick gerettet hatte, aber es war ihr eindeutig trotzdem noch nicht geheuer, sich wieder mit ihm zu treffen. Allerdings würde er diese Gelegenheit nicht verstreichen lassen. Das war seine Chance, sich ernsthaft für die Art zu entschuldigen, wie er vor fünf Jahren die Stadt verlassen hatte, und ihr die Erklärung zu liefern, die sie verdiente.

Nachdem er seine Spende für die Auktion geleistet hatte, wartete Austin hinten in dem Eventsaal darauf, dass Brinn erschien. Er wartete, während eine nach der anderen Teilnehmerin die Scheune mit ihrem zugeteilten Partner verließ, bis nur noch die Organisatoren des Events übrig waren. Mit gerunzelter Stirn ging er hinüber zu Ms. Betty, die hinter einem Tisch saß und davon plauderte, wie viel Geld sie eingetrieben hatten.

„Hallo, Austin", rief sie, ihre Augen funkelten ihn an. „Ich wette, du bist ganz aufgeregt wegen deines Dates. Das musst du wohl sein, nachdem du so viel Geld gesetzt hast."

Er räusperte sich. „Ja, darum bin ich hier. Haben Sie Bri…"

„Ich bin hier", sagte Brinn, die aus dem Nichts erschien. Auf ihren Lippen glänzte eine frische Schicht Lipgloss, und ihre Wangen waren rosa.

Wurde sie etwa rot? Er machte einen Schritt auf sie zu, und ihre Wangen wurden dunkler. Das war auf jeden Fall ein Ja. Auf seine Lippen trat ein Grinsen, während er ihr den Arm hinhielt. „Du siehst hübsch aus, Brinn."

Sein Date wandte den Blick ab und winkte nervös Ms. Betty zu. „Wir sehen uns bei der nächsten Häkeln-mit-Haken-Stunde."

„Nur, wenn dieses köstliche Stück Frischfleisch nicht all deine Zeit einnimmt", erwiderte die ältere Frau mit einem Zwinkern.

Brinn stöhnte und brachte Austin zum Lachen.

„Es war schön, Sie wiederzutreffen, Ms. Betty", sagte er und lächelte sie frech an.

„Sie auch!" Sie tätschelte sich die Haare und richtete einen Finger auf ihn. „Machen Sie sich jetzt bloß nicht rar, verstanden? Am Pool drüben in der Seniorensiedlung gibt es jeden Donnerstag um fünf Happy Hour. Ich würde Sie nur zu gerne dort begrüßen."

„Nimmt das je ein Ende?", murmelte Brinn tonlos.

Austin lachte leise. „Januar ist vielleicht ein bisschen kühl, um am Pool rumzuhängen. Fragen Sie mich doch noch mal, wenn es wärmer wird."

„Er ist beheizt!", rief sie ihm nach.

Austin winkte nur, während er Brinn von der dreisten Frau wegführte.

Brinn schaute zu ihm auf. „Du weißt, dass sie das nur ermutigt, oder?"

„Schon, aber sie ist doch witzig", sagte er locker. „Wer kann schon sagen, ob ich mich nicht eines Tages bei ihrer Happy Hour anschließe?"

„Warte nur, bis du dann im Pool von Ms. Betty und ihren Freundinnen festgesetzt wirst. Mit hängenden Bikinis und allem anderen. Dann sehen wir ja, wie viel Spaß du hast."

Diese Vorstellung war mehr, als Austin sich erhofft hatte, aber trotzdem lachte er über den Gedanken, dass er mit den Seniorinnen im Pool war. „Vielleicht muss ich über ihre Einladung noch mal nachdenken."

Brinn schüttelte den Kopf. „Viel Glück dabei. Ich bin sicher, sie wird dich bei jeder Gelegenheit, die sie bekommt, daran erinnern."

„Vermutlich." Austin bezweifelte nicht, dass das stimmte. Aber Ms. Betty machte ihm keine Angst. Er wusste, dass ein wenig Schmeichelei ihn aus so ziemlich allem herausmanövrieren würde. Er schaute sich an dem fast leeren Veranstaltungsort um, dann nickte er zur Tür hin. „Bist du bereit?"

„Wofür?", fragte sie, sah ihn mit aufgerissenen Augen an.

„Unser Date?" Er hob eine Augenbraue. „Du hattest doch nicht vor, mich abblitzen zu lassen, oder?"

Brinn straffte die Schultern und schaute ihm direkt in die Augen. „Nein, ich glaube, das ist dein typischer Move, nicht meiner."

Autsch. Da war er direkt hineingelaufen. Austin räusperte sich. „Genau. Wie wäre es denn dann, wenn wir einen Spaziergang über das Gelände machen?"

„Klar." Sie ging an ihm vorbei, ihre langen blonden Haare fielen ihren Rücken hinab.

Austin folgte ihr durch die Tür und lächelte vor sich hin, während sie eine schwarze Wollmütze mit Katzenohren über den Kopf zog. Es war diejenige, die er ihr vor sechs Jahren zu Weihnachten geschenkt hatte. Er wusste, dass das vermutlich nichts bedeutete, aber er konnte nicht anders, als zu hoffen, dass sie jedes Mal an ihn dachte, wenn sie sie trug. Bevor er sich aufhalten konnte, sagte er: „Schöne Mütze."

Sie stieß ein genervtes Schnauben aus. „Denk dir bloß nichts dabei. Mir gefallen die Katzenohren."

„Ich weiß." Das war der Grund, weshalb er sie ihr gekauft hatte. Brinn hatte ein großes Herz für Katzen. Sie war die Art Mädchen, die T-Shirts trug, auf denen *Katzenmama* stand, und sie kümmerte sich um jede frei laufende Katze in der Nachbarschaft. Es hätte ihn nicht überrascht, herauszufinden, dass sie noch ein paar weitere adoptiert hatte, seit er die Stadt verlassen hatte. „Wie geht's Buffy?"

„Buffy geht es hervorragend, danke", sagte sie und drehte sich um, um ihn anzulächeln. „Sie streckt sich wohl gerade auf einem sonnigen Fleckchen auf meinem Bett aus, während wir hier reden."

„Oder zerfetzt das Kissen", scherzte er.

„Nein, durch dieses Stadium ist sie durch. Aber Xander würde ich das schon zutrauen. Er ist ein echter Satansbraten, wenn er zu lange eingesperrt ist. Und da es so kalt war, habe ich ihn in den letzten paar Tagen nicht rausgelassen."

„Xander?", fragte er. „Wann hat der dich denn adoptiert?"

„Am gleichen Tag, als Willow in mein Leben getreten ist."

Er stieß ein lautes Lachen aus. „Hast du auch einen Angel und eine Cordelia?"

„Nein. Außerdem wird meine nächste Katze Spike heißen." Brinn hatte eine Phase durchgemacht, in der sie sich jeden Vampirroman und jede Fernsehserie reingezogen hatte, die sie hatte auftreiben können. Der Kitsch bei Buffy hatte sie verzaubert, und es hatte nicht lang gedauert, bis sie Austin dazu überredet hatte, die ganze Serie in einem Satz mit ihr anzusehen.

„Aber natürlich", sagte Austin. Spike war schon immer Brinns Lieblingsvampir gewesen.

Brinn hielt an einer Reihe von Weinstöcken inne und schaute zu ihm auf. „Und wie geht's Oz? Ist er mit dir nach Keating Hollow gekommen?"

Austin nickte. „Er ist hier, und ich bin sicher, er würde dich gerne treffen."

Ihr Lächeln verblasste, während sie auf ihre Füße hinabschaute. „Ich weiß nicht recht, ob das eine gute Idee ist."

„Brinn …" Er konnte nicht anders, als ein leises Seufzen von sich zu geben.

„Was?", fragte sie ihn, die Augen zusammengekniffen. „Soll ich mich etwa schuldig fühlen, weil ich deinen Hund nicht treffen will? Denn nachdem du gegangen bist, war ich nicht nur wegen unserer Beziehung traurig, sondern auch, weil ich mich nie von ihm verabschieden konnte. Dem Lhasa-Welpen, den ich dir geholfen habe, auszusuchen und auszubilden, und mit dem ich zwei Jahre lang zusammengelebt habe."

„Ich …", setzte Austin an, doch sie hob die Hand und hielt ihn auf.

„Ist dir je in den Sinn gekommen, dass es vielleicht einfach zu schwer für mich ist, ihn zu sehen, wo ich doch weiß, dass du ihn nur wieder wegbringen wirst? Dass es echt verdammt heftig ist, hier zu stehen und mit dir zu reden, als hättest du mir nicht das Herz rausgerissen, als du einfach so aus meinem Leben verschwunden bist, ohne mir auch nur eine Erklärung zu liefern? Als hätte ich dir so wenig bedeutet, dass ich nicht mehr verdient hatte als diese dummen Zettel? Kein Anruf. Keine Verabschiedung. Überhaupt nichts. Nur ein gebrochenes Herz und zerrüttete Träume. Aber bitte, nimm mich doch mit zu dir nach Hause, damit ich Oz mal lieb haben kann, während du so tust, als wäre nichts davon je geschehen!"

Austin holte tief Luft und wusste, dass er jedes Wort ihrer Tirade verdient hatte. „Ich schulde dir eine Entschuldigung, und ..."

„Da hast du verdammt noch mal recht. Nicht, dass die irgendwie helfen wird. Du kannst die Vergangenheit nicht ändern." Sie verschränkte die Arme vor der Brust und funkelte ihn an.

„Und ...", betonte Austin, „ich würde meine Handlungen zumindest gern erklären." Er nahm sich ihre rechte Hand und hielt sie in seinen beiden. „Würdest du mir den kleinen Gefallen tun und zumindest zuhören? Wenn ich alles gesagt habe, dann gehe ich und lass dich aus diesem Date raus."

Brinn schaute auf ihre verbundenen Hände hinab und kniff die Augen zusammen. „Ich habe lange auf eine Erklärung gewartet, aber jetzt, da du sie mir anbietest, bin ich nicht sicher, ob ich sie hören will."

Verdammt. Wie sollte Austin denn von hier aus weitermachen? Er wollte ihr keine Ausreden liefern. Stattdessen wollte er ihr klarmachen, dass sie nichts falsch gemacht hatte. Seine Entscheidung, zu gehen, war eine schwere Wahl gewesen, aber eine, die er getroffen hatte, damit er sie nicht beide zerstörte. Er schaute sich um und sah eine Holzbank, die zwischen den Rebstöcken stand.

Sanft zog er sie zu der Bank und fragte: „Können wir uns nur ganz kurz hinsetzen?" Ohne zu antworten, setzte sie sich hin, starrte hinaus auf den Weinberg. Austin kam zu ihr und sagte mit leiser Stimme: „Es tut mir leid, dass ich dir wehgetan habe."

Auf Brinns Gesicht trat eine winzige Grimasse, ehe sie sich wieder in den Griff bekam, während sie sich immer noch weigerte, ihn anzuschauen. Er machte ihr keine Vorwürfe. Falls sie ihn so verlassen hätte, wie er sie verlassen hatte, hätte er ihr vermutlich auch nicht verziehen.

„Es war was mit meinem Dad los, von dem ich dir nie erzählt habe", sagte er, nicht ganz sicher, wo er anfangen sollte.

Ihr Blick huschte zu seinem, während sie die Brauen zusammenzog. „Was meinst du damit?"

Das war der Augenblick der Wahrheit, in dem er alles ausbreitete und auf eine Karte setzte und hoffte, dass sie verstehen würde, nicht nur, weshalb er gegangen war, sondern auch, weshalb er ihr nie die Einzelheiten verraten hatte. Er schluckte den Abscheu in seiner Kehle und beschloss, ganz vorne zu beginnen. „Du weißt, dass mein Dad ein Unternehmensberater war, oder?"

„Klar. Das war doch irgendwas, dass er Start-ups geholfen hat, große Investoren an Land zu ziehen, oder?"

„Ja. Er hat auch geholfen, Start-ups richtig auf die Beine zu stellen, aber das war nicht seine Hauptaufgabe. Er hat für Anteile an den Privatunternehmen gearbeitet, weil er hoffte, sie würden mal an die Börse gehen, damit er dann Geld machen konnte."

Brinn nickte. „Das hat sich bestimmt zumindest manchmal gelohnt. Es sah aus, als würde er ziemlich gut klarkommen."

„Ja." In Austins Stimme lag eine Verbitterung, und ein vertrautes Unwohlsein breitete sich in seinen Eingeweiden aus, das sich immer einstellte, wenn er über seinen Vater redete. „Ein paar Mal hatte er Glück, und er hat Kasse gemacht."

„Daran ist doch nichts falsch, oder?", fragte sie und klang verwirrt.

„Nein. An der Oberfläche ist es das nicht." Austin spürte, wie ein Muskel zuckte, während sein Kinn sich anspannte. „Aber nachdem sein Vermögenswert gestiegen ist, hat er sich verändert. Du hast dich bestimmt gefragt, weshalb ich dich meiner Großmutter vorgestellt habe, aber nie meinem Vater."

In Brinns Augen blitzte etwas auf, das er nicht ganz deuten konnte. Wut? Ärger? Frust? Aber das Gefühl verschwand genauso schnell, wie es erschienen war. „Ich dachte mir nur, er wäre beschäftigt."

Ihr Ton war nichtssagend, doch Austin sah hindurch. Das Gefühl in ihren Augen war Schmerz gewesen. Es hatte sie verletzt, dass er sie seinem Dad nicht vorgestellt hatte. Trotzdem stand er zu seinen Entscheidungen. Nichts Gutes wäre daraus erwachsen, sie einander vorzustellen. „Das war er, aber es gab einen anderen Grund, weshalb ich nicht wollte, dass er von dir erfährt."

„Warum?" Diesmal ließ sich die Wut in ihren feurigen Augen nicht verkennen. „War ich nicht gut genug für ihn? Wäre er wütend gewesen, dass sein Goldjunge an einem Kleinstadtmädchen interessiert war?"

„Brinn", sagte Austin, der wieder ihre beiden Hände nahm. „Nein. Keine deiner Annahmen ist richtig, aber ich erkenne schon, wie du darauf kommst. Ich habe dich ihm nicht vorgestellt, weil ich dich schützen wollte. Ich habe dir das nie erzählt, aber mein Vater wurde zu einem Trinker. Von der fiesen Art, der einfach alles tat, damit er sich durchsetzen konnte. Das hat er mit Kunden gemacht, seiner Freundin und mir. Die Einzige, die er nicht herumschubsen konnte, war meine Großmutter. Sie hat es sich nicht gefallen lassen, und aus irgendeinem Grund hat er sie deswegen respektiert. Wir übrigen? Wir hatten keine Chance. Ich wollte nicht, dass du in sein Visier gerätst."

Brinn runzelte die Stirn. „Was sagst du da? Dass er mich benutzt hätte, um zu dir durchzukommen?"

„Ja."

„Um was zu tun?"

„Zu seiner Firma zu gehen. Er wollte mich als Partner, um den Saustall aufzuräumen, den er immer wieder anrichtete, nachdem er sein Schnapsregal leer gesoffen hat."

„Aber du warst doch Musiker", sagte sie. „Kein Anzugträger. Selbst wenn er jemanden brauchte, der für ihn übernahm, wenn er … äh, unpässlich war, wusstest du überhaupt nichts über solche Großinvestoren. Was genau wollte er denn, dass du machst?"

„Was immer er mir auftrug, schätze ich. Er hielt die Musik für eine Karriere-Sackgasse", sagte Austin mit einem Schulterzucken. „Zumindest hat er das immer gesagt, nachdem er täglich zu trinken begann. Als ich jünger war, war er noch eine Stütze. An seinen schlimmsten Tagen hat er darauf bestanden, dass ich, wenn ich weiterhin mit der Gitarre antreten würde, an einer Straßenecke enden würde, wo ich um Essen und Geld bettle."

Brinn schnaubte. „Ich schätze, da hast du's ihm gezeigt, da du nun das erfolgreichste Aufnahmestudio in L.A. besitzt."

Austin hatte in seinen jungen Jahren gelernt, verschiedenste Musikinstrumente zu spielen, und hatte lang davon geträumt, in einer Band zu spielen. Doch als er älter geworden war, hatte sich sein Interesse auf das Produzieren von Musik verlegt. Als er aus Keating Hollow nach L.A.

weggegangen war, hatte er es mit dem Segen seiner Großmutter getan. Und mit ihrer Hilfe hatte er schließlich sein eigenes Aufnahmestudio eröffnet. Er hatte einen frühen Erfolg gefeiert, indem er das Debütalbum eines Freundes produziert hatte, und von da an war die Lawine losgetreten gewesen. „Die Dinge haben für mich letztlich funktioniert, aber bevor ich Keating Hollow verlassen habe, hat er alles versucht, was ihm einfallen wollte, um mich in sein Geschäft zu zwingen."

„Was denn zum Beispiel?", fragte sie, die Augen wieder zusammengekniffen. Diesen Ausdruck kannte er. Diese wilde Miene hatte sie immer auf, wenn sie bereit war, jemanden zu verteidigen. Sein Herz schlug etwas schneller, als ihm der Gedanke kam, dass er ihr wichtig genug war, dass sie sich für ihn ins Zeug gelegt hätte.

„Er hat versucht, mein Praktikum zu sabotieren", sagte Austin. In dem Sommer, bevor er das Städtchen für immer verlassen hatte, hatte er ein vierwöchiges Praktikum in einem Studio in New York gehabt. „Er hat es auch geschafft, meine Kreditkarte zu sperren, während ich dort war, weil er hoffte, ich würde ihn um Hilfe bitten. Als ich meine Großmutter kontaktiert habe, hat er angerufen und mir vorgeworfen, ich würde sie ausnutzen. Es war eine Menge Müll in der Art."

„Also bist du wegen deines Dads gegangen?", fragte sie.

„Ja." Austin stieß einen erleichterten Atemzug aus. „Ganz genau deswegen. Ich musste weg von ihm. Es war niemals, weil ich dich verlassen wollte."

Brinn presste die Lippen aufeinander, während sie die Hand aus seiner zog und abrückte, damit mehr Platz zwischen ihnen war. „Gut. Aber ich wusste immer, dass du in L.A. oder New York oder irgendwo anders als Keating Hollow enden würdest. Ich verstehe nur nicht, weshalb du es mir nicht erzählt hast." Sie schluckte schwer. „Oder mich gebeten hast, mit dir zu kommen."

Er hätte mit ihr reden können. Das hätte er vermutlich tun sollen, und dieses Wissen lag ihm schwer auf dem Herzen. Aber er hatte seine Gründe gehabt. „Er hat weitere Drohungen ausgesprochen ... welche, die dich betrafen."

Brinn blinzelte. „Was?"

Austin lehnte sich zurück an die Bank und schloss die Augen. „Eines Abends, als er völlig betrunken war, hat er vage angedeutet, dass er deiner Oma hier Schwierigkeiten machen würde. Er hat gedroht, sie aus ihrem Café rauszuwerfen." Seinem Vater gehörte das Gebäude, das ihre Großmutter damals gemietet hatte, und es stand außer Frage, dass er eine Möglichkeit gefunden hätte, sie hinauszuwerfen, wenn er das wirklich gewollt hätte. „Ich war mir nicht sicher, ob er das durchziehen oder sich auch nur an die Drohung erinnern würde, aber er war schon vorher bei Geschäftsverhandlungen skrupellos gewesen, darum konnte ich nicht sagen, dass es nur dummes Geplapper war. Zu diesem Zeitpunkt glaubte ich, dass er seine Drohungen vielleicht wahr gemacht hätte."

„Er wollte sich am Café meiner Großmutter zu schaffen machen?" Brinn stand auf und ging vor ihm auf und ab. „Ernsthaft? Alles nur, weil er nicht damit klar kam, dass du nicht mit ihm arbeiten wolltest?"

„Ja. Er brauchte jemanden, der ihn vor seinen Geschäftskontakten deckte, bevor sich seine Geschäftskontakte alle gegen ihn wandten. Ich konnte das nicht, wenn ich eine Karriere in der Musik anstrebte."

Sie hörte auf, auf und ab zu gehen, und starrte ihn an. „Ich weiß noch immer nicht, weshalb du es mir nicht einfach erzählt hast."

„Weil ich während dieses Gespräches entschieden habe,

dass ich umziehe, und da ich wusste, dass du Keating Hollow niemals verlassen wolltest … habe ich einfach in dieser Nacht gepackt. Am nächsten Morgen, als ich durch die Tür ging, habe ich ihm erzählt, wir hätten uns getrennt, und dass ich für immer wegging. Es war die beste Art, wie ich seine Aufmerksamkeit von dir und deiner Großmutter ablenken konnte."

„Also hast du ganz allein entschieden, was für mich am besten ist?" Sie schüttelte den Kopf. „Findest du nicht, dass meine Oma und ich verdient hätten, zu wissen, dass dein Dad unseren Lebensunterhalt bedroht hat?"

Austin stand auf und legte ihr beide Hände auf die Schultern, hielt ihren Blick fest. „Brinn, ich war ein junger Mann, ich wollte mich unbedingt von meinem Vater lösen. Ich hatte keine Ahnung, ob das nur besoffene Drohungen waren oder ob es echt ernst gemeint war, aber damals schraubte sich sein Suchtverhalten immer weiter hoch, und ich wollte nicht, dass eine von euch in seine Manipulationen und Lügen gerät. Ich dachte, ich würde mich nobel verhalten und würde euch schützen. Ich wusste, wenn ich die Verbindung zu dir kappe, würde er euch in Ruhe lassen. Es ging nicht um dich; es ging um die Kontrolle über mich. Als ihm klar wurde, dass wir nicht mehr zusammen waren und ich bereits fort war, brachte es ihm keinen Vorteil mehr, dich als Druckmittel zu nutzen. Ich habe das vermutlich alles ganz falsch angestellt, aber ich habe dich geliebt."

Brinn starrte zu ihm hoch, in ihren Augen leuchteten unvergossene Tränen. „Dein Vater ist ein Arschloch. Aber das ist doch keine Ausrede für die Art, wie du gegangen bist, oder die Stille, die darauf folgte."

Er nickte. „Du hast recht. Ich habe nicht angerufen, denn ich wusste, wenn ich das getan hätte, wäre es mir nie möglich gewesen, mich fernzuhalten." Seine Hände spannten sich auf ihren Armen an, und er konnte nicht verhindern, dass er sie näher an sich zog. Als ihr Atem stockte, floh jegliche Vernunft aus seinem Kopf, und er neigte den Kopf und streifte mit seinen Lippen ihre, zum ersten Mal seit fünf Jahren.

KAPITEL 5

*B*rinns Arme legten sich um Austin, und sie schmiegte sich an ihn. Der Kuss warf sie in der Zeit zurück, und kurzzeitig vergaß sie den ganzen Schmerz und die Qualen, die sie in den letzten fünf Jahren durchgemacht hatte, während sie sich nach diesem Mann gesehnt hatte, den sie von ganzem Herzen geliebt hatte.

Austins Wärme umfing sie, und sie öffnete sich für ihn, hieß seinen Kuss und den Hauch Kaffee auf seiner Zunge willkommen. Alles in ihr fühlte sich einfach richtig an. Das ganze Chaos der Welt hatte aufgehört, und sie war genau, wo sie sein sollte ... in den Armen des Mannes, den sie nie aufgehört hatte zu lieben.

„Brinn", murmelte er, während er sich nur ein winziges bisschen zurückzog.

Ihre Augenlider öffnen sich flatternd, und sie starrte in seine whiskeyfarbenen Augen.

„Verdammt, ich habe dich vermisst."

Seine Worte schockierten sie, sodass sie handeln musste, und rasch trat sie ein Schritt zurück, brachte etwas Abstand zwischen sie. Als er vorgehen wollte, hob sie eine Hand, hielt ihn auf. „Nein, Austin. Das können wir nicht tun."

Er hob fragend beide Augenbrauen. „Warum? Triffst du dich mit jemandem?"

Wenn es doch nur so wäre, dachte sie. Das würde die Dinge auf jeden Fall einfacher machen. Aber Brinn würde nicht lügen. Das lag nicht in ihrem Wesen. „Nein, das tue ich nicht. Es ist nur ... Wir können nicht so tun, als wäre nichts passiert. Es ist nicht klug, sich wieder in deine Arme zu stürzen, nur weil du erklärt hast, weshalb du gegangen bist."

Austin hob eine Hand und schob ihr eine Strähne ihrer langen blonden Haare hinters Ohr. „Vielleicht ist es nicht klug, aber es fühlt sich richtig an, oder?"

Ja. „Nein." Brinn schüttelte den Kopf. „Wir können nicht einfach da weitermachen, wo wir aufgehört haben, Austin. So funktioniert das nicht."

Er schob sich die Hände in die Taschen und schaute kurz auf den Boden. Als er aufschaute, nickte er. „Okay. Ich verstehe dich."

Enttäuschung strömte durch Brinn hindurch, und sie verkniff sich ein finsteres Gesicht. Sie verabscheute die Tatsache, dass er nach all der Zeit, die vergangen war, eine solche Wirkung auf sie hatte. Weshalb hatte sie diesen Mann nie hinter sich gelassen? Sie trat hinaus auf den Weg und blieb stehen, während sie zu ihm zurücksah. „Können wir versuchen, Freunde zu sein?"

„Das würde mir gefallen", sagte er und kam neben sie. „Wir müssen dieses Date nicht zu Ende bringen, wenn du nicht möchtest. Ich habe das nur gemacht, weil dir der Mann unbehaglich schien, der auf dich geboten hat."

Die Vision des weiblichen Geistes blitzte in ihren Gedanken auf, und bei der Erinnerung verzog sie das Gesicht.

Es war sehr lange her, seit sie einen Geist gesehen hatte, und diese Erfahrung war ihr nicht geheuer. Besonders nicht in Keating Hollow, der Stadt, die für sie immer eine Zuflucht gewesen war.

Austins Miene wurde grimmig, als er fragte: „Hat dieser Mann irgendwas zu dir gesagt?"

„Was? Nein." Sie schüttelte den Kopf. „So was war das nicht."

Er stieß einen langen Atemzug aus. „Gut. Das ist gut." Dann runzelte er die Stirn. „Willst du mir erzählen, was da los war? Oder war es nur die ganze Erfahrung dieser Versteigerung, die du bedauert hast?"

Sie stieß ein schnaubendes Lachen aus. „Das könnte man so sagen. Sobald ich auf der Bühne war, wollte ich sofort wieder runter. Ich glaube, man kann auf jeden Fall sagen, dass so eine Junggesellinnenversteigerung nichts für mich ist, selbst für einen guten Zweck." Brinn warf ihm ein halbherziges Lächeln zu und fügte an: „Danke, dass du mich vor einem unbehaglichen Date gerettet hast, mit einem Mann, der mehr als doppelt so alt ist wie ich, und seiner verstorbenen Frau."

„Gern geschehen – Moment, seiner *verstorbenen* Frau?"

Brinn setzte sich in Bewegung, während sie nickte. „Der Geist seiner Frau stand hinter ihm, und sie war nicht so glücklich darüber, dass er auf mich geboten hat, um ein Date mit mir zu bekommen."

Austin hielt mit ihr mit, während sie über einen Weg gingen, der sie zu einer weiteren Reihe von Rebstöcken führte. „Du hast tatsächlich ihren Geist gesehen? Hier in Keating Hollow?"

„Ja", sagte Brinn mit einem Seufzen.

„Ist das schon mal passiert?"

„Nö. Niemals. Nur, wenn ich Keating Hollow verlasse." Das

war der Grund, weshalb sie niemals irgendwo anders als in ihrer Heimatstadt leben wollte. Brinn war in Keating Hollow aufgewachsen, und erst als sie ans College gegangen war, war ihr klar geworden, dass sie ein Medium war. Sie hatte vier ganze Jahre damit verbracht, von Geistern heimgesucht zu werden, die ihr ihre Geschichten erzählen wollten. Sie hatten sie ausgelaugt. Und in ein paar Fällen auch entsetzt. Sie war direkt nach dem Abschluss nach Hause gekommen, und ihr friedliches Leben war zurückgekehrt, was die Tatsache verfestigt hatte, dass sie nicht den Wunsch hegte, jemals irgendwo anders zu leben.

Da ihr Vater gestorben war, als Brinn noch klein gewesen war, und ihre Mutter die Stadt verlassen hatte, sobald Brinn achtzehn geworden war, war Brinn zu ihrer Großmutter väterlicherseits gezogen, nachdem sie vom College zurückgekehrt war, und hatte bis zum Tod ihrer Großmutter in deren Café ausgeholfen. Es war schwer gewesen, sie zu verlieren. Und da sie das Haus ihrer Großmutter geerbt hatte, war Brinn ständig von den Erinnerungen an sie umgeben. Ihre Großmutter war ihr liebster Mensch auf der ganzen Welt gewesen. Ihr einziger Mensch eigentlich, außer Wanda. Und sie vermisste sie schrecklich.

„Das ist beunruhigend", sagte Austin, bezog sich dabei auf das plötzliche Auftauchen des Geistes. „Vielleicht liegt das nur daran, dass das Weingut der Pelshs draußen auf dem Land ist", spekulierte er.

„Vielleicht. Ich hoffe es." Brinns Handflächen wurden feucht, als ihre Nervosität mit ihr durchging.

Austin schloss die Hand um ihre und drückte sie sanft.

Brinn nahm seine stille Unterstützung entgegen, und dass er keine leeren Worte der Beruhigung bot. Irgendwie hatte er immer genau gewusst, was sie brauchte. In ihren Augen brannten Tränen, aber sie drehte den Kopf und blinzelte sie weg. Sie wollte heute auf gar keinen Fall vor ihm weinen. Sie zog ihre Hand aus seiner, weil sie etwas mehr Raum brauchte, aber dann drehte sie sich abrupt um und schaute ihm in die Augen, während sie fragte: „Wie lang wirst du hier in Keating Hollow bleiben?"

Von ihrem Ausbruch schien er erschrocken, während er sie einfach nur ansah, einen Augenblick lang wie gelähmt wirkte. Aber dann trat ihm ein schwaches Lächeln auf die Lippen, und er fragte: „Wie lange willst du denn, dass ich bleibe?"

„Ernsthaft?" Brinns Ärger machte sich wieder bemerkbar, und mit einem Kopfschütteln murmelte sie: „Ach, egal." Dann stapfte sie in Richtung Parkplatz davon und rief über die Schulter: „Das Date ist um."

„Brinn!"

Sie schaute nicht zurück, während sie die Hand erhoben hielt und damit nahelegte, dass die Unterhaltung und das ergaunerte Date offiziell vorbei waren. Denn Brinn würde nicht dastehen und den Mann, der ihr das Herz gebrochen hatte, mit ihr flirten lassen, als wäre nichts passiert. Nicht heute. Niemals. Und besonders nicht, da er nicht in Keating Hollow wohnte. Denn obwohl er schon ein paar Monate in der Stadt war, wusste sie, dass er früher oder später nach L.A. zurückkehren und gehen würde, genau wie alle anderen in ihrem Leben. Sie hätte daran gewöhnt sein sollen, aber der Schmerz ging niemals ganz weg, und sie war nicht scharf darauf, ihn noch einmal zu erleben.

„GUTEN MORGEN, BRINN", rief Yvette hinter der Kaffeebar bei *Hollow Books* hervor.

Brinn winkte ihr zu, während sie ihre Habseligkeiten unter den Tresen mit der Kasse stellte. Ohne ein Wort zu sagen, ging sie ins Lager und war dankbar, über ein Dutzend Bücherkisten zu finden, die man auspacken, scannen und ins Regal räumen musste. Nachdem sie in der Nacht zuvor kaum geschlafen hatte, war sie nicht in der Stimmung, sich mit Kunden herumzuschlagen, ganz gleich, wie angenehm oder freundlich die normalerweise waren.

Mit einem Cutter-Messer in der Hand machte sie sich an die Arbeit, um die letzte Lieferung zu öffnen.

Zehn Minuten später erschien Yvette, ihre Chefin und die Ladenbesitzerin, im Eingang. Sie hielt eine Tasse Kaffee und einen Pappteller mit zwei Stück Kürbisbrot in der Hand. „Ich hab dir Frühstück gebracht."

Brinn beäugte das Kürbisbrot, dann begegnete sie Yvettes besorgten Blick. „Danke."

Yvette stellte den Kaffee und den Teller auf den kleinen Tisch an der Tür. „Willst du drüber reden?"

Nein. Überhaupt nicht. Aber als sie schon den Kopf schütteln wollte, nickte sie stattdessen und setzte sich auf den Betonboden neben eine der offenen Kisten. „Verdammt. Weshalb musste er in die Stadt zurückkommen?"

Yvette nahm neben ihr auf einem Plastikstuhl Platz und sagte: „Ich schätze, du meinst Austin."

Brinn wedelte ungeduldig mit der Hand. „Wen denn sonst?"

Die dunkelhaarige Schönheit stieß ein Lachen aus. „Für mich sieht es aus, als wäre da eine Romanze mit einer zweiten Chance am Köcheln."

„Nein. Auf keinen Fall. Dazu wird es nie kommen", beharrte Brinn, während sie ihre Chefin anfunkelte.

Yvette zuckte mit einer Schulter. „Wenn du das sagst, aber

die meisten Leute protestieren nicht zu sehr, außer, sie wollen sich selbst von was überzeugen."

Mit einem Stöhnen drückte Brinn sich die Hand auf die Augen. „Warum quälst du mich?"

„Zur Unterhaltung. Wenn du den Großteil deiner Zeit mit einem zehn Monate alten Baby und einem Kleinkind in der Trotzphase verbringst, ist der Austausch mit Erwachsenen unbezahlbar."

Brinn schaute hinter ihrer Hand hervor. „Hat Skye immer noch Schwierigkeiten, sich umzugewöhnen?"

„Ein kleines bisschen. Sie liebt ihren kleinen Bruder, aber sie ist so daran gewöhnt, im Zentrum der Aufmerksamkeit zu stehen, dass es schon eine leichte Rivalität gibt. Wenn ich Toby füttere, dann schreit sie am liebsten aus vollem Hals und läuft herum, während sie ihren Elmo an die Wand wirft. Das arme Ding. Es ist ein Wunder, dass er noch keine Gliedmaßen verloren hat."

„Ich bin mir sicher, das wächst sich raus", sagte Brinn, die sie mitfühlend anlächelte. „Geschwisterrivalität ist doch völlig normal."

Sie seufzte. „Ich weiß. Es ist nur schwer, zu sehen, dass sich unser liebes Mädchen so benimmt. Wir haben extra dafür gesorgt, dass sie jeden Abend Zeit allein mit uns beiden bekommt. Es ist nur alles echt viel, weißt du?"

Brinn nickte, obwohl sie es eigentlich nicht wirklich wusste. Sie hatte keine Kinder, und sie hatte auch keine Geschwister. Aber Keating Hollow erlebte so eine Art Babyboom, besonders bei den Townsend-Schwestern, darum hatte sie genug gehört, um mit den Wachstumsschmerzen vertraut zu sein. „Wie geht es Toby?"

Yvettes Augen funkelten, als sie Brinn ein sanftes Lächeln zuwarf. „Er ist wunderbar. Ein ganz süßes Kind. Ich weiß nicht, wie ich so ein Glück haben konnten, aber wir vergöttern ihn."

Ein sehnsüchtiges Ziehen drang auf Brinn ein und überraschte sie. Sie hatte eigentlich nie groß darüber nachgedacht, Kinder zu haben. Es war eins von diesen „eines Tages"-Dingen. Aber hier bei Yvette zu sitzen, zu sehen, wie zufrieden und glücklich sie mit Jacob und ihrer wachsenden Familie war, ließ sie sich nach etwas sehnen, das mehr war als das Leben, das sie führte. „Das ist echt wunderbar, Yvette. Du musst ihn mal mitbringen, und zwar bald, damit ich ihm einen Kuss auf die süßen Bäckchen geben kann."

„Das mache ich", versprach sie und stand dann auf, die Hände auf den Hüften. „Genug von mir. Erzähl mir was von dem Versteigerungs-Date mit Austin. Wie ist es gelaufen?"

Brinn zog einen Stapel Bücher aus der Kiste vor ihr und sagte: „Es lief … okay, schätze ich. Er hat sich für die Art entschuldigt, wie es damals gelaufen ist, als er vor fünf Jahren gegangen ist, und hat es ein wenig erklärt."

„Und …?", fragte sie, einen erwartungsvollen Ausdruck auf dem Gesicht.

„Und was?" Brinn sah zu ihr hinauf.

„Na ja, hat seine Erklärung irgendwas geändert? Willst du ihn wieder treffen? Hast du einen Abschluss gefunden? Gib mir doch was", scherzte sie.

Brinn seufzte und lehnte sich an die Wand zurück. „Nein, es hat eigentlich nichts geändert, aber zumindest weiß ich, was passiert ist, und warum. Abschluss?" Sie lachte. „Ich bezweifle, dass wir jemals einen Abschluss finden. Und werde ich ihn wieder treffen? Ich schätze schon. Solange er in Keating Hollow ist, ist es doch unvermeidlich, oder?"

Yvettes Schultern sanken enttäuscht herab. „Er hätte dich

zumindest auf ein weiteres Date einladen können. Auf ein echtes, nicht eins von einer Wohltätigkeitsauktion."

Mit einem Kopfschütteln sagte Brinn: „Das wäre nicht gut gelaufen. Nicht nach der Art, wie wir die Dinge beendet haben."

„Oh." Yvette lächelte sie mitfühlend an. „Ich schätze, die Dinge sind noch kaum geheilt. Na ja", fügte sie mit einem Handwedeln an. „Man weiß ja nie, was die Zukunft bringt. Richtig?"

„Richtig", stimmte Brinn zu und verabscheute die Tatsache, dass eine kleine Blase der Hoffnung in ihrer Brust nach oben stieg. Ganz gleich, wie sehr sie es leugnen wollte. Sie wollte Austin wirklich wiedersehen. Sie wollte ihn zum Abendessen bitten. Aber was würde sie tun, wenn er wieder wegging? Die Blase aus Hoffnung platzte, ließ sie mit einem Gefühl der Leere und des Frusts zurück. „Ich sollte an diesen Büchern arbeiten. Sie werden sich nicht selbst scannen."

Yvette nickte. „Ist sowieso Zeit, das Schild auf *geöffnet* zu drehen. Lass mich wissen, wenn du mal Pause im Lager brauchst. Wir können eine Weile die Aufgaben tauschen."

„Ich bin mir sicher, ich komme klar", sagte Brinn. „Aber danke."

Yvette winkte, während sie aus dem Lager verschwand und Brinn allein mit den Büchern und ihren Gedanken ließ. Sie kniff die Augen zu und schüttelte den Kopf in dem Versuch, Austin aus den Gedanken zu vertreiben.

Das war natürlich eine nutzlose Geste. Denn in der nächsten Stunde konnte sie sich eigentlich nur fragen, was sie gesagt hätte, falls Austin sie gebeten hätte, mit ihm die Stadt zu verlassen. Sie wollte glauben, dass sie ja gesagt hätte, aber tief drinnen wusste sie, dass sie das nicht getan hätte. Ihr Leben am College war von Geistern erfüllt gewesen, die ihr folgten und versuchten, mit ihr zu reden. Manche waren gütig und einfach nur froh, jemanden zum Plaudern zu haben, während andere darauf beharrten, dass sie Nachrichten an ihre Liebsten übermittelte. Und am schlimmsten waren die Geister, die eines gewaltsamen Todes gestorben und entweder völlig verrückt waren, oder unbedingt Rache an ihrem Mörder nehmen wollen. Für eine junge Frau, die sich bereits mit dem Trauma herumschlagen musste, dass ihre Mutter sie im Stich gelassen hatte, war das viel zu viel gewesen, um damit klarzukommen. Der neuerliche Umgang mit Geistern war etwas, von dem sie nicht wusste, ob sie das schaffen konnte. Es war keine Option, Keating Hollow zu verlassen, nicht einmal für Austin Steele.

Sobald Brinn mit dem Scannen aller Bücher fertig war, belud sie den Wagen, schob ihn hinaus in den Laden und bog um die Ecke in einen der Gänge. Als sie gerade in der Nähe des Regals mit den paranormalen Krimis stehen blieb, bemerkte sie eine Bewegung aus dem Augenwinkel. Sie schaute gerade noch rechtzeitig auf, um zu sehen, wie ihre Großmutter sie anlächelte. Ihr stockte der Atem, und Tränen brannten in ihren Augen. Die Frau, die vor vier Jahren gestorben war, winkte und verschwand dann ins Nichts.

KAPITEL 6

ustin saß am Schreibtisch seiner Großmutter, schaute hinab auf ihr Treuhandvermögen. Er hatte es bestimmt schon ein dutzendmal gelesen, las es aber trotzdem noch einmal, versuchte Antworten zu finden. Es ergab keinen Sinn. Seine Großmutter hatte seinem Vater eine kleine Geldmenge hinterlassen, ihr Haus Austin, und der Rest ihrer Besitztümer war zwischen ihm und Gideon Alexander aufgeteilt worden.

Er las den Namen noch einmal. Gideon Alexander. Der Mann war ein ehemaliger Filmproduzent, der zum Künstler geworden war. Er war der Sohn von Throm Alexander, einem halsabschneiderischen Machtmenschen in der Filmindustrie. Austin hatte nicht den blassesten Schimmer, weshalb seine Großmutter einen Teil ihres Vermögens einem Fremden hinterlassen sollte, ganz zu schweigen, einen so großen Anteil.

Soweit er sagen konnte, hatten sie einander nicht gekannt. Es gab keine Hinweise darauf, dass zwischen den beiden irgendetwas kommuniziert worden war. Seine Nummer war nicht in ihrem Handy oder dem Telefonbuch, das sie immer noch pflegte. Es gab keine Karten oder Briefe oder anderweitige Korrespondenz.

Austin wusste, dass Gideon seine Karriere in Hollywood hinter sich gelassen hatte und nun die Kunstgalerie in der Stadt betrieb, und mit der Schriftstellerin Miranda Wohn verlobt war. Er war in den letzten paar Wochen auch wegen eines Urlaubs nicht in der Stadt gewesen, darum hatte Austin noch nicht die Gelegenheit bekommen, mit ihm zu reden. Er schnappte sich das Handy und wählte die Nummer der Galerie.

Eine Frau ging ran und sagte: „Enchanted K Galerie, wie kann ich heute behilflich sein?"

„Hallo. Ist Gideon Alexander da?", fragte Austin.

„Im Augenblick nicht. Kann ich eine Nachricht übermitteln?"

Austin verkniff sich einen Fluch. „Ist schon gut. Können Sie mir sagen, wann er wieder da ist?"

„Heute nach dem Mittagessen", antwortete sie.

„Perfekt. Ich komme dann einfach später vorbei. Danke, dass Sie sich die Zeit genommen haben." Austin legte das Handy hin und lehnte sich in seinem Sessel zurück. Es war der Augenblick der Wahrheit. Er würde endlich herausfinden, weshalb seine Großmutter jemandem Geld hinterlassen hatte, den sie offensichtlich gar nicht kannte.

Während er die Papiere wieder in den Schreibtisch schob, läutete das Telefon. Es war das Haustelefon. Niemand aus seinem Leben in L.A. würde ihn auf diesem Telefon anrufen. Wenn es sein Studio-Geschäftsführer oder einer seiner Freunde war, hätten sie ihn auf dem Handy angerufen.

Wer immer es war, bei dem Anruf ging es vermutlich darum, das Erbe zu verwalten. Die Nachlassanwältin war begierig darauf, Gideon eine Nachricht zu schicken, doch

Austin hatte sie gebeten, noch zu warten. Er hatte einfach das Gefühl, erst mit dem Mann reden zu müssen und sicherzustellen, dass das nicht irgendeine Art Betrugsmasche für ältere Leute war. Hatte sich Gideon mit seiner Großmutter angefreundet und sie überzeugt, ihr Testament zu ändern? Es war möglich, selbst wenn Austin das schwer zu glauben fand. Alles, was er über Gideon Alexander gehört hatte, hatte nahegelegt, dass es dem Mann nicht an Geld fehlte.

Beim vierten Klingeln schnappte sich Austin das Telefon. „Hallo?"

„Austin! Es freut mich, dass ich dich erwischt habe", sagte sein Vater, seine Stimme dröhnte aus dem Telefon.

Austins Griff um den Hörer verfestigte sich. „Dad, was kann ich für dich tun?"

Ein Lachen drang durch die Leitung. „Was du für mich tun kannst? Ist das die Art, wie man den eigenen Vater begrüßt, mit dem man über einen Monat lang nicht geredet hat?"

„Tut mir leid, Dad. Ich war ein wenig damit beschäftigt, mich mit Omas Erbschaft herumzuschlagen."

„Na ja, genau deswegen rufe ich doch an. Ich bin etwa eine Woche davon entfernt, mein derzeitiges Projekt abzuschließen, und wenn ich fertig bin, bin ich unterwegs nach Keating Hollow, um dir zu helfen, dich um die Dinge meiner Mutter zu kümmern. Wäre das nicht toll? Ich hab dich schon ewig nicht mehr gesehen."

Austin saß verblüfft da. Seine Oma war vor zwei Monaten gestorben, und in all der Zeit hatte sein Vater mit keinem Wort erwähnt, dass er nach Keating Hollow zurückkehren würde. Austin war dankbar gewesen. Jetzt würde er herausfinden müssen, wie er über eine unbestimmte Zeitspanne hinweg mit diesem Mann koexistieren konnte.

„Austin? Hast du mich gehört? Bereite das Gästezimmer vor. Ich bin in acht Tagen da."

„Ja. Ich habe dich gehört", sagte Austin und räusperte sich, als er Schwierigkeiten hatte, die Worte herauszuzwingen. „Aber das musst du nicht machen. Ich kriege das hin. Echt."

„Ach, jetzt komm schon", sagte er. „Ich kann das doch nicht alles dir zumuten. Außerdem bin ich sicher, du kannst Hilfe brauchen, den Nachlass zu regeln."

„Ich ..."

„Es klingelt in der anderen Leitung. Tut mir leid, Austin. Ich muss los. Wir sehen uns nächste Woche."

Die Leitung war tot, und Austin warf den Hörer zurück auf das Telefon, sein Frust sorgte dafür, dass er aufstand und im Zimmer auf und ab ging. Er hatte keine nennenswerte Zeit mit seinem Vater verbracht, seit dem Tag, an dem er vor fünf Jahren Keating Hollow verlassen hatte. Es hatte über zwei Jahre gedauert, bevor sie auch nur miteinander geredet hatten. Und das nur, weil sein Vater ihn in L.A. aufgespürt hatte, um die Dinge richtigzustellen. In diesen beiden Jahren hatte er sein Geschäft verloren und war schließlich auf die Anonymen Alkoholiker gestoßen. Austin hatte die Entschuldigung seines Vaters angenommen und die Geste zu schätzen gewusst, aber er hatte ihm nicht verziehen. Es gab ein paar Dinge, die man nicht einfach mit einer Entschuldigung zurücknehmen konnte.

„Verdammt", murmelte er und blieb dann abrupt stehen, als er eine Bewegung gegenüber im Zimmer wahrnahm. Die Haare auf seinen Armen standen ihm zu Berge, und plötzlich hatte er das Gefühl, dass er nicht allein war. „Hallo?"

Kühle Luft materialisierte sich, trieb über ihn und schob ein Stück Papier an, das auf dem Schreibtisch lag.

„Oma?", flüsterte er, sicher, dass sie es war, falls jemand von der anderen Seite ihm einen Besuch abstattete.

Im Raum war es still.

„Wenn du da bist, gib mir noch ein Zeichen", versuchte er es.

Die Uhr tickte laut in dem ansonsten stillen Zimmer. Austin wartete ein paar Minuten, dann stieß er angehaltene Luft aus und strich sich mit der Hand durch die Haare, bevor er aus dem Büro marschierte, mit dem seltsamen Gefühl, als hätte er seine Großmutter noch einmal verloren.

AUSTIN GING auf dem Kopfsteinpflaster-Bürgersteig die Hauptstraße entlang, den Kopf gesenkt, ohne auf die magischen Schaufenster zu achten, die Keating Hollow so besonders machten. Seit Anfang Januar materialisierten sich beim Buchladen rotierende Zitate auf dem Glas, und das Café hatte eine animierte Schneeszenerie, die sich mit der Tageszeit änderte. An den meisten Tagen hatte er sich die Zeit genommen, die Kreativität zu bewundern, aber an diesem Nachmittag hatte er keinen Kopf dafür.

Er musste diese Erbschaft geregelt bekommen, bevor sein Vater auftauchte, ansonsten wusste er, dass es Schwierigkeiten geben würde. Es gab keinen Zweifel, dass sein Vater sich da mitten hineinzwängen und Austins Leben dabei zur Hölle machen würde.

Die Gemälde in den Fenstern der Enchanted K Galerie waren bunte, leuchtende Abbilder von Keating Hollow, voller skurriler Details. Sie waren genau die Art Gemälde, die seine Großmutter geliebt hätte. Austin nahm sich einen Augenblick, um sie zu betrachten. Eines war von der Hauptstraße, mit dem

Fokus auf die Pension von Keating Hollow. Er stellte sich vor, dass das Touristen gefiel, die das magische Städtchen besuchten. Das andere war eine Landschaft mit dem Fluss, und in der Ferne waren zwei Golfmobile, die anscheinend ein Rennen austrugen, beide voller Frauen, die Cocktailgläser hielten und lachten, während ihre Haare im Wind wehten. Austin kicherte. Er hatte von den epischen Golfmobilrennen gehört, an denen Brinns Cousine Wanda öfter teilnahm. Das war ein Kunstwerk für die Einheimischen.

Die Tür öffnete sich, und ein Pärchen kam heraus, einen gerahmten Druck in der Hand. Die Frau plauderte von genau der Stelle, wo sie ihr neuestes Kunstwerk aufhängen würde. Ihr Partner nickte nur und nahm sie an der Hand, während sie die Straße zum *Incantation Café* hinabschlenderten. Es war später Januar, die kälteste Zeit des Jahres, und trotzdem trieb es noch Touristen nach Keating Hollow. Es war einfach so einladend. Tatsächlich, obwohl Brinn gesagt hatte, dass sie immer gewusst hatte, dass Austin eines Tages gehen würde, hatte *er* das nicht immer gewusst. Er hatte vorgehabt, diese Stadt zu seiner Heimat zu machen. Aber dann hatte sein Vater das unmöglich gestaltet, und er hatte rausgemusst.

Jetzt, da sein Vater umgezogen war, war das vielleicht nicht mehr so unmöglich. Sobald er einmal die Erbschaft seiner Großmutter geregelt hatte, konnte er vielleicht entscheiden, ob er eine Veränderung im Leben vornehmen wollte.

Austin betrat die Galerie. Die Werke darin leuchteten genauso wie diejenigen im Fenster, und er war sofort beeindruckt.

„Schönen Nachmittag", sagte der Mann hinter dem Tresen. „Ein toller Tag draußen, oder?"

Austin nickte. Trotz der kühlen Temperaturen schien die Sonne, und der Hauch von neuem Leben hing in der Luft. Das sorgte für das Gefühl, dass der Frühling nicht so weit entfernt war. „Ist es auf jeden Fall." Er ging hinüber zum Tresen. „Sie sind Gideon Alexander, oder?"

Der Mann lächelte ihn an. „Wie er leibt und lebt. Was kann ich für Sie tun?"

„Sie sind echt schwer aufzuspüren."

Gideon beäugte ihn neugierig. „Üblicherweise nicht. Aber sagen Sie mir, Mr. ...."

„Steele. Aber gerne auch Austin", sagte Austin.

„Okay. Also dann, Austin, weshalb hast du versucht, mich aufzuspüren?"

Austin schaute sich in der Galerie um, dann zurück zu Gideon. „Hast du zufällig Peggy Steele gekannt?"

Gideon kniff die Augenbrauen zusammen, während er aussah, als würde er Austins Frage verarbeiten. Dann hellte sich seine Miene auf. „Klar, ich habe sie gekannt. Tatsächlich habe ich dieses Bild für sie gemalt." Er wies auf eines der schrulligen Gemälde, die hinter ihm an der Wand hingen.

Austin erkannte es sofort. Es war die Bergaussicht vom Küchenfenster seiner Oma aus. Er war gerührt, aber dann wurden seine Gefühle etwas argwöhnischer. „Hat sie das in Auftrag gegeben?"

„Nein. Offiziell nicht. Aber sie hat erwähnt, dass sie eines Tages gern ein Gemälde ihres Berges hätte. Ich hatte vor, sie damit zu überraschen, aber dann ist sie verstorben. Mein herzliches Beileid." Gideon wandte sich ab, holte das Bild von der Wand und reichte es Austin. „Ich hätte gern, dass du das bekommst. Es wäre nicht richtig, es jemand anderem zu verkaufen."

Austin reichte es zurück. „Ach, nein. Das könnte ich nicht annehmen. Das ist zu viel."

„Ist es nicht. Ich habe es für sie gemalt", sagte Gideon, der sich weigerte, es zurückzunehmen. „Bitte. Ich hätte echt gern, dass du es bekommst."

Warum? Wer war dieser Mann für seine Großmutter gewesen? Austin nickte nur und lehnte das Gemälde an den Tresen. „Kann ich dich noch was fragen?"

„Natürlich."

„Wie gut kanntest du meine Großmutter?" Austin versuchte, seinen Tonfall neugierig zu halten, und er hoffte, dass dem anderen Mann sein Argwohn nicht auffiel.

„Nicht sonderlich gut, um ehrlich zu sein. Ich habe sie nur ein paar Mal getroffen, als sie und ihre Nachbarin Caroline reinkamen. Ich erinnere mich an sie, weil sie so begeistert von meiner neuen Serie war. Es tat mir echt leid, zu hören, dass sie gestorben ist. Sie war ... äußerst lebhaft."

„Das war sie", stimmte Austin zu, nicht sicher, was er mit der Antwort des Mannes anfangen sollte. Er hatte erfahren, dass Gideon zwar noch nicht lange in Keating Hollow war, er sich aber bereits den Respekt der anderen Bewohner erarbeitet hatte.

Gideon musterte Austin ein paar Augenblicke lang, als würde er versuchen, ihn zu verstehen. Dann fragte er: „Warum?"

„Warum was?", fragte Austin.

„Warum willst du wissen, ob ich Peggy kannte?"

Ach ja. Er hatte dem Mann noch nicht vom Testament seiner Großmutter erzählen wollen, aber er hatte nicht nur die moralische Verpflichtung, er musste es auch abschließen, bevor sein Vater in der Stadt aufschlug. Er räusperte sich. Austin schaute dem anderen Mann in die Augen, beobachtete sorgsam jegliche Reaktion. „Wie es sich erweist, soll ich den Nachlass meiner Großmutter regeln, und ich bin hier, um dich in Kenntnis zu setzen, dass sie dir ein erhebliches Vermögen hinterlassen hat.“

Gideon blinzelte, dann runzelte er die Stirn. „Entschuldigung, was?“

Austin holte einen Umschlag aus der Tasche und reichte ihm dem Mann. „Die Einzelheiten stehen da drin.“

„Ich verstehe das nicht“, sagte Gideon, während sich seine Finger um den Umschlag legten.

Gideons Verwirrung ließ sich nicht verhehlen. Der Mann hatte diese Neuigkeiten nicht erwartet. Das war offensichtlich. Austin lächelte ihn trocken an. „Da sind wir schon zwei.“

KAPITEL 7

*A*ustin verließ die Enchanted K Galerie verblüffter als bei seiner Ankunft. Gideon wirkte wie ein anständiger Mann, der durch die Erbschaft genauso auf dem falschen Fuß erwischt worden war wie Austin selbst. Er wünschte sich innig, es gäbe eine Möglichkeit, mit seiner Großmutter zu kommunizieren.

Du könntest Brinn fragen. Sobald der Gedanke sich in seinem Verstand bildete, verwarf Austin ihn wieder. Austin wusste besser als jeder sonst, dass Brinn niemals wieder einen weiteren Geist sehen oder mit ihm reden wollte. Nicht mal Peggy Steele. Sie hatte ihm alles darüber erzählt, wie sie in ihren Jahren am College von Geistern heimgesucht worden war, die ihre Hilfe gefordert hatten. Es war völlig überwältigend gewesen, und manchmal auch traumatisierend. Als ein Geist verlangt hatte, dass Brinn seinen Mörder finden musste, war das mehr gewesen, als man irgendjemandem zumuten konnte.

Nein, er würde Brinn nicht fragen. Er würde einfach weiter in den Papieren seiner Großmutter wühlen, um herauszufinden, weshalb sie einen Haufen ihres Geldes einem Mann hinterlassen hatte, den sie kaum kannte.

Bevor er auch nur wusste, wohin er unterwegs war, stellte Austin fest, dass er vor *Hollow Books* stand. Wörter in goldener Schrift glitten über das Glas eines Fensters. Das andere zeigte einen Roman von Miranda Moon, der geöffnet war, während Wölfe aus den Seiten erschienen und in die Wälder wegliefen.

„Das ist echt süß, oder?", fragte eine Frau direkt hinter ihm.

Austin drehte sich um und seine hübsche Brünette, die in einen langen schwarzen Rock und ein violettes Korsett gekleidet war. Ihre langen, lockigen Haare waren etwas wild, und etliche silberne Ringe und Armbänder komplettierten ihr mysteriöses, hexenartiges Aussehen. Austin lächelte sie warm an. „Das zieht auf jeden Fall Blicke auf sich."

„Dabei hat mir Mary Pelsh geholfen. Sie ist eine geniale Lufthexe. Ich bin immer wieder erstaunt von dem, was sie schafft."

„Sie sind Miranda Moon, oder?", fragte Austin.

„Ganz genau. Woher wissen Sie das?"

„Ich habe Ihr Bild hinten auf Ihrem Buchumschlag gesehen", sagte er.

Sie grinste und hielt ihm ihre Hand hin. „Heißt das, Sie haben mein neuestes Buch gekauft? Yvette war so nett, es für mich in Szene zu setzen."

„Noch nicht, aber ich werde auf jeden Fall eins holen." Austin schüttelte ihr die Hand. „Austin Steele. Schön, Sie kennenzulernen."

„Sie auch. Und danke. Ich weiß die Unterstützung zu schätzen. Sind Sie ein neuer Bewohner, oder besuchen Sie Keating Hollow nur?"

Er zuckte mit den Schultern. „Ich bin mir echt noch nicht sicher."

Sie lachte leise. „An der Stelle stand ich auch schon. Obwohl es nicht viel gebraucht hat, um mich davon zu überzeugen, herzuziehen. Es ist ein besonderer Ort."

„Da besteht überhaupt kein Zweifel", stimmte Austin zu.

Sie beäugte ihn einen Augenblick lang. „Sie sind jemand, der bleibt. Das wissen Sie vielleicht noch nicht, aber ich erkenne das. Um diese Zeit nächstes Jahr werden Sie schon permanent hergezogen sein." Sie tätschelte ihm den Arm. „Vertrauen Sie mir."

Austin hob die Augenbrauen. „Wie können Sie da so sicher sein?"

„Ich weiß Dinge einfach." Sie zwinkerte und zog die Tür auf. „Wollen Sie rein?"

Er nickte, weil er wusste, dass Brinn da drin war. Sie war wie ein Magnet. Wegzugehen, bevor er mit ihr geredet hatte, war keine Option. Er trat einen Schritt zurück und bedeutete Miranda, dass sie als erste hineingehen sollte.

Sie nickte zum Dank und rauschte in den Buchladen, die Arme weit geöffnet zu einer großen Geste. „Die örtliche Bestsellerautorin ist eingetroffen", verkündete sie mit einem Lachen.

In Brinns Augen glitzerte Erheiterung, während sie die Schriftstellerin anlächelte. „Hey, Miranda. Wir haben dich heute nicht erwartet."

„Ich bin gekommen, um Bücher zu signieren." Sie winkte Austin. „Seht mal, wen ich draußen gefunden habe."

Brinns Blick landete auf ihm, und ihr Lächeln verblasste. „Austin. Hallo."

„Hallo", sagte er und ignorierte die Enttäuschung, die sich in seinen Eingeweiden breitmachte. Was hätte er nicht gegeben, wenn ihre Augen geleuchtet hätten, sobald er einen Raum betrat.

„Äh … Was machst du … Ich meine, kann ich dir mit irgendwas behilflich sein?"

Austin lächelte sie hoffnungsvoll an, entschlossen, ihre Verteidigungslinien zu durchbrechen. „Danke", sagte er und ging auf sie zu. „Aber ich habe bereits gefunden, wonach ich suche."

Ihre Wangen wurden rosa.

Sein Lächeln wurde breiter.

„Oh, wow", sagte Miranda und fächelte sich Luft zu. „Ist hier drin die Temperatur hochgegangen, oder liegt das nur an mir?"

Brinn wandte ihre Aufmerksamkeit der Autorin zu. „Miranda, deine Bücher liegen auf dem vorderen Tisch da drüben."

Miranda lachte. „Das ist eine sehr höfliche Art, mir zu sagen, mich um meine eigenen Angelegenheiten zu kümmern. Keine Sorge, ich habe die Nachricht erhalten. Kann ich dir einen Rat geben?"

„Du gibst ihn mir doch sowieso, oder?", fragte Brinn.

Miranda lächelte nur, dann warf sie einen Blick auf Austin. „Der da mag dich. Das ist offensichtlich. Sorg auf jeden dafür Fall dafür, dass du ein Abendessen aus ihm rauskitzelst, bevor du ihn hängen lässt."

„Mich hängen lässt?", wiederholte er mit gespieltem Ärger. „Auf wessen Seite stehen Sie denn, Miranda?"

„Der von Brinn. Immer." Sie wedelte mit den Fingern in ihre Richtung und ging dann durch das Zimmer, um sich ans Signieren zu machen.

„Hör nicht auf sie", sagte Brinn, die ihn endlich anlächelte. „Sie ist nur auf Ärger aus."

„Was du nicht sagst!", rief Miranda durch den Raum.

Brinn verdrehte die Augen und schüttelte den Kopf. „Siehst du?"

„Schon." Er ging hinüber zum Tresen und lehnte sich mit einer Hüfte daran, während er sich in dem ruhigen Laden umschaute. „Sieht so aus, als wärt ihr für heute allmählich fertig."

„Ja. Nur noch eine Dreiviertelstunde, bis wir schließen." Sie beäugte ihn neugierig. „Gibt es irgendwas, womit ich behilflich sein kann?"

„Ja. Abendessen. Hast du Zeit?"

Ihre Augen wurden kurz groß, ehe sie den Mund öffnete, um etwas zu sagen, und ihn dann schloss, als wäre sie nicht ganz sicher, was sie sagen sollte.

Er machte sich ihren unentschlossenen Augenblick zunutze. „Wie wäre es mit Krabbenküchlein im *Cozy Cave*? Sind sie noch immer dein Lieblingsessen?"

„Ja, aber ..."

„Perfekt. Wir treffen uns dann wieder hier, wenn ihr schließt, und wir können rübergehen."

„Ich meinte, ja, sie sind immer noch mein Lieblingsessen, aber ich habe dem Abendessen nicht zugestimmt."

„Noch nicht", fügte er an. „Aber wir wissen doch beide, dass du zu Krabbenküchlein nicht Nein sagen kannst. Ich zahle."

Brinn starrte ihn an, doch ihr Widerstand löste sich rasch auf, während ein Lächeln auf ihre rosa Lippen trat. „Es ist nicht fair, wenn du meine Schwächen kennst."

Er grinste. „Da du meine kennst, würde ich sagen, es ist unentschieden. Ich bin dann wieder da in ..." Er schaute auf seine Uhr. „In genau zweiundvierzig Minuten."

„Sorg einfach dafür, dass du genug Bargeld dabei hast, denn ich brauche ein paar Margaritas zu diesen Krabbenküchlein", rief Brinn ihm nach.

Er drehte sich um, als er gerade bereit war, aus der Tür zu gehen. „Mach dir deswegen keine Sorgen. Es ist genug da für Margaritas *und* diesen Schokokuchen ohne Boden."

Wie aufs Stichwort wurden ihre Wangen wieder leuchtend rosa. Austin zwinkerte ihr zu, weil er wusste, dass sie beide niemals den Abend vergessen würden, an dem sie ihren Geburtstag mit diesem Schokokuchen gefeiert hatten … nackt.

Als sich die Tür hinter ihm schloss, hörte er Mirandas leises Pfeifen und konnte nicht anders, als zufrieden mit sich zu sein.

Zweiundvierzig Minuten später war Austin wieder zurück in *Hollow Books*, mit einem Strauß weißer Lilien in einer Hand und einer Geschenktasche von *Charming Herbals* in der anderen.

Er wollte gerade hineingehen, als Brinn die Tür aufzog und sagte: „Vielleicht sollte ich einfach …" Sie verstummte, als ihr Blick auf den Blumen und dann der Tasche landete.

„Vielleicht solltest du einfach was?", fragte er, reichte ihr die Blumen.

Es schimmerte feucht in ihren Augen, während sie sie kurz schloss und die Blumen dann an die Nase hob. Mit einem Kopfschütteln sagte sie: „Nichts. Vielen Dank. Das ist sehr fürsorglich."

„Gern geschehen. Ich habe auch das im Schaufenster gesehen und an dich gedacht." Er reichte ihr die Tüte von *Charming Herbals*.

Brinn nahm die Tüte zögerlich und schaute hinein. Als sie den Blick zu Austin hob, betrachtete sie ihn nur argwöhnisch aus zusammengekniffenen Augen. „Das hast du zufällig im Schaufenster gesehen?"

Er zuckte mit einer Schulter. „Irgendwie so was."

„Dachte ich mir doch. Bree hat doch dieses Serum nicht mal auf Lager. Es wird nur auf Bestellung gefertigt, weil es zu viel Arbeit macht. Wie hast du es geschafft, einfach rein zu marschieren und eine Flasche zu bekommen?"

„Wer hat denn gesagt, dass ich einfach reinmarschiert bin?", fragte er mit einem selbstzufriedenen Grinsen. Das Serum war eine magische Creme, in die Brinn sich vor Jahren verliebt hatte, weil sie leicht nach Lilie roch, und weil sie auch magische Dinge für ihre empfindliche Haut tat. Sie benutzte sie, solange er sie kannte, wenn auch nur sehr zögerlich, weil der Preis im Platinbereich lag.

„Du sagst, die hast du schon vor Wochen bestellt?", fragte sie und klang überrascht.

Austin lächelte nur. „Bereit zum Abendessen?"

Ihre Miene wurde weich und zärtlich, während sie nickte.

Er schob seine Hand in ihre freie, und als sie sich nicht zurückzog, stieß er ein leises, zufriedenes Seufzen aus. Er hatte fünf Jahre auf diesen Augenblick gewartet. Dass er sich an ihren Verteidigungslinien vorbei bewegen konnte und sie ihn wieder einließ. Austin wusste, dass er das vermutlich nicht verdient hatte, aber er war trotzdem dankbar.

„Also, wegen dieses Schokokuchens ohne Boden ...", sagte sie mit einem Glitzern im Blick.

Austin knurrte beinahe, schaffte es aber, es zurückzuhalten. „Willst du vorschlagen ..."

„Nein!" Sie schüttelte den Kopf und stieß ein lautes Lachen aus. „Ich wollte sagen, dass er nicht mehr auf der Speisekarte steht, also schätze ich, du hast Pech."

„Er steht nicht mehr ... was?", fragte Austin, der abrupt stehen blieb. „Du machst Witze, oder?"

„Ich fürchte nicht", erwiderte sie fröhlich. „Dieser Schokokuchen wird einfach nur in unserer Erinnerung weiterleben müssen."

„Das ist so falsch", sagte Austin, der Enttäuschung

vorspielte. Die Tatsache, dass Brinn mit ihm flirtete, ließ ihn ganz lebhaft werden. Er würde einfach alles tun, damit sie weiterredete. „Was ist mit Crème brulée?"

„Nicht gerade mein Favorit."

„Tiramisu?", probierte er es.

„Ich will eigentlich nicht wirklich dran denken, etwas zu essen, in dem Löffelbiskuit steckt. Das ist einfach nur … falsch."

Er schnaubte. „Wie wäre es mit selbst gemachtem Eis? Stell dir nur vor, was meine Zunge …"

„Okay, das reicht", sagte sie lachend. „Ich glaube nicht, dass es heute Abend noch Platz für einen Nachtisch gibt."

„Nur heute Abend? Also sagst du, ein anderes Mal können wir es uns gönnen?"

„Ich sage gar nichts."

Ihre Wangen röteten sich wieder, und Austin konnte gerade so eben verhindern, dass er sie nicht an das Gebäude schob und sie gleich dort küsste. Aber jetzt war nicht der richtige Zeitpunkt. Er wusste, wenn er die Dinge jetzt über ihren harmlosen Flirt hinausgehen ließ, würde er ruinieren, was immer sich da zwischen ihnen entwickelte. Brinn brauchte Zeit, und er würde nichts tun, um die Chance zu vermasseln, die sie ihm anscheinend gab.

„Also gut", stimmte er zu. „Aber mir gefällt, dass die Tür wohl offensteht."

„Du bist unnachgiebig." Sie verdrehte die Augen, doch die Wölbung ihrer Lippen erzählte ihm etwas anderes.

„Bloß hoffnungsvoll." Er drückte leicht ihre Hand und wusste, dass die Magie, die sie teilten, immer noch zwischen ihnen existierte, dass sie genauso hell funkelte wie zuvor. Da erkannte er, wenn sie ihm eine Tür zu ihrem Herzen öffnete, würde er niemals wieder gehen können.

„O nein!", rief Brinn plötzlich.

„Was ist denn?" Aber sobald die Worte seinen Mund verließen, sah er das Problem. Sie standen vor dem *Cozy Cave*, und es gab ein Schild an der Tür, das besagte, dass sie wegen eines Familiennotfalls geschlossen hatten. „Verdammt." Er warf einen Blick hinüber zum *Woodlines*, dem vollgestopften Restaurant auf der anderen Straßenseite. „Wir könnten sehen, wie lange es dauert, bis wir einen Tisch bekommen."

Brinn runzelte die Stirn. „Sieht nach einer langen Wartezeit aus. Die Leute stehen in drei Reihen auf dem Bürgersteig, und ich verhungere schon. Vielleicht sollten wir das verschieben."

Austin schüttelte den Kopf. Er würde das Handtuch nicht so schnell werfen. „Ich habe eine bessere Idee."

„Ach, und die wäre?"

„Komm zu mir rüber. Ich koche", sagte er.

„Du kochst?", fragte sie und klang skeptisch. „Seit wann?"

„Seit ich keine anständigen Krabbenküchlein in L.A. finden konnte. Es brauchte ein wenig Überzeugungsarbeit, aber ich habe es geschafft, das Rezept von *Cozy Cave* zu kriegen. Hast du Interesse?"

„Du weißt, wie man ihre Krabbenküchlein macht?" Sie wies mit dem Daumen in die Richtung des Restaurants.

„Ich hab sie schon mal gemacht, ja."

„Gehen wir." Brinn schnappte sich seine Hand und zog ihn die Straße entlang.

Austin lächelte vor sich hin und folgte ihr nur zu gern.

KAPITEL 8

*N*ach einem kurzen Ausflug in den Supermarkt folgte Brinn Austin in das Haus seiner Großmutter. Sie war schon mal hier gewesen, als sie zusammen gewesen waren, aber es war jetzt anders. Weniger vollgestellt, männlicher. Als Erstes fiel ihr auf, dass er die Blumenvorhänge, die Peggy gemacht hatte, abgenommen hatte, sodass nur noch die einfachen weißen Fensterläden blieben. Der Großteil von Peggys Krimskrams war auch entfernt worden. Brinn musste zugeben, dass ihr die Veränderungen gefielen, aber es machte sie auch traurig, als die Erkenntnis, dass sie Peggy niemals wiedersehen würde, sie hart traf.

Tränen traten ihr in die Augen, und sie blinzelte sie weg. Austin hatte es nicht nötig, dass sie wegen seiner Oma weinte. Er hatte seine eigene Trauer, mit der er fertig werden musste. Als sie die Küche betraten, folgten auf das Klicken von Hundekrallen auf den Fliesen rasch ein Jaulen und ein Bellen, als Oz, Austins Hund, auf sie zu raste, sein Schwanz wedelte aufgeregt.

„Ja, Kumpel", sagte Austin, der nach unten griff, um ihn aufzuheben. „Ich habe eine Überraschung für dich."

Brinns Herz zog sich zusammen, und sie griff sofort hinüber, um ihn zu nehmen.

Oz wand sich, schlängelte sich fast aus Austins Griff, während er dringend versuchte, zu Brinn zu gelangen. Sie fing ihn, als er in ihre Arme sprang und wie wild das Gesicht ableckte, die ganze Zeit über machte er winselnde Geräusche.

„Verflixt, Oz. Wie kannst du mir nur so dazwischen gehen", sagte Austin.

„Er geht doch zwischen gar nichts", sagte Brinn, die mit dem Hund kuschelte. „Wir haben fünf Jahre Küsse und Kuscheln nachzuholen."

Austin knurrte, aber auf seinem Gesicht stand ein Lächeln, als er zum Küchentresen ging, um seine Einkäufe auszupacken.

Brinn nahm sich Zeit, Oz zu verhätscheln, während der weiß-goldene Lhasa Apso sich wand, um auf dem Boden zu kommen. Als sie ihn schließlich auf die Beine stellte, tätschelte sie ihm den Kopf und sagte: „Ich hab dich auf jeden Fall vermisst, Junge." Er drehte sich und leckte ihr die Hand, ehe er weglief, um etwas zu trinken.

Brinn wischte sich über die Augen, dann schaute sie sich in der Küche um. „Was ist denn aus den Hühnerdosen geworden?"

Austin stellte eine Vase mit Wasser auf den Tresen. „Die sind eingelagert, zusammen mit dem ganzen anderen kitschigen Zeug, dem meine Großmutter nie widerstehen konnte."

„Okay, verstanden", erwiderte Brinn mit einem Lachen, während sie die Lilien in die Vase stellte. „Aber du musst zugeben, dass die Hühner ziemlich gut waren. Besonders das, das allen den nackten Hintern gezeigt hat."

„Meinem ästhetischen Empfinden entsprechen sie nicht ganz", sagte Austin, der die Lilien im Esszimmer auf den Tisch stellte, gleich neben der Küche.

„Ach, komm schon. Darum geht es doch nicht. Sie waren witzig, weil deine Oma immer gekichert tat, wenn jemand sie erwähnt hat. Allein diese Erinnerung ist es wert, sie zu behalten."

„Würdest du sie in deiner Küche lassen, wenn du versuchst, ein Haus mit vierzig Jahren voller Zeug zu entrümpeln?", fragte er.

„Die Hühner? Auf jeden Fall. Aber nicht die Salz- und Pfeffersteuersammlung oder die Chipsschale mit Kuhthema. Wer immer beschlossen hat, Euter auf eine Schale für Chips und Dips zu designen, ist echt gestört."

Austin lachte, während er nach einer Weinflasche aus dem Weinregal griff. „Ich könnte dir gar nicht mehr zustimmen." Er hielt die Flasche hoch. „Willst du ein Glas?"

„Ja, bitte." Brinn ließ sich auf einem Barhocker an der Kücheninsel nieder und beobachtete, wie er ihnen beiden ein Glas einschenkte.

Austin hielt sein Glas hoch. „Ein Trinkspruch? Auf … Krabbenküchlein und guten Wein."

Brinn stieß an sein Glas, während sie seine Worte wiederholte und es verabscheute, dass sie sich so … sicher anfühlten. In einer perfekten Welt würden sie auf einen Neubeginn anstoßen. Aber das war ein Weg, den sie nicht einschlagen konnte, und er wusste das.

„Warum runzelst du die Stirn?", fragte Austin, der einen Behälter mit Krabbenfleisch öffnete.

„Ich runzle nicht die Stirn", sagte sie, während sie sich ein Lächeln aufsetzte.

„Wenn du es sagst", erwiderte er mit einem Grinsen.

Brinn grinste zurück und nahm einen großen Schluck von ihrem Wein.

Während Austin sich damit beschäftigte, ihr Abendessen zu machen, war Brinn überrascht, als sie ihn mühelos in der Küche werkeln sah. Als sie zusammen gewesen waren, hatte er kaum Wasser kochen können. „Wie und wann hast du gelernt, wie man kocht?"

„Überrascht?", fragte er, ein Hauch Schalk stand in seinem Blick.

„Ja. Ich habe mir gedacht, du würdest entweder von Lieferessen oder Tiefkühlpizza leben."

Er spielte den Beleidigten, während er sich ans Herz fasste. „Du verletzt mich. Tiefkühlpizza? Niemals."

„Aha. Ich wette, du hast jetzt und hier ein paar in der Gefriertruhe", scherzte sie.

Er warf einen Blick auf die Gefriertruhe und sagte: „Um was willst du denn wetten?"

Brinn schüttelte den Kopf. „Das war übertrieben. Wir müssen doch nicht wirklich wetten."

„Nö. Du hast die Herausforderung ausgesprochen. Nenn deine Bedingungen", sagte er mit einem Grinsen.

Oh, sie konnte auf gar keinen Fall mehr zurück. Das war so eine Sache zwischen ihnen gewesen, dass sie immer um Kleinigkeiten gewettet hatten. Nur dass ihre Bedingungen damals eine etwas … intimere Wendung genommen hatten. Sie spürte, wie sich ihr Gesicht wieder erhitzte, und schaute Austin fast finster an, als sein Grinsen größer wurde. „Hör auf."

„Mit was aufhören?", fragte er unschuldig.

„Das weißt du. Du bist erheitert, weil ich immer wieder rot werde. Hör einfach auf."

„Mit der Erheiterung?"

„Ja! Damit."

Er lachte leise. „Ich bin mir nicht sicher, ob ich das versprechen kann. Jetzt, wegen dieser Wette …"

„Gut." Sie verdrehte die Augen, konnte aber nicht anders, als das schnaubende Lachen auszustoßen, das ihr auf die Lippen trat. „Wenn im Gefrierschrank eine Pizza ist, schuldest du mir eine neunzigminütige Massage. Falls keine drin ist, schulde ich dir eine Ballonfahrt in Napa Valley."

„Wow. Du legst dich ins Zeug, oder? Ballonfahrt? Bist du sicher, dass du dafür bereit bist?", fragte er. „Was ist mit den Geistern, die da vielleicht unterwegs sind?"

„Auf fünfhundert Metern Höhe hängen vermutlich keine Geister rum, aber das ist ja wohl kaum das Problem. Wer hat denn gesagt, dass ich mit dir komme?", fragte sie. „Ich wollte dir ein Ticket kaufen und es dir schicken."

„*Tickets*", betonte er. „Was immer ich gewinne, ich will, dass du mitmachst, also stell sicher, dass du dafür bereit bist. Bist du sicher, dass du die Bedingungen nicht noch ändern willst?"

„Nö. Die Bedingungen sind in Ordnung", sagte sie und wedelte gelassen mit der Hand. „Ich weiß, dass du da immer hin wolltest, und wenn du darauf beharrst, mich dabei zu haben, kann ich es gleich von meiner Liste streichen."

„Du führst eine Liste?", fragte er und klang überrascht.

„Aber natürlich. Macht das nicht jeder?"

„Das bezweifle ich, aber mir gefällt diese Entwicklung. Sag mir, was da sonst noch draufsteht, und ich fange an, zu planen."

Brinn schüttelte den Kopf. „Eine Aktivität nach der anderen, Steele. Verstanden?"

„Also gut", erwiderte er mit gespieltem Ärger. „Die Bedingungen stehen fest, darum glaube ich, wenn du dich mir anschließt, falls ich gewinne, ist es nur gerecht, dass ich auch teilnehmen darf ... falls *du* gewinnst."

„Was meinst du denn ..." Sie hörte abrupt auf zu reden, als ihr klar wurde, dass er daran dachte, er wäre derjenige, der ihr die Massage gab. Ihr ganzer Körper prickelte vor Vorfreude. Erinnerungen drangen in ihre Gedanken, ließen ein Beben ihr Rückgrat hinauf wandern. Nein. Sie musste mit diesen Gedanken aufhören. „Äh, als ich von einer neunzigminütigen Massage gesprochen hatte, meinte ich eine Sitzung in *A Touch of Magic*. Nur, um das klarzustellen."

„Ach, ich verstehe." Austin nippte noch einmal an seinem Wein. „Ich bin froh, dass wir das geklärt haben. Aber trotzdem, falls du gewinnst, werde ich eine Paarmassage buchen. Das wirkt nur angemessen."

Brinn beäugte ihn. „Ich glaube, das bedeutet, dass du auf jeden Fall eine Tiefkühlpizza in diesem Gefrierschrank hast."

Er hob beide Hände. „Um ehrlich zu sein, bin ich mir nicht wirklich sicher. Manchmal kaufe ich sie aus Bequemlichkeit, aber ich kann mich nicht erinnern, ob ich eine gekauft habe, seit ich hier bin." Er ging hinüber zum Gefrierschrank. „Bist du bereit, zu sehen, was es wird? Massage oder Ballonfahrt?"

„Du bist unverbesserlich. Das weißt du, oder?"

„Ist besser als langweilig." Er zog die Tür auf und bedeutete ihr, dass sie nachschauen sollte.

Brinn musterte die Gefriertruhe, sah aber gar nichts in einer Schachtel. Keine Pizza und keine anderen tiefgefrorenen Mahlzeiten. Es sah aus, als würde sie einen Ausflug nach Napa machen, um in einem Heißluftballon herumzufliegen ... allein mit ihrem Ex. Heiliger Bimbam, worauf hatte sie sich da nur eingelassen? Das Einzige im Gefrierschrank waren verschiedene Fleisch- und Fischsorten, außerdem ein paar gefrorene Früchte und Gemüsesorten. „Was, auch kein Eis?"

„Schau mal hinter dem gefrorenen Obst", sagte er.

„Sag mir, dass du Schoko-Karamell Delight hast. Das mit den richtigen Karamellbändern, die durchgehen." Brinn wurde der Mund wässrig, wenn sie nur an dieses dekadente Dessert dachte.

„Das lässt sich nur auf eine Art herausfinden." Austin ging zurück zur Insel und arbeitete wieder an ihrem Abendessen, während Brinn seinen Gefrierschrank durchsuchte.

Sobald das Obst zur Seite geschoben war, beugte sich Brinn nach unten und beäugte das kleine Gerät, das hinten stand. „Das ist ... O mein Gott." Sie wirbelte herum, um ihn anzusehen. „Du hast eine Eismaschine?"

„Sieht so aus, oder?", fragte er, ganz offensichtlich zufrieden mit sich. „Ich habe vielleicht sogar die Zutaten für Schoko-Karamell."

„Ich glaube, ich bin verliebt", sagte sie, dann schlug sie sich rasch die Hand vor den Mund.

Austin schaute ihr in die Augen, sein Lächeln war weg, und eine beinahe gequälte Miene trat auf sein Gesicht.

„Tut mir leid", sagte sie leise.

„Entschuldige dich nicht. Ich hoffe einfach nur, dass du das eines Tages wieder sagen wirst und es ernst meinst."

Seine Worte sorgten für eine schockierte Stille. Dann kam der Frust, und sie ging näher, bedrängte ihn. „Austin?"

„Ja?", fragte er, schaute auf sie hinab.

„Das ist nichts, was du aus mir herauskitzeln kannst. Nicht hier. Nicht jetzt."

„Warum nicht? Es ist die Wahrheit", sagte er.

„Weil ich das nicht mit dir mache. Wir können versuchen, Freunde zu sein. Zusammen zu essen. Uns an deine

Großmutter zu erinnern. Aber so zu tun, als würde aus uns jemals irgendwas sonst werden, ist einfach etwas, das wir nicht tun sollten." Sie schaute sich dann um, wünschte sich, die Dinge wären anders. Dass er die Stadt nicht verlassen hätte. Dass er nicht das Gefühl gehabt hätte, er hätte keine Wahl. Und am wichtigsten, dass er ihr genug vertraut hätte, um ihr von seinen Plänen zu erzählen. Sie zwang sich dazu, ihn wieder anzuschauen. „Ich will nicht darüber reden. Das ist zu schwer."

Er nahm sich einen Augenblick, um ihre Worte zu verarbeiten, dann nickte er langsam. „Verstanden. Ich entschuldige mich." Es gab keinen Hauch der Erheiterung oder der Scherze von vorhin mehr. Ein ernster Austin hatte den lockeren Mann ersetzt, in den sie sich vor all den Jahren verliebt hatte. Und verdammt, wenn sie das nicht dazu brachte, dass sie ihre Worte zurücknehmen wollte. Ihm sagen wollte, dass sie von ihm hören wollte, dass er sie liebte. Dass er hier in Keating Hollow bei ihr bleiben wollte … für immer. Ihr Magen flatterte, als wäre das tatsächlich eine Möglichkeit.

Das war es nicht.

Brinn wusste, dass er ein erfolgreiches Geschäft betrieb, in das er zurückkehren musste. Selbst wenn er hätte bleiben wollen, konnte er das nicht. Nicht, wenn er Leute hatte, die auf ihn zählten.

Als Brinn ihre Aufmerksamkeit wieder Austin zuwandte, war er damit beschäftigt, die Krabbenküchlein in die Pfanne zu legen, um sie zu braten. Eine Soße, die genau wie die von *Cozy Cave* aussah, war bereits in Arbeit und stand an der Seite. Wann hatte er die zubereitet? War sie so sehr mit ihren Gedanken beschäftigt gewesen, dass ihr das nicht aufgefallen war? So schien es.

„Ich kann dir mit dem Eis helfen, während du die

fertigmachst", sagte Brinn, die versuchte, ihre Gedanken an eine Versöhnung mit Austin aus ihrem Verstand zu schieben. Sie würde mehr Glück haben, wenn sie sich beschäftigt hielt.

„Wenn du das machen willst, klar", sagte er. „Das Rezept ist in der obersten Schublade."

Brinn wühlte es heraus, und nachdem sie es gelesen hatte, nickte sie und machte sich an die Arbeit. Fünfzehn Minuten später, als Austin gerade ihre Krabbenküchlein auf die Teller gab, stellte Brinn die Eismaschine ein und setzte eine Zeit fest. „Es muss fest werden, und dann kann ich das Karamell reintun."

Austin schaute in die Maschine und nickte. „Sieht gut aus. Essen wir, bevor sie kalt werden."

Brinn folgte ihm hinüber an den Tisch, wo Oz bereits auf sie wartete. Es gab zwei Tischsets, mit den Lieblingsporzellantellern seiner Oma. „Ist fast, als wäre sie noch hier."

Als sie gerade sprach, ging eines der Küchenfenster auf, und Wind pfiff durch das Zimmer.

Sie und Austin starrten einander an, und wie aufs Stichwort begannen sie beide zu lachen.

„Na, das war unerwartet", sagte Brinn, die aufsprang, um das Fenster zu schließen.

Doch Austin kam ihr zuvor. „Ich würde da nicht zu viel hineininterpretieren. Ich wollte den Riegel austauschen, seit ich in die Stadt zurückgekehrt bin. Manchmal schließt er nicht richtig."

„Klar. Sehr nahe liegende Geschichte." Es war an ihr, zu scherzen.

Austin lächelte sie schief an, während er das Fenster schloss und verriegelte. Dann lehnte er sich an den Tresen, die Arme vor der Brust verschränkt. „Obwohl es mir nichts ausmachen würde, wenn sie hier wäre."

„Nicht?" Brinn hätte es etwas ausgemacht. Obwohl sie die Gelegenheit geliebt hätte, sich von Peggy zu verabschieden, wusste man nie, wie ein Geist auf den eigenen Tod reagierte. Sie wollte sich nicht mit einem verstörten Geist herumschlagen, der nicht ganz bei Sinnen war. Brinn hatte Peggy geliebt und oft an ihre Ersatzgroßmutter gedacht. Peggy Steele war eine der wenigen Erwachsenen gewesen, die im Lauf der Jahre ein Auge auf Brinn gehabt hatten, und Brinn vermisste sie. Sie wollte diese Erinnerung nicht trüben, wenn sie es vermeiden konnte.

„Sagen wir einfach, dass ich ein paar Fragen habe. Fragen, die schon lange beantwortet hätten werden sollen, bevor ich mich mit dem Nachlass herumgeschlagen habe", sagte Austin, der müde klang.

Brinn nahm wieder am Tisch Platz, ließ Austin ihre uneingeschränkte Aufmerksamkeit zukommen. „Was denn? Was ist los?"

Austin stieß einen langen Atemzug aus, während er mit der Hand über seine kurzen Haare strich. „Ach, eigentlich nichts. Nur eine Einzelheit mit ihrem Vermächtnis, die nicht wirklich Sinn ergibt."

„Welche Einzelheit?", drängte Brinn. Es war klar, dass es etwas war, das Austin belastete, und sie wollte helfen. „Ich weiß nicht, ob du das weißt, aber ich bin mit deiner Großmutter gut befreundet gewesen, nachdem du weg bist."

„Sie hat erwähnt, dass ihr beiden euch hin und wieder getroffen hat", sagte Austin.

Brinn schnaubte. „Hin und wieder? Eher schon zweimal wöchentlich, jede Woche. Wir hatten feste Termine, um uns zu Kaffee und Pediküre zu treffen. Sie hat mir Dinge erzählt. Vielleicht kann ich helfen."

„Das hat sie dir nicht erzählt", sagte er mit einem Seufzen.

„Versuch's doch mal."

„Es hat mit Gideon Alexander zu tun. Hast du irgendeine Idee, weshalb sie ihm ein kleines Vermögen hinterlassen sollte?", fragte Austin Brinn. An seinem ausdruckslosen Tonfall erkannte sie, dass er nicht erwartete, dass sie Antworten hatte.

„Sie hat Gideon ein kleines Vermögen überlassen?" Brinns Augen wurden groß. Da steckte eine Geschichte drin, und sie sollte verdammt sein, wenn sie sie nicht herausfinden konnte.

„Ja", bestätigte Austin. „Selbst Gideon behauptet, er habe keine Ahnung, warum."

„Das ist … na ja, das ist unfassbar. Es ist ja nicht so, als würde er das Geld brauchen", sagte Brinn eher vor sich hin. „Es sieht aus, als käme er bestens zurecht, oder?"

Austin nickte und stöhnte, als das Fenster wieder aufsprang. „Oma", rief er, „falls du das bist, musst du aufhören."

Der Wind erstarb sofort, und Austin wandte sich an Brinn. „Das hast du gesehen, oder?"

Sie nickte, fasste sich mit den Händen an den Bauch.

„Du musst mit ihr reden", sagte Austin, sein Tonfall war dringlich.

„Ich … ich mache das nicht mehr", erwiderte sie. „Das weißt du doch."

„Brinn, bitte. Das ist meine Großmutter. Ich muss wissen, ob sie manipuliert wurde, bevor ich einen äußerst großen Scheck weiterreiche."

Brinn erhob sich, sah die Erwartungshaltung in seinen Augen, schüttelte den Kopf. Nein. „Ist das der Grund, weshalb du mich hergeholt hast? Dass du glaubst, ich würde sie sehen, und mich dann als Medium benutzen kannst?" Wie jeder andere am College, der von ihrer Fähigkeit erfahren hatte.

„Was? Nein, ich …"

„Vergiss es", sagte Brinn, spannte das Kinn an. „Ich sollte

inzwischen dran gewöhnt sein."

„Gewöhnt an was?", fragte er, während er ihr zur Tür folgte. „Was habe ich denn getan?"

„Du hast es ruiniert", sagte Brinn traurig. „Ich rede nicht mehr mit Geistern."

Austin nickte. „Ich dachte nur, wenn sie schon hier ist, würdest du vielleicht mit ihr reden wollen."

„Sie ist hier?"

Die Welt drehte sich leicht, und plötzlich stand Brinn von Angesicht zu Angesicht dem Geist von Peggy Steele gegenüber.

„Hallo, meine Liebe", sagte Peggy. „Bist du bereit? Wir haben viel zu besprechen."

Brinn holte scharf Luft, funkelte Austin an und sagte dann: „Ich kann das nicht. Ich kann diese Tür nicht wieder aufstoßen." Während Panik in ihre Adern strömte, schnappte sich Brinn ihren Mantel und ging direkt zur Tür, ließ Austin und Oz zurück ... mit einem köstlichen Teller Krabbenküchlein.

„Brinn, warte!", rief Austin.

Doch sie schaute nicht zurück. Das konnte sie nicht, aus Angst, dass Peggy genau hinter ihr sein würde. Was hatten Geister denn sonst zu tun?

Brinn nerven, das war alles. Sie biss die Zähne zusammen und nahm sich vor, weiteren Salbei zu bestellen. Als sie nach Hause kam, ging sie direkt ins Bett, versuchte, sich zu überzeugen, dass das Date nicht so hin gedreht worden war, dass sie mit Peggy hatte kommunizieren müssen.

Aber irgendwas tief in ihrem Inneren sagte ihr, dass es so war. Und sie hatte vor langer Zeit gelernt, dass sie ihrem Bauchgefühl vertrauen konnte. Und das bedeutete, dass sie Austin Steele nicht vertrauen konnte.

KAPITEL 9

rinn saß am Ende ihres Sofas, kraulte Buffy hinter den Ohren und starrte auf das unberührte Thunfisch-Sandwich. Das traurige Thunfisch-Sandwich ohne Mayonnaise, dass sie zusammengeworfen hatte, denn der Kühlschrank war fast leer, und sie war vor Austin weggelaufen, bevor sie die Gelegenheit gehabt hatte, ihr Abendessen zu sich zu nehmen. Und verdammt, diese Krabbenküchlein hatten toll ausgesehen und gerochen. Weshalb hatte er darauf bestanden, dass sie mit seiner toten Großmutter reden musste, bevor sie gegessen hatten?

Weshalb hatte er da überhaupt darauf bestanden? Austin wusste doch, wie sie dazu stand, mit den Toten zu kommunizieren. Außerdem gab es nichts, was sie von ihr erfahren konnten, das die Testamentsdokumente verändern würde, also sah Brinn überhaupt einen Sinn darin.

Sie schloss die Augen, und das Bild ihrer eigenen Großmutter, die im Buchladen stand, blitzte vor ihren Augen auf. Brinn war kurzzeitig verblüfft gewesen, aber dann hatte sie sich nach ihr gestreckt, wollte unbedingt wieder mit ihr reden. Aber sobald Brinn den Mund geöffnet hatte, war ihre Großmutter verschwunden. Und so sehr Brinn nicht mit Geistern reden wollte, sie hatte sich gefreut, ihre Großmutter zu sehen.

Danach hatte sich Nervosität breitgemacht.

Weshalb hatte sie ihre Großmutter gesehen? Sie war der zweite Geist, der ihr in Keating Hollow in einer knappen Woche erschienen war. Würde sie anfangen, sie überall zu sehen?

Diese Frage war es, mehr als alles andere, was sie aus Austins Haus hatte fliehen lassen. Wenn die Geister anfingen, sie in Keating Hollow zu nerven, was würde sie dann tun?

Buffy legte eine Pfote auf Brinns Hand, als wisse die reinweiße Katze, dass sie Trost brauchte.

„Danke, Buffy", murmelte Brinn und lehnte sich nach unten, um dann die Katze auf den Kopf zu küssen. „Was sollen wir denn wegen dieser Geister unternehmen?"

Buffy schaute Brinn an, ihre grünen Augen leuchteten.

„Ja, ich weiß es auch nicht."

DAS SCHWACHE LEUCHTEN des Computers erhellte Brinns Schlafzimmer. Sie saß aufrecht im Bett, suchte nach Informationen über Medien in der Gegend. Bisher hatte sie in einem Kreis von hundert Meilen keines gefunden. Keines, das aufrichtig wirkte oder Werbung machte auf jeden Fall.

Brinn rieb sich die verkrusteten Augen. Sie hatte kaum ein paar Stunden Schlaf bekommen. Sie sah immer nur wieder ihre Großmutter und den Ausdruck auf Austins Gesicht vor dem inneren Auge aufblitzen, als er gewollt hatte, dass sie mit Peggy redete.

Wenn die Geister sie in Keating Hollow gefunden hatten, würde sie lernen müssen, wie sie sie blockierte. Sie konnte ihr Leben nicht führen, wie sie es am College getan hatte. Sie würde den Verstand verlieren.

Wenn sie kein Medium befragen konnte, beschloss sie, dass sie das Nächstbeste tun würde.

Vierzig Minuten später war Brinn angezogen und hatte einen Thermobecher in der Hand, als sie das Haus verließ. Die Sonne schien und tat ihr Bestes, den morgendlichen Nebel wegzubrennen. Sie lenkte ihren Prius ins Stadtzentrum, entschlossen, Antworten zu erhalten.

Brinn packte vor *Charming Herbals* und schaute auf das *Geschlossen*-Schild an der Tür. Sie lehnte sich zurück, trank ihren Kaffee und wartete. Und wartete noch etwas länger.

Endlich wurde das Schild umgedreht, und Brinn eilte in den Laden.

„Guten Morgen, Brinn." Bree Burgess lächelte sie warm an. „Was kann ich heute für dich tun?"

„Ich brauche ein Serum", stieß Brinn hervor. „Es ist ein Notfall."

„Das Hautserum?" Sie runzelte die Stirn, und ihre Augenbrauen zogen sich zusammen. „Das habe ich nicht auf Vorrat. Du hast in letzter Zeit keins bestellt, oder?"

„Ach, nein. Das ist es nicht … Ich bin wegen was anderem hier. Es ist ziemlich obskur, aber ich hoffe, du kannst mir helfen oder mich zumindest in die richtige Richtung weisen."

„Okay" Bree ging hinter den Tresen und schaute auf die Regale hinter ihr. „Wonach suchst du denn?"

„Geisterabwehr."

Bree blinzelte sie an. „Hast du gesagt, Geisterabwehr?"

„Ja."

„Wie ein Insektenspray, bevor du in den Wald gehst?" Brees

Lippen zuckten, aber sie schaffte es, das Lächeln zurückzuhalten.

„Ja, genauso. Ich brauche etwas, das verhindert, dass mich die Geister nerven. Hast du so was? Ein Spray? Einen Trank? Einen Zauber?"

Bree kam hinter dem Tresen hervor und führte Brinn hinüber zu zwei Stühlen am Fenster. Nachdem sie Platz genommen hatten, drehte sie sich zu Brinn und sagte: „Willst du mir erzählen, was los ist? Hast du einen Geist, der plötzlich in deinem Haus aufgetaucht ist? Denn du weißt, mit Salbei ..."

„Ich habe Salbei", sagte Brinn, die den Kopf schüttelte. „In meinem Haus lebt keiner, zumindest glaube ich das nicht. Meine Großmutter hängt manchmal da rum, aber für sie würde ich keinen Salbei brauchen."

„Okay, dann verstehe ich es nicht. Was ist das Problem?"

Brinn holte tief Luft und ließ sie langsam wieder heraus. Sie schaute dann der Frau in die besorgten grünen Augen. „Ich rede da nie darüber ... niemals. Es gibt nur ein paar Leute, die davon wissen. Wenn es dir also nichts ausmacht, das für dich zu behalten, würde ich das zu schätzen wissen."

„Okay. Klar." Bree runzelte die Stirn, versuchte offensichtlich zu begreifen, wohin Brinn damit wollte.

„Ich bin ein Medium", stieß Brinn hervor.

Brees Augen wurden groß. „Echt? Wow. Das ist ... wow", sagte sie noch einmal. „Ich bin noch nie einem Medium begegnet. Er ist eine ziemlich seltene Gabe, oder?"

„Es scheint so, aber ich würde es kaum als Gabe bezeichnen", sagte Brinn mit einem genervten Schnauben. „Du hast keine Ahnung, wie es ist, wenn man von einem Geist verfolgt und genervt wird, der einfach nur Rache an einem fremdgehenden Ehemann nehmen will."

„Oje. Ist das bei dir jetzt los?" Bree neigte den Kopf,

während sie um Brinn herumschaute, als würde sie nach dem fraglichen Geist suchen.

„Nein. Aber in der Vergangenheit ist das schon passiert."

„Wie oft?", fragte Bree.

Brinn sank auf dem Sessel zusammen. „Als ich am College war, habe ich die ganze Zeit Geister gesehen. Jeden Tag. Die Verrückten gab es eher mal alle paar Wochen. Aber hier in Keating Hollow sehe ich sie nie. Oder zumindest habe ich sie nie gesehen, aber diese Woche habe ich zwei und vermutlich sogar einen dritten gesehen. Ich kann nicht einfach wieder so überschwemmt werden. Sicher gibt es irgendwas, was man tun kann, um sie abzuwehren."

„Das klingt ziemlich ... störend."

„So könnte man es nennen." Brinn stand auf und fing an, im Laden auf und ab zu gehen. „Hast du irgendwelche Vorschläge?"

Bree biss sich auf die Unterlippe und verzog dann das Gesicht. „Ich sage es nur ungern, aber ich habe keine. Das ist nichts, was ich schon jemals gefragt wurde. Da die Gabe, oder der Fluch, wie du es sehen könntest, so selten ist, ist es auch unwahrscheinlich, dass irgendeiner meiner Zulieferer etwas hat. Aber ich kann auf jeden Fall mal genauer für dich nachsehen."

„Machst du das?" Brinn spürte einen Hauch Hoffnung, während sie die Kräuterkundige anstarrte. „Rufst du mich an, wenn du was findest? Irgendwas?"

„Mache ich." Bree lächelte ihr beruhigend zu. „Ich tue mein Bestes. In dem Augenblick, in dem ich für dich irgendwelche Informationen habe, melde ich mich."

„Vielen Dank." Brinn umarmte die Frau, dankbar, jemanden zu haben, der ihr mit ihrem Problem helfen wollte.

Bree erwiderte die Umarmung unbehaglich und stieß dann ein nervöses Lachen aus. „Ich habe aber noch nichts."

„Aber du machst was", sagte Brinn entschlossen. Es gab keinen Raum für Zweifel. Nicht für sie. Sie wusste, wie es war, ohne Frieden zu leben. Das konnte sie nicht noch einmal tun.

„Ich werde es versuchen", versprach Bree.

„Um mehr kann ich nicht bitten." Brinn dankte ihr für ihre Hilfe und ging dann wieder nach draußen. Was sollte sie jetzt tun? *Charming Herbals* war der einzige Ort, der ihr einfallen wollte, um Hilfe zu suchen. Sie musterte die Hauptstraße und hoffte, dass ein Astrologe oder Tarot-Kartenleser ein Geschäft eröffnet hatte.

Kein Glück.

Brinn stieg in ihr Auto, wollte zurück nach Hause fahren, aber als sie vor der Keating Hollow Brauerei ein vertrautes Auto sah, machte sie einen spontanen Abstecher und parkte neben Abby Townsends neuem roten Honda SUV.

Es war noch früh, aber trotz des *Geschlossen*-Schildes stand die Eingangstür offen. Brinn spähte hinein und stellte fest, dass Abby am Tresen saß, eine Tasse Kaffee und eine Pastete aus dem *Incantation Café* vor sich.

„Guten Morgen, Brinn", sagte Clay Garrison.

Brinn schaute hinüber und sah Abbys Mann, der auf sie zukam. Er hatte ein Klemmbrett in der Hand und einen Stift hinters Ohr gesteckt. „Hi, Clay. Ich weiß, dass ihr noch nicht geöffnet habt, aber ich hatte gehofft, mal kurz mit Abby reden zu können. Ist es okay, wenn ich mich zu ihr an den Tresen setze?"

„Aber klar doch", rief Abby von ihrem Platz aus. Ihre langen blonden Haare waren unordentlich zusammengesteckt, und sie trug eine Yogahose und ein Sweatshirt, als wäre sie gerade erst aus dem Bett gefallen und hätte sich zur Brauerei geschleppt.

Clays Lippen zuckten. „Die Chefin hat gesprochen. Komm schon rein."

„Danke." Brinn schlängelte sich zwischen den Tischen durch, bis sie zum Tresen kam, und setzte sich neben die beste Freundin ihrer Cousine. „Morgen."

„Morgen", sagte Abby, die ihr ein freundliches Lächeln zukommen ließ. „Was bringt dich denn so früh her?"

„Du", sagte Brinn und legte sich eine Hand an die Stirn.

„Oh-oh. Was ist los?" Abbys Miene wurde besorgt. „Ist es Wanda? Ist was passiert?"

„Nein, nein. Gar nichts dergleichen", versicherte ihr Brinn. „Es bin … ich. Ich habe ein Problem, und ich könnte eine Gesprächspartnerin brauchen."

„Okay, schieß los." Sie hob ihre Tüte mit Gebäck. „Ein Kuchen dazu? Ich habe einen übrig."

„Klar." Brinn nahm das Stück Kuchen und war dankbar, dass sie sich einen Augenblick lang auf etwas anderes konzentrieren konnte. Sie hatte keine Ahnung, weshalb sie in der Brauerei bei Abby saß. Es war ja nicht, es wäre die andere Hexe ein Medium. Sie stellte Seifen und Tränke und Energiebooster her. Trotzdem war sie nicht sicher, mit wem sie sonst reden könnte.

„Clay", rief Abby. „Haben wir frischen Kaffee? Ich glaube, Brinn könnte einen Schuss Koffein vertragen."

„Ist das so offensichtlich? Ich habe gestern Nacht kaum geschlafen."

„Du wirkst ein bisschen blass. Nichts, was ein Nickerchen nicht einrenkt", entgegnete Abby.

Brinn schnaubte. „Wie diplomatisch von dir. Aber ja, ich

sehe in meiner Zukunft ein Nickerchen, wenn ich je wieder rauskriege, wie ich mich entspannen kann."

„Was hält dich denn wach?", fragte Abby.

„Geister."

„Ernsthaft?", fragte Abby, die durch Brinns Antwort viel zu aufgeregt wirkte.

„Ja, aber sie halten mich nicht buchstäblich wach. Sie hängen nicht an meinem Haus rum. Zumindest nicht, dass ich mir dessen bewusst wäre. Aber ich habe ein paar in der Stadt gesehen, und ich fürchte, dass ich anfangen werde, sie dauernd zu sehen." Sie erklärte dann weiter, wie sie erfahren hatte, dass sie ein Medium war, als sie am College gewesen war, und den Grund, weshalb sie zurück nach Keating Hollow gezogen war.

„Ich will keine Geister sehen, darum muss ich rausfinden, wie ich das kontrollieren kann. Ich weiß, dass du eine Menge Zeit in New Orleans verbracht hast. Hast du je welche gesehen?"

„Ja. Tatsächlich ein paar Mal", sagte Abby mit einem Nicken. „Aber keiner von ihnen hat mit mir geredet. Sie waren nur irgendein Umriss, haben sich an Orten aufgehalten, an denen sie vor über hundert Jahren gelebt haben."

„Das wäre für mich völlig in Ordnung. Leider sehe ich diejenigen, die reden wollen", sagte sie und dankte Clay, der eine Kaffeetasse vor ihr abstellte.

„Das klingt irgendwie interessant", sagte Abby.

„Tatsächlich ist es sehr übergriffig und nimmt mein ganzes Leben ein. Ich will das nicht." Sie drehte sich, um Abby in die Augen zu schauen. „Ich weiß, dass das ein Fischen im Trüben ist, aber hast du je von irgendeinem Trank oder einem Zauber gehört, oder irgendwas, das die Geister fernhält?"

„Klar. Ich werde mich bei einer Freundin von mir in New Orleans melden müssen, aber ich bin ziemlich sicher, es gibt noch was außer Salbei, das Leute vor Geistern schützt."

„Ernsthaft?" Brinn drückte sich eine Hand an die Brust, während ihr Herz vor Vorfreude wild zu schlagen begann.

„Ernsthaft. Gib mir einen Tag oder zwei, um ein paar Anrufe zu tätigen, und ich lasse dich wissen, was ich rausfinde."

„Abby", sagte Brinn. „Wenn du nicht verheiratet wärst, würde ich dich gleich auf den Mund küssen. Vielen Dank."

Die Frau lachte. „Sei mal nicht zu begeistert. Ich habe doch noch nichts."

„Aber du versuchst es, und darauf kommt es jetzt an. Vielen Dank, vielen Dank, vielen Dank."

Abby lachte leise. „Gern geschehen. Ich hoffe nur, ich finde etwas, das für dich funktioniert."

„Das hoffe ich auch."

Brinn blieb eine Weile bei Abby und testete ein paar der neuen Cider, die die Brauerei im Lauf der Feiertage eingeführt hatte. Ihr Liebling war der mit Ingwergeschmack. Der hatte genau den richtigen Biss für einen kalten Wintertag.

Bis Brinn zurück in ihr Haus kam, lächelte sie und war von Hoffnung erfüllt, dass Abby eine Lösung für sie finden würde. Ihre drei Katzen kamen angelaufen, als sie die Tür zufallen hörten, und sie lachte über sie, während sie sie zum Behälter mit den Leckerlis trieben.

„Okay, okay. Beruhigt euch." Sie nahm die Tüte mit Leckerlis und beobachtete, wie sie versuchten, einander aus dem Weg zu schieben. Mit den Leckerbissen in der Hand sagte sie: „Ihr sollt doch beste Freunde sein. Das bedeutet, ihr seid nett zueinander."

Willow setzte sich sofort hin und wartete geduldig, während Buffy Xander ein letztes Mal mit dem Schwanz eine wischte.

Brinn konnte nicht anders, als zu lachen, während sie die

Leckereien austeilte. „Verflixt, Buf. Ich nenne dich in Zukunft nur noch die Katzenschlächterin. Das war nicht sonderlich nett von dir."

Buffy schnurrte nur und rieb sich an Brinns Bein.

„Du schämst dich für gar nichts, oder?"

Buffy lief zwischen Brinns Beine und schlüpfte weg zum Kratzbaum, wo sie sich auf Xanders Lieblingsplatz hockte. Ganz offensichtlich war diese Katze noch nicht damit fertig, ihren Bruder zu quälen.

Brinn hob Xander auf und schmuste ein wenig mit ihm. Als sie ihn gerade wieder absetzte, bekam sie den Hauch einer Bewegung in ihrem Wohnzimmer zu sehen. Mit gerunzelter Stirn ging sie rasch, um nachzusehen, wer da war. Aber als sie am Eingang ankam, erstarrte sie.

„Hallo, Brinn", sagte ihre Großmutter von ihrem Lieblingsplatz am Kamin aus.

„Oma?", krächzte Brinn. Nachdem sie sich geräuspert hatte, fragte sie: „Was … ich meine, warum bist du hier?"

„Natürlich, um dir zu helfen."

„Mir mit was zu helfen?", fragte Brinn, ihre Stimme war jetzt kräftiger, aber ihr ganzer Körper war von einer Gänsehaut überzogen. Was immer der Grund für den Besuch ihrer Großmutter war, sie erkannte sofort, dass es wichtig war.

„Um deine Gabe in die Arme zu schließen, meine Liebe. Es ist an der Zeit."

Brinns Mund wurde trocken. „Warum?"

„Weil du Arbeit zu erledigen hast." Ihre winzige Großmutter lächelte ihr beruhigend zu und verschwand dann im Äther.

KAPITEL 10

*A*ustin ging ins *Incantation Café* und schaute sich unter den Gästen um, auf der Suche nach Gideon Alexander. Es war voll, jeder Tisch war besetzt, und die Schlange reichte fast bis zur Tür. Es war drei Tage her, dass er sich mit Gideon getroffen hatte. Drei Tage, seit er dem Mann mitgeteilt hatte, dass er ein erhebliches Erbe erhalten würde. Bis vor zwei Stunden hatte Austin nichts von ihm gehört, aber dann hatte der Mann ihn angerufen und gefragt, ob sie sich treffen konnten.

„Hey, Austin. Hier drüben", rief Miranda nun durch das Café. Sie saß am Fenster, die Sonne leuchtete auf ihren dunklen Haaren.

Er marschierte hinüber, und als Miranda ihm bedeutete, er solle sich hinsetzen, nahm er ihr gegenüber Platz.

Miranda hatte ihr Handy herausgezogen und tippte auf dem Bildschirm. „Was möchtest du denn? Gideon steht bereits in der Schlange."

Austin reckte den Hals und sah den Mann. Er kam als nächster dran. „Einfach nur schwarzen Kaffee."

„Nur Kaffee? Nö. Du brauchst auch einen Kuchen oder so was." Sie tippte rasch.

„Das ist doch nicht ..."

„Psst!" Sie bestellte und schickte die Nachricht ab. Sobald sie das Handy auf den Tisch gelegt hatte, beugte sie sich vor und sagte: „Ich habe ihm gesagt, er soll eine Auswahl an Süßkram mitbringen. Ich habe bis spät nachts geschrieben. Zucker ist da das einzige Heilmittel."

„Das einzige?", fragte Austin erheitert.

„Und natürlich Koffein."

„Koffein muss man ja nicht extra erwähnen", stimmte Austin zu.

„Du bist ganz nach meinem Geschmack." Miranda plauderte weiter übers Schreiben und Bücher, bis ihr Verlobter erschien.

„Der Kaffee ist fertig." Gideon stellte die Pappbecher auf den Tisch, dann richtete er eine Auswahl an Leckereien auf einem Pappteller an.

Austin lehnte sich in seinem Stuhl zurück, musterte das Paar. Gideon hatte ihm nicht genau gesagt, weshalb er sich treffen wollte. Er hatte nur gesagt, dass er die Situation mit dem Erbe durchsprechen wollte. Austin hätte gedacht, die Papiere, die er Gideon überlassen hatte, wären ziemlich eindeutig gewesen. Falls Gideon Fragen hatte, konnte man die vermutlich übers Telefon beantworten.

Außer, Gideon wollte es aus irgendeinem Grund anfechten. Aber wenn das der Fall war, weshalb waren die beiden dann so fröhlich? Es hätte doch sowieso keinen Erfolg. Die Erbschaft war so ziemlich eindeutig festgelegt.

Austin räusperte sich. „Ich will nicht unhöflich sein, aber kann mir einer von euch sagen, weshalb wir uns treffen?"

Gideon und Miranda wechselten einen raschen Blick, ehe

sie sich beide umdrehten, um wieder ihn anzusehen. Gideon nippte an seinem Kaffee, und als er den Becher zurück auf den Tisch stellte, sagte er: „Ich habe die letzten drei Tage damit verbracht, über diese Erbschaft nachzudenken, und ich glaube, am besten lehne ich sie ab. Ich kannte deine Großmutter doch kaum, und es scheint mir nicht richtig, dass ich bekommen soll, was eigentlich dir zusteht."

Verblüfft blinzelte Austin ihn an. „Das habe ich nicht erwartet."

„Echt? Was hast du denn erwartet?", fragte Gideon, der den anderen Mann mit gerunzelter Stirn musterte.

„Ich habe echt keine Ahnung. Ich habe nur nicht erwartet, dass du so leicht verdientes Geld ablehnen würdest. Das macht doch eigentlich niemand, oder?"

Gideon lachte leise vor sich hin. „Ich schätze nicht."

Miranda beugte sich vor und senkte die Stimme. „Nur unter uns beiden, er braucht es nicht. Hast du das gehört? Er hat jetzt eine Frau, die ihn aushält."

Die beiden lachten über den offensichtlichen Insiderwitz.

„Äh, okay", sagte Austin. „Na, ich bin mir nicht sicher, was ich dazu sagen soll. Ich will nur den Wünschen meiner Großmutter gerecht werden."

Das Lachen erstarb, und Gideons Miene wurde ernst. „Hör mal. Ich verstehe diese Sicht der Dinge völlig. Aber ich kannte sie kaum. Es scheint mir nicht richtig, dass ich das Geld annehme."

„Das ist ... edel von dir", sagte Austin, der immer noch nicht mit der Vorstellung klar kam. Er hatte seiner Großmutter nahegestanden. Sie war nicht senil oder verwirrt gewesen, als sie gestorben war. Da es völlig klar schien, dass Gideon nicht hinter der Abänderung im Testament steckte, musste Austin annehmen, dass sie ihre Gründe gehabt hatte. Und er wollte sie respektieren.

„Es ist doch einfach das Richtige", sagte Gideon.

Austin schüttelte den Kopf. „Ich bin mir nicht sicher, ob es das ist, um ehrlich zu sein." Er legte die Hände flach auf den Tisch und lehnte sich in seinem Stuhl zurück. „Peggy Steele war eine Menge, aber impulsiv war sie nicht. Sie war eine sehr überlegte Frau. Wenn sie dir das hinterlassen hat, dann liegt das daran, dass sie Gründe hatte. Ich bin mir nur nicht klar darüber, weshalb sie es mir nicht gesagt oder irgendeine Art Erklärung hinterlassen hat."

Gideon lehnte sich auch zurück und stieß Luft aus. „Ich habe ehrlich keine Ahnung."

„Ich auch nicht", fügte Miranda an.

„Hast du meiner Großmutter nahegestanden?", sagte Austin, während er sie genauer musterte. War es möglich, dass sie was damit zu tun hatte?

„Ach, nein. Überhaupt nicht. Wir haben uns ein paar Mal kurz getroffen, und ich mochte sie, aber wir waren bestenfalls Bekannte. Es ist nur einfach so, dass ich manchmal Dinge weiß." Sie lächelte ihn sanft an. „Das ist eine meiner seltsamen Eigenheiten."

Sie wusste einfach Dinge? Austin fragte sich, welche Dinge sie über ihn wusste.

Miranda lachte leise und legte ihre Hand über die von Gideon.

Gideon nahm ein Quarkteilchen und biss ab. Nachdem er geschluckt hatte, grinste er. „Verdammt, das ist so gut."

Austin wurde unruhig. Es war nicht, dass er das Pärchen nicht mochte. Er mochte sie durchaus. Sie wirkten echt wie nette Leute. Er konnte Gideons Bitte nur einfach nicht nachkommen.

„Ich weiß zu schätzen, was du tun möchtest, Gideon. Das tue ich wirklich. Aber ich kann mich nicht gegen die Wünsche meiner Großmutter stellen. Ich hatte größten Respekt vor ihr. Wenn sie dir einen Teil ihres Erbes hinterlassen wollte, dann sollten wir das tun. Sie hatte ohne Zweifel ihre Gründe."

Gideon schüttelte verwirrt den Kopf, während er Austin kurz anstarrte. „Ich verstehe es nur einfach nicht."

„Da sind wir schon zwei", sagte Austin ehrlich. „Wir standen uns ziemlich nahe. Es ist echt seltsam für mich, dass sie mir nichts davon erzählt oder irgendeine Art Erklärung hinterlassen hat. Aber darum geht es ja nicht. Ich muss ihre Gründe nicht kennen. Sie hat mir die Verwaltung ihres Nachlasses anvertraut, und das reicht. Wenn du das Geld nicht behalten willst, dann such dir doch eine Wohltätigkeitsvereinigung irgendwas anderes Gutes, was du damit anstellen kannst. Das ist deine Entscheidung."

Die Miene des anderen Mannes wurde plötzlich nachdenklich. „Was Wohltätiges damit zu machen, ist eine gute Idee."

„Wie wäre es denn mit dem Stadtkünstler-Programm?", fragte Miranda. „Sieht mir nach dem logischen Schritt aus, denn da bist du bereits eingebunden."

„Bist du das?", fragte Austin.

Gideon nickte. „Der Künstler oder die Künstlerin darf Werke in meiner Galerie ausstellen. Ich werde auch der Mentor für die geschäftliche Seite des Kunstverkaufs sein."

„Bezahlt dich das Programm dafür?", fragte Austin, der äußerst neugierig war, wie dieses Programm funktionierte.

„Nö", erwiderte Gideon locker. „Meine Zeit und der Platz für die Kunst sind eine Spende. Die Gelder, die der Stadtrat zusammentragen will, sind nur für die Unterkunft und die Stipendien."

„Das ist echt cool." Austin mochte den Mann bereits, der vor ihm saß, doch jetzt respektierte er ihn auch. Er fragte sich, ob seiner Großmutter diese Großzügigkeit ebenfalls aufgefallen war.

„Ist es, oder?", sagte Miranda, die ihren Verlobten sanft anlächelte.

Gideon legte seine Hand über die von Miranda und drückte sie.

Es war nur eine kleine Geste, doch Austin spürte einen Anflug von Eifersucht. Er wollte das, was sie hatten. Die Art Beziehung, in der Partner einander unterstützten und ekelhaft glücklich waren. Er hatte das mal mit Brinn gehabt. Wenn er nicht gegangen wäre – nein, es hatte keinen Sinn, die Vergangenheit ändern zu wollen. Was getan worden war, war getan. Er musste einfach hoffen, dass es Raum für eine zweite Chance gab.

„Was hältst du denn von einem Kunstprogramm für Kinder? Eines, das das ganze Jahr über stattfinden könnte?", fragte Gideon.

Austin spürte, wie kühle Luft über ihn stürmte, und daraufhin bekam er eine Gänsehaut auf den Armen. Und er wusste in diesem Augenblick einfach, dass seine Großmutter Peggy von dieser Idee begeistert war. „Das ist perfekt. Genau die Art Ding, die meine Großmutter toll gefunden hätte."

Gideon lehnte sich zurück und lächelte Austin lässig an. „Perfekt. Dann ist es abgemacht. Ich werde daran arbeiten, einen gemeinnützigen Verein für Kinder und Kunst auf die Beine zu stellen."

„Was, wenn ich sagen würde, dass ich daran beteiligt sein will?", fragte Austin.

„Oh … na ja, es ist das Geld deiner Großmutter. Ich schätze, du solltest auch mitbestimmen können", sagte Gideon.

„Nein. Du missverstehst, was ich sagen möchte." Austin nahm einen Schluck von seinem Kaffee und fuhr dann fort. „Ich will meinen Anteil des Erbes in den neuen Verein einbringen. Und ihn mit einem Musikprogramm ergänzen."

Gideon lehnte sich vor, schaute Austin in die Augen. „Du meinst das ernst, oder?"

„So ernst es nur sein kann", sagte Austin. „Wenn du mit mir arbeiten möchtest, dann will ich dabei sein. Ich kann mir keine bessere Möglichkeit vorstellen, meine Großmutter zu ehren."

„Okay. Du bist dabei." Gideon hielt Austin eine Hand hin.

Austin nahm sie, packte sie fest. „Auf unsere neue Partnerschaft."

„Auf unsere neue Partnerschaft", wiederholte Gideon.

Miranda grinste sie beide an. „Na, ist das nicht aufregend?"

„Das möchte ich sagen", stimmte Gideon zu. „Was meinst du, Miranda ist uns Großes vorherbestimmt?"

Sie schaute auf sie beide, und dann wurde ihr Blick leer, während sie ins Nichts starrte. Langsam ging ihr Kopf nach oben und unten. „Ja. Diese Verbindung ist für Großes bestimmt."

Austin hob die Augenbrauen, nicht sicher, was er von Miranda Moon und ihrer seltsamen Vorhersage halten sollte. „Äh, gehört das zu dieser Gabe, die du da hast, dass du Dinge weißt?"

„So sieht es schon aus", sagte Gideon, sein Tonfall war ernst.

Miranda wandte sich zu ihm, ihre Lippen wölben sich, und ein schelmisches Lächeln lag auf ihrem Gesicht, sogar ihre Augen lachten.

„Du nimmst mich doch nur auf den Arm, oder?", fragte Austin, der sie aus zusammengekniffenen Augen betrachtete.

Sie zuckte mit den Schultern. „Vielleicht. Vielleicht nicht.

Aber jetzt, da ich es raus ins Universum geschickt habe, würde ich nicht dagegen wetten."

„Ich auch nicht", sagte Gideon, der einen Stift aus der Tasche holte und sich eine Serviette schnappte. „Bist du bereit, um ein wenig zu planen?"

Austin lachte, weil er tief im Inneren wusste, dass er es nicht bedauern würde, mit Gideon Alexander zusammenzuarbeiten. Er lehnte sich vor, die Ellbogen auf dem Tisch, und sagte: „Was du heute kannst besorgen …"

KAPITEL 11

*B*rinn wandte der feurigen Rothaarigen den Rücken zu, während sie einen Stapel Bücher auf ein Regal stellte. Wenn sie den Geist einfach ignorierte, wusste sie aus persönlicher Erfahrung, dass ihm vermutlich die Energie ausgehen und er zumindest zwei Stunden lang verschwinden würde.

„Ich sag's dir, Bob war wie ein Presslufthammer. Er stieg auf mich rauf und hat einfach reingerammelt, als müsste man meine Muschi bestrafen. Der Mann braucht meine Bewertung, wenn er Kimmie halten will. Und was ist mit der armen Kimmie? Sie hat es nicht verdient, so behandelt zu werden. Keine hat es verdient, dass jemand an ihren Brüsten rumschraubt wie an einem altmodischen Radio. Bob braucht doch nur eine Kette mit hochklassigen Nippelklemmen und …"

„Um alles Gute unter der Sonne willen!" Brinn wirbelte herum, hatte das Verlangen, den Geist zu erwürgen. „Hören Sie sofort auf zu reden. Sie machen mir heftige Kopfschmerzen."

„Weißt du, was diesem Mann wirklich helfen würde? Meine Bewertung. Wenn er lernen würde, wo der Zauberknopf ..."

„Nein. Nichts mehr von Zauberknöpfen. Einfach nein", sagte Brinn. „Gehen Sie. Ich habe zu arbeiten."

Die kurvige Rothaarige verschränkte die Arme vor der Brust und sah Brinn aus zusammengekniffenen Augen an. „Ich versuche der Welt doch nur einen Dienst zu erweisen. Nehmen Sie mal Timothy. Als ich ihm meine Bewertung gab, hat er mir nicht nur gedankt, er hat mich damit belohnt, mich auf den Tisch zu werfen und ..."

„Arrgh!", krächzte Brinn und hielt sich mit den Händen die Ohren zu. So viel also dazu, den Geist zu ignorieren, bis ihm die Energie ausging.

„Brinn?", rief Yvette, die um die Ecke kam. „Was ist denn los?"

Brinn holte tief Luft und stieß sie aus, während sie ihrer Chefin in die besorgten Augen schaute.

„Hey", fragte Yvette sanft. „Alles in Ordnung?"

„Nein, mit ihr ist nichts in Ordnung", erwiderte der Geist, der genervt klang. „Sie dreht durch. Ich will nur, dass jemand meine Bewertungen abliefert. Meine ehemaligen Partner haben ihr Feedback verdient."

„Das kannst du nicht hören, oder?", fragte Brinn Yvette.

„Was hören?", wollte sie mit gerunzelter Stirn wissen.

„Das habe ich mir schon gedacht." Brinn vergrub das Gesicht in den Händen und stieß ein Stöhnen aus.

„Du machst mir irgendwie Angst", sagte Yvette.

„Ich weiß." Brinn ging von dem Stapel Bücher weg, den sie eingeräumt hatte, und begab sich hinüber zum Café des Buchladens. „Ich brauche Zucker. Bist du dabei?"

„Ich glaube, das mache ich mal lieber." Yvette folgte ihr zum

Café und setzte sich an einen der Tische, während Brinn den Kasten mit den süßen Teilchen plünderte.

Der rothaarige Geist glitt neben Brinn und flüsterte: „Ich gehe nicht weg. Nicht, bis ..." Die Augen des Geistes wurden groß, als die Worte plötzlich verstummten. Eine Sekunde später verschwand sie.

Brinn stieß lange Luft aus, während sie zwei Mokka Latte machte. Als sie fertig war, hielt sie in einer stummen Frage den Behälter mit der Schlagsahne für Yvette hoch.

Yvette nickte und stand auf, um das Tablett mit Plunderteilchen und Kürbis-Scones zu nehmen.

„Da hast du." Brinn reichte Yvette ihren Mokka Latte mit einem Berg aus Schlagsahne, der größer war als der Becher.

„Das ist wohl eine ernste Angelegenheit", scherzte Yvette, bevor sie einen Mund voller Schlagsahne nahm.

Brinn tat es ihr nach und aß dann einen ganzen Kürbis-Scone, ehe sie sich im Sessel zurücklehnte, bereit, über das Problem zu reden, das nicht wegging. „Ich sehe Geister. Die ganze Zeit."

Yvette Augen wurden groß. „Die ganze Zeit?"

„Ja." Sie schaute an ihrer Chefin vorbei und erblickte einen weiteren Geist, der direkt auf sie zu hielt. Dieser war stämmig und klein, mit einem ordentlichen Dutt oben auf dem Kopf, und trug eine mit Heidelbeeren verschmierte Schürze.

„Erzähl mir alles über diesen Scone. Den Geschmack, das Mundgefühl, wie süß er ist. Ist er in deinem Mund geschmolzen?", wollte der Geist wissen.

Brinn wusste aus Erfahrung, wenn sie dem Geist den Gefallen tat, würde er schneller wieder gehen. „Kürbis. Genau auf die perfekte Art feucht, damit er nicht zu trocken schmeckt. Leicht süß. Ich glaube, er wurde mit Ahornsirup gesüßt. Und ja, er ist auf jeden Fall in meinem Mund geschmolzen."

„Äh, Brinn?", fragte Yvette, die Augenbrauen verwirrt zusammengezogen. „Was ...?"

„Erzähl mir von dem Plunderteilchen", bat der Geist, der sehnsüchtig auf das Tablett starrte.

„Eine Konditorin ist gerade als Geist aufgetaucht. Sie geht nicht, bis ich das Plunderteilchen beschrieben habe." Brinn warf Yvette den übertriebenen Hauch eines Lächelns zu.

„Oh", sagte Yvette. Sie nickte und nahm dann eines der Plunderteilchen. „Ich mache es." Sie biss ab, schloss die Augen und genoss das Teilchen. Nachdem sie geschluckt hatte, öffnete sie die Augen und sagte: „Quarkcreme mit nur einem Hauch Süße und blättrigem Teig, der mit einer leichten Zuckerglasur beträufelt wurde. Es ist, als würde man eine käsegefüllte Wolke essen."

Der Geist schnaubte. „Käsegefüllte Wolke? Die stellt sich ja schrecklich an. Aber vorerst geht es." Der Geist winkte Brinn und ging durch den Laden, verschwand hinter der Wand.

„Wie habe ich mich geschlagen?", fragte Yvette Brinn.

„Gut genug, dass sie erheitert war und gegangen ist. Allerdings hat sie nahegelegt, dass du vielleicht deinen Brotjob behalten solltest."

Yvette lachte leise. „Schon in Ordnung. Es gibt einen Grund, weshalb wir unsere Backwaren aus dem *Incantation Café* holen."

„Es ist gut, die eigenen Stärken zu kennen", sagte Brinn, die in ihrem Stuhl zusammensank.

„Alles okay?", fragte Yvette. „Du klingst erschöpft."

„Das ist keine Überraschung. Ich habe in den letzten vier Tagen nicht geschlafen", sagte Brinn, die sich die Augen rieb.

„Ganz plötzlich sind die Geister aufgetaucht, und ich schwöre, es wird mit der Zeit nur schlimmer."

„War es so schlimm, als du auf dem College warst?"

Brinn schüttelte den Kopf. „Nein, aber es war schlimm genug. Ich wusste nie, wann sie auftauchen würden oder wie hartnäckig sie sein würden, aber es war nicht so konstant. Ich bekomme kaum eine Pause, bevor noch einer auftaucht."

Wie aufs Stichwort erschien ein dritter Geist. Die hochgewachsene Blonde mit dem besorgten Blick stand direkt hinter Yvette, die Hände verschränkt, so fest, dass ihre Handknöchel weiß wurden. „Bitte. Du musst nach Henry sehen. Bring ihn dazu, zum Kardiologen zu gehen. Sein Herz ist schwach, und wenn ich nicht da bin, um dafür zu sorgen, dass er Termine vereinbart, fürchte ich, dass er es vergisst. Bitte. Ich will, dass er ein langes, glückliches Leben führt, selbst wenn meins verkürzt wurde."

Brinn nickte. „Klar. Ich sehe nach Henry. Wo finde ich ihn denn?"

Der Geist seufzte erleichtert, dann ratterte er eine Adresse in der Seniorensiedlung herunter. „Er ist eben erst fünfundfünfzig geworden. Es ist unfair, dass er so früh schon Herzprobleme bekommt."

„Es ist unfair", stimmte Brinn zu.

„Sie hat der Himmel geschickt", sagte der Geist, der Brinn anlächelte. „Ich weiß nicht, wie ich Ihnen danken soll."

„Dieser Dank ist unnötig, aber ich muss jetzt wieder an die Arbeit." Brinn erhob sich abrupt und betete, dass der Geist sie jetzt allein lassen würde, da sie zugestimmt hatte, ihm den Gefallen zu tun.

Der Geist grinste und fügte an: „Ich komme dann morgen wieder, um zu sehen, was Sie herausgefunden haben."

Brinn stand leise brütend da. Während sie immer noch

darauf wartete, ob Bree oder Abby etwas für sie aufgetrieben hatten, hatte sie mehr oder weniger die Hoffnung aufgegeben, jemals wieder ein normales Leben führen zu können. Keating Hollow war für sie keine Zuflucht mehr. So viel war klar.

Yvette räusperte sich.

Brinn schaute der Frau in die Augen. „Mein Leben ist völlig beschissen. Kannst du dir vorstellen, wie das für Leute aussieht, die keine Ahnung haben, dass ich von Geistern heimgesucht werde?"

„Es wirkt ziemlich verstörend selbst für jene von uns, die Bescheid wissen", sagte sie behutsam. „Ich wünschte, es gäbe etwas, das ich tun könnte, um zu helfen. Das ist doch bestimmt …"

„Eine Folter?", fragte Brinn. Bevor Yvette ihr antworten konnte, warf Brinn die Hände in die Luft. „Es ist Wahnsinn! Wie soll ich denn so weiterleben? Ich kann nicht schlafen. Ich kann kaum was essen. Und jetzt ist auch noch die Arbeit so gut wie unmöglich!"

Yvette öffnete den Mund, um etwas zu sagen, aber dann blieb sie abrupt stehen und starrte Brinn über die Schulter.

„Hallo, Yvette", sagte eine vertraute Stimme.

Brinn wirbelte herum und stellte fest, dass ihre Großmutter gleich hinter ihr stand, einen besorgten Ausdruck auf dem Gesicht. Brinn warf einen Blick auf Yvette, zurück zu ihrer Großmutter, und dann wieder auf Yvette. „Hast du sie gerade gehört?"

Yvette nickte und wandte dann ihre Aufmerksamkeit Violet Taylor zu. „Hallo, Violet. Das ist … eine Überraschung."

„Ich kann es mir vorstellen. Du siehst normalerweise keine Geister, oder?"

Yvette schüttelte den Kopf. „Noch nie. Weißt du, warum ich es jetzt tue?" Ihre Miene war besorgt, während sie sich im

Laden umsah. „Werde ich sie jetzt auch die ganze Zeit über sehen?"

„Nein, meine Liebe. Du siehst sie nur wegen meiner Magie." Violet wandte sich an ihre Enkelin. „Alles in Ordnung?"

„Nein. Es ist überhaupt nichts in Ordnung", sagte Brinn, ihre Stimme brach, als ein Schluchzen in ihrer Kehle feststeckte. Die Ereignisse der letzten paar Tage, zusammen mit der Tatsache, dass ihre Großmutter da war und mit Yvette und ihr redete, als wäre sie nie gestorben, das war alles zu viel. Stille Tränen liefen ihr Gesicht hinab.

„Ach, Brinn." Yvette legte ihr einen Arm um die Schultern und umarmte sie von der Seite.

„Ist schon okay, meine Kleine", sagte Violet sanft. „Ich bin jetzt hier."

Brinn starrte ihre Großmutter an. „Du … hast gesagt …" Sie holte bebend Luft. „Du hast gesagt, ich hätte was zu arbeiten."

Violet trat vor und legte eine runzlige Hand an Brinns Wange, hielt ihren Blick fest. „Das stimmt. Aber ich bin hier, um dir zu sagen, wie du diese Gabe bewältigst."

„Wirklich?", fragte Brinn, die spürte, wie ein Gefühl der Ruhe über sie hinwegströmte. Es war das erste Mal seit Tagen, dass sie sich nicht fühlte, als wolle sie direkt aus der Haut fahren.

„Es stimmt." Sie nickte und nahm Brinn an beiden Händen.

Brinn starrte auf ihre verbundenen Hände hinab und fragte sich, wieso sie spüren konnte, wie ihre Großmutter sie berührte. Keiner der anderen Geister, die sie aufgesucht hatten, hatte feste Form angenommen.

„Das liegt daran, dass ich im Leben eine Geisthexe war. Die Magie geht nicht einfach nur weg", erklärte Violet, als würde sie Brinns Gedanken lesen. Sie drückte Brinn die Hände. „Das bist du auch. Eine Geisthexe. Darum kannst du Geister sehen und mit ihnen reden."

„Was?", fragte Brinn, dann schüttelte sie den Kopf. „Nein, Oma. Ich bin eine Lufthexe. Weißt du noch? Keine tolle, aber es ist das eine Element, das ich beeinflussen kann."

Violet lächelte geduldig. „Warum glaubst du denn, dass du nie gut darin warst, Gegenstände zu animieren?"

„Weil ich eine mittelmäßige Hexe bin?"

„Nein. Das liegt daran, dass du eine Geisthexe bist, die eine kleine Neigung dazu hat, Luft zu beeinflussen."

Brinn sah ihre Großmutter mit gerunzelter Stirn an. „Was meinst du?"

„Genau, was ich gesagt habe, meine Liebe. Du hattest diese Fähigkeit schon immer. Aber als du jünger warst, war es viel zu überwältigend für dich. Darum habe ich getan, was ich konnte, um dich abzuschirmen. Als du weg ans College gegangen bist, war klar, dass deine Gabe mächtiger war, als du zu diesem Zeitpunkt verarbeiten konntest, darum habe ich dich, als du zurückkamst, wieder abgeschirmt. Jetzt lässt meine Magie nach, und es ist Zeit, dass du lernst, wie du die Gabe in die Arme schließt. Wie ich schon gesagt habe, du hast Arbeit zu erledigen."

„Aber ..." Brinn fühlte sich leer, als wäre alles, worauf sie ihr Vertrauen gesetzt hatte, weggerissen worden. Ihre Großmutter hatte das alles geheim gehalten. Sie verstand es nicht. „Warum hast es mir nie erzählt?"

Violet legte Brinn eine Hand auf den Arm. „Ich wollte dich einfach schützen. Ich wollte es dir vor meinem Herzinfarkt sagen. Es ist nur ... mir lief die Zeit davon. Ich wusste immer, dass deine Fähigkeit stärker werden würde, dass ich dich nicht ewig würde schützen können. Ist es falsch, dass ich wollte, dass dir so viel Zeit wie möglich blieb, bevor du in dieser Angelegenheit keine Wahl mehr hattest?"

„Nein." Brinn starrte ihre Großmutter an, vermisste sie mit allem, was sie hatte. „Ich wünschte, du könntest bei mir bleiben. Mir durch das durchhelfen. Kannst du das, oder wirst du verschwinden, wie der Rest von ihnen?"

Violet lächelte sie traurig an. „Ich habe mehr Energie als die meisten, doch ich werde dich auch für eine Weile verlassen müssen. Aber ich kann dir einen Rat dalassen."

„Okay." Brinn wischte sich über die Wangen, hoffte, ihrer Großmutter ein mutiges Gesicht zeigen zu können.

„Austins Haus ist für dich eine sichere Zuflucht. Das Grundstück ist von alten Schutzvorkehrungen umgeben, die dafür sorgen, dass die meisten Geister dich da drin nicht belästigen können. Verbring etwas Zeit mit ihm. Dort wirst du Frieden finden."

„Aber als ich zum letzten Mal da war, dachten wir beide, wir hätten Peggy gespürt. Bist du sicher?", fragte Brinn.

„Ich bin mir sicher. Peggy ist vielleicht da, aber sie wird dich nicht stören." Violets Gestalt fing an zu flackern, was nahelegte, dass sie nur noch ein paar Augenblicke hatten.

„Ich kann nicht einfach bei Austin an der Tür auftauchen", beharrte Brinn.

„Wir wissen beide, dass das nicht stimmt. Geh. Finde dein Gleichgewicht, bevor …" Violet verblasste, ihre nächsten Worte erstarben auf ihren Lippen.

„Bevor was?", rief Brinn.

Stille erfüllte den Buchladen.

„Oma!" Brinn kniff die Augen zu und schüttelte den Kopf. „Ich kann das nicht."

„Bestimmt kannst du das", sagte Yvette, während sich

gleichzeitig eine andere Stimme zu Wort meldete: „Hui. Das war heftig."

Sowohl Brinn und Yvette drehten sich um, um Hope Garber zu sehen, Yvettes Halbschwester, die sie anstarrte.

„Es tut mir so leid", sagte Hope, deren Gesicht ganz rot wurde. „Ich wollte da nicht eindringen. Ich bin nur grade reingekommen, und ihr habt hier gesessen und mit einem Geist geredet ... Ich meine, mit deiner Großmutter, und ich habe noch nie einen Geist gesehen. Ich bin einfach nur erstarrt. Ich sollte gehen." Sie wirbelte herum und wollte wieder zur Eingangstür.

„Nein", riefen Brinn und Yvette gleichzeitig. Sie schauten einander an, Yvette lachte leise, während Brinn ihr ein entschuldigendes Lächeln zuwarf.

„Es tut mir leid", flüsterte Brinn. „Ich wollte nicht, dass mein Trauma jemandem Angst einjagt, besonders nicht einer deiner Schwestern."

Yvette drückte ihr die Hand. „Das hat es doch nicht." Die Buchladenbesitzerin wandte sich an Hope. „Oder, Hope?"

Hope schaute sich um, sah eindeutig nach, ob der Laden noch von weiteren Geistern überlaufen war, dann wandte sich zurück an Yvette. „Tut mir leid. Ich bin da nur ein bisschen ausgeflippt, oder?"

„Ein bisschen. Wer hätte nur gedacht, dass du so leicht zu erschrecken bist?", scherzte Yvette.

Hope schnaubte. „Na ja, ich habe auf jeden Fall schon eine Menge Dinge gesehen, weil ich in der Pflege aufgewachsen bin und so, aber Geister gehören nicht dazu. Du hast nicht mal erwähnt, dass es im Buchladen spukt."

„Es spukt in der ganzen Stadt", sagte Brinn, die für ihre eigenen Ohren verbittert klang.

„Echt?" Hope hob beide Augenbrauen. „Sogar im Spa?"

Hope Garber war die Halbschwester der Townsend-Schwestern. Sie war geboren worden, nachdem ihre Mutter ihren Vater verlassen hatte, und sie hatten einander erst vor ein paar Jahren wiedergefunden, als Hope sich in Keating Hollow niedergelassen hatte und mit der Arbeit als Massagetherapeutin bei *A Touch of Magic* angefangen hatte.

„Sogar im Spa", bestätigte Brinn und setzte sich wieder an den Tisch. „Es ist nur so, dass offensichtlich niemand hier sie sehen kann, außer ich. Keine Sorge. Die meisten sind harmlos. Die, die ich gestern im Spa gesehen habe, ist ihrem Mann gefolgt. Sie hat irgendwas davon gemurmelt, dass sie sicherstellen möchte, dass ihr Mann da nicht für ein Happy End hingeht."

„Ernsthaft?", fragte Hope und legte sich eine Hand über den Mund, während sie leise lachte.

„Ja. Ich schwöre, die Rentner hier sind mehr von Sex besessen als jeder sonst, dem ich schon begegnet bin", sagte Brinn, die einen Teller mit Süßkram anstarrte. Der Zucker hatte zwar vorhin wie eine gute Idee gewirkt, aber jetzt drehte sich ihr bei dem Gedanken der Magen um.

„Das ist vielleicht etwas zu viel Information", sagte Hope.

„Du sagst es, Schwester", stimmte Yvette zu. „Ich hatte dich heute nicht erwartet. Kommst du aus einem bestimmten Grund vorbei, oder hast du einfach deine große Schwester vermisst?"

„Ich wollte einfach einen kostenlosen Kürbis-Scone", sagte sie und griff hinüber, um sich einen vom Tablett zu nehmen.

Yvette schnaubte. „Ich hätte es wissen müssen. Schnorrerin."

Sie lachten beide. Nachdem Hope abgebissen hatte, sagte sie: „Tatsächlich bin ich unterwegs nach Vegas, um Levis

Konzert zu sehen, und ich wollte für ihn ein paar Notizbücher mitnehmen. Fürs Songwriting."

„Vegas? Und du hast deine Lieblingsschwester nicht eingeladen?", fragte Yvette.

„Es ist so ein Ding in letzter Minute", sagte Hope. „Er ist … na ja, er scheint bisschen neben sich zu stehen. Ich glaube, er und Silas haben gestritten, und ich wollte einfach nur da sein, um ihn zu unterstützen."

„Gestritten?", fragte Brinn. „Sie sind doch gerade nicht mal im selben Land, oder?"

„Nein, sind sie nicht", bestätigte Hope mit einem Seufzen. „Ich glaube, das ist zum Teil das Problem. Und diese verdammten Klatschblätter helfen halt überhaupt nicht. Silas sollte zu dieser Show in Vegas da sein, hat aber in letzter Minute abgesagt, genau zum selben Zeitpunkt, als die ganzen Entertainment-Webseiten anfingen, Geschichten über ihn und seinen Co-Star zu bringen."

Yvette stemmte eine Hand in die Hüfte und runzelte die Stirn. „Diese Geschichten stimmen besser mal nicht. Ich trete Silas sonst höchstpersönlich in den Arsch."

„Wir wissen doch alle, dass man diesen Gerüchteseiten nicht vertrauen kann", sagte Brinn, die betete, dass es stimmte. Levi und Silas waren perfekt füreinander. Wenn sie sich trennten, würde sie ihren Glauben an die Romantik völlig verlieren.

„Ich glaube nicht, dass es wahr ist, aber du weißt ja, wie Fernbeziehungen sind. Sie sind beide so beschäftigt, Levi mit seiner Tour und Silas mit dem Dreh oben in Kanada. Kein Wunder, dass die Paparazzi schon halb durchdrehen, um irgendwelche Risse in ihrer Beziehung auszumachen. Ich bin sicher, dafür bekommt man eine Menge Klicks."

Yvette schüttelte den Kopf. „Warum können sie die Leute

nicht einfach in Ruhe lassen? Ich habe keine Ahnung, warum irgendwer berühmt sein möchte. Ich kann mir nicht vorstellen, meine persönlichen Angelegenheiten die ganze Zeit übers Internet tapeziert zu kriegen." Sie ging hinüber zu einem Tisch, auf dem ein Stapel Notizbücher lag, und reichte Hope ein paar. „Nimm die. Sag Levi, dass wir ein Demo von seinen neuen Songs möchten."

Hope lachte. „Ich sage es ihm, aber verlass dich nicht darauf. Er lässt nicht mal mich was hören, bis er und Seth die endgültige Version aufgenommen haben."

„Das passt. Nicht mal die Familie kriegt eine Kostprobe." Yvette grinste, dann wandte sie ihre Aufmerksamkeit wieder Brinn zu. „Was wirst du tun?"

„Inwiefern?", fragte Brinn, die sich wünschte, ihr Tag wäre bereits um.

„Wegen Austin? Wirst du ihn anrufen?"

Die beiden Frauen schienen näher an Brinn zu rücken, während sie auf die Antwort warteten. Sie hatte versucht, die Worte ihrer Großmutter aus ihren Gedanken zu schieben. Sie wollte sich nicht mit ihrem Problem herumschlagen, obwohl sie wusste, dass sie das früher oder später tun musste. Brinn wollte schon den Kopf schütteln, aber in diesem Augenblick erschienen zwei neue Geister, die beide direkt auf Brinn zuhielten. Sie biss die Zähne zusammen, weil sie wusste, dass der Augenblick der Wahrheit sie eingeholt hatte, und zog ihr Handy heraus.

Nachdem sie auf Anrufen gedrückt hatte, läutete das Telefon nur einmal, bevor Austin dranging. „Brinn. Hey", sagte er mit einem Lächeln in der Stimme. „Das ist eine Überraschung."

Wenn du nur wüsstest, dachte sie. Nachdem sie sich

geräuspert hatte, kam sie direkt zum Punkt. „Ich brauche einen Gefallen von dir."

„Was immer du willst."

„Ich muss ein paar Tage bei dir bleiben, während ich rausfinde, wie ich diese Sache mit den Geistern hinbekomme." Er war einen Augenblick lang still. Dann schnappte er hörbar nach Luft. „Natürlich. Kommst du rüber?"

„Ich muss Buffy, Willow und Xander holen. Ist das für Oz in Ordnung? Ich will sie nicht allein lassen." Ihre Handflächen schwitzten, und sie konnte nicht glauben, dass sie darum bat, bei Austin wohnen zu dürfen. Aber wenn ihre Großmutter recht hatte, hatte sie wirklich keine Wahl.

„Klar. Er mag Katzen. Ist gar kein Problem."

„Vielen Dank", flüsterte sie, wurde plötzlich von den Gefühlen überwältigt. Das war der Mann, in den sie sich vor all den Jahren verliebt hatte. Die Tatsache, dass sie ihn anrufen und um einen Gefallen bitten konnte, und er ja sagte, ohne eine Frage zu stellen, war überwältigend. Es war ein Geschenk, von dem sie keine Ahnung hatte, wie sie es zurückzahlen sollte.

„Du musst mir nicht danken", sagte er, seine Stimme wurde rau. „Ich helfe dir gerne. Das weißt du doch."

Sie nickte, obwohl sie wusste, dass er sie nicht sehen konnte. „Ich komme bald rüber."

„Ich bereite das Abendessen vor."

Als sie den Anruf beendete, starrten sowohl Yvette als auch Hope sie mit Herzen in den Augen an. „Hört auf", befahl sie. „Wir sind nur befreundet."

„Mmm-hmmm", sagte Yvette, ihr Blick funkelte schelmisch. „Nur befreundet. Das hat Hope auch über Chad gesagt. Jetzt sieh sie dir an."

Hope verdrehte die Augen. „Zumindest habe ich nicht meinen Chef geheiratet."

„Er war nicht mein Chef, er war mein Geschäftspartner", erklärte Yvette, während sie die Augen verdrehte.

„Wenn du das sagst." Hope kam herüber und umarmte Brinn. „Wir sind für dich da, wenn du irgendwas brauchst. Vergiss das nicht."

„Danke", sagte Brinn, erleichtert, dass sie die Fragen zu Austin fallen gelassen hatten. Brinn hatte keine Antworten. Sie wusste nur, dass sie eine Pause brauchte. Und Austin war ihre einzige Wahl.

KAPITEL 12

*B*rinn stand mit drei Katzenboxen zu ihren Füßen an Austins Tür, und mit einer kleinen Reisetasche, die über ihrer Schulter hing. Sie wusste immer noch nicht, wie sie zu seinem Haus gekommen war. Nach der Arbeit war sie nach Hause geeilt, um zu packen und ihre Katzen zusammen zu treiben, aber während sie dort gewesen war, waren zwei weitere Geister aufgetaucht, und ganz gleich, wie sehr sie sie ignoriert hatte, sie wollten nicht weggehen.

Die Fahrt von ihrem Haus zu dem von Austin war eine verschwommene Abfolge von nervigem Geplapper, da einer der Geister mit ihr fuhr. Es war ein kleineres Wunder, dass sie ohne Unfall angekommen war.

„Ich sage dir, im Garten meines Ex ist Geld vergraben", erklärte die dünne Frau mit dem elektrisierend blauen Haar, das zu einem schicken Bob geschnitten war, ständig. „Ich war unterwegs, um es auszugraben, als dieser Lieferwagen aus dem Nichts kam. Du musst es besorgen, bevor er es findet. Wenn er dieses Geld in die Finger kriegt, wird er etwas total Verrücktes machen, es etwa alles für Gartenzwerge ausgeben und sie nach den Charakteren von *Schitt's Creek* benennen."

„Und wenn schon? Das wirkt auf mich harmlos", sagte Brinn, während sie an der Tür klopfte. „Es ist ja nicht so, als könnten Sie jetzt noch was mit dem Geld anfangen."

„Ich hatte Pläne für diese Kröten!", brüllte sie, ihr Gesicht zu reinem Zorn verzogen. „Ich wollte reisen und ein Buch schreiben und an Wohltätigkeitsorganisationen spenden. Du weißt schon, interessante Sachen. Nicht gruslige Gartenzwerge anschaffen und dann versuchen, sie wie irgend so eine Miniaturarmee zum Leben zu erwecken."

Brinn erschauerte. Das klang gruslig. Aber sie würde auf gar keinen Fall in den Garten von jemandem einbrechen und nach einer Kiste Bargeld suchen, die vielleicht noch da war oder auch nicht. „Tut mir leid, ich kann Ihnen nicht helfen."

„Du Hexe!", brüllte der Geist, während er einen Stein neben der vorderen Veranda aufnahm und auf Brinn schleuderte.

Die Tür schwang auf, als Brinn gerade zurücksprang und keuchte: „Was zur Hölle!"

Der Stein ging knapp an ihr vorbei. Sie wandte sich voller Wut an den Geist. „Haben Sie den Verstand verloren?"

„Ich bin tot!", tobte der Geist. „Natürlich habe ich den Versand verloren!"

„Brinn?", fragte Austin, während er nach unten zu den Katzenkörben griff. „Was ist denn los?"

„Ein Geist brüllt mich an." Sie warf einen Blick nach unten, wo der Geist ein paar Meter von ihr entfernt stand. Die Gestalt des Geistes verblasste allmählich, aber er brüllte Brinn noch immer Flüche zu.

„Komm rein. Bringen wir dich nach drinnen", sagte Austin. Er hatte bereits alle drei Katzenboxen in den Eingang gestellt. Er schob seine Hand in ihre und zog sie ins Haus.

„Du kannst nicht einfach von mir weg…"

In dem Augenblick, in dem Brinn das Haus betrat, verschwand der Geist. Brinn ließ ihre kleine Tasche ohne einen Gedanken fallen, dann lehnte sie sich an Austin, erleichtert, als sich seine Arme um sie legten. Wie lange war es her, dass sie sich sicher gefühlt hatte? Sie hatte keine Ahnung. Und obwohl ihr Verstand ihr zubrüllte, dass es keine gute Idee war, sich von Austin trösten zu lassen, war es ihr egal. Das war es, was sie brauchte. Seine Umarmung. Seine Wärme. Ihn.

„Wie lange geht das denn schon so?", fragte Austin.

„Wie lange geht was so? Dass mich Geister verfolgen?"

„Das, und die Tatsache, dass einer dich angreifen wollte."

„Äh, sie spuken jetzt schon seit drei, vier Tagen um mich rum?" Brinn löste sich widerstrebend aus seiner Umarmung. Wenn sie zu lange so dort standen, würden alle ihre Barrikaden eingerissen werden. „Dass sie mit Steinen auf mich schmeißen, ist was Neues. Der da hatte wohl eine Menge Energie übrig. Die meisten haben nicht die Kraft, um tatsächlich Gegenstände zu bewegen, ganz zu schweigen davon, etwas auf mich zu schleudern."

Austin schaute sich um. „Sind sie jetzt weg?"

Brinn nickte und spürte, wie ein kleiner, warmer, felliger Körper sich an ihr Bein drückte. Sie schaute hinab und stellte fest, dass Oz zu ihr aufsah und geduldig wartete. Ihre Lippen wölbten sich zu einem schwachen Lächeln, während sie sich bückte und ihn aufhob. „Hey, Kumpel."

Oz leckte ihr über die Wange und schmiegte sich an ihre Brust.

Brinn schloss die Augen, genoss die Kuscheleinheiten mit dem Lhasa Apso. „Du bist der Allersüßeste, das weißt du, oder?"

Er neigte den Kopf, starrte mit bewunderndem Blick zu ihr auf.

„Sieh ihn dir an, wie er es übertreibt", sagte Austin mit einem leisen Lachen. „Sehen wir mal, wie er mit Buffy, Willow und Xander klarkommt." Austin beschäftigte sich damit, die Katzen aus ihren Boxen zu lassen. Willow und Xander liefen sofort weg, aber Buffy strich ihm um die Beine, schmiegte sich an ihn, genauso wie Oz es bei Brinn gemacht hatte. „Hey, Süße", sagte Austin, der sich hinkniete, um sie am Ohr zu kraulen. „Ich habe dich vermisst."

Die Katze schnurrte laut, während sie den Kopf schief legte und die Aufmerksamkeit aufsaugte.

Brinn beobachtete die beiden einen Augenblick lang, ihr Herz schwoll an bei der Liebe, die Austin für ihre Katze aufbrachte. Oz begann sich zu winden. „Okay, Kumpel. Ich setze dich ab. Du kennst Buffy noch, oder?"

Oz' Füße kamen auf dem Boden auf, und sofort lief er hinüber zu Buffy, schnüffelte an ihr. Sie stand völlig still, ließ den Hund sein Ding durchziehen, und dann rieb sie sich genauso an Oz, wie sie es bei Austin getan hatte.

Brinn stieß ein erleichtertes Seufzen aus. Sie hatte eigentlich keine Probleme erwartet, wenn Oz und die Katzen aufeinandertrafen, aber sie hatten einander sehr lange nicht gesehen. Man wusste nie, wie die Dinge liefen. Falls es ein Problem gegeben hätte, war Brinn nicht sicher, was sie getan hätte.

„Komm schon", sagte Austin, der seine Hand um ihre gleiten ließ. „Lass mich dir dein Zimmer zeigen, und dann fange ich mit dem Abendessen an."

Während Austin Brinn nach oben führte, prickelte Brinns Hand bei seiner Berührung. Wärme breitete sich aus, bis sie sich in ihrer Magengrube zusammenballte, sodass sie sich die freie Hand auf den Bauch legte. Jetzt war nicht die Zeit für Schmetterlinge. Sie war nur hier, um den Geistern zu entkommen, damit sie funktionieren konnte, bevor sie herausbekam, wie sie ihre Gabe kontrollieren konnte.

Aber je näher sie Austins Schlafzimmer kamen, umso stärker spürte sie dieses Zupfen des Verlangens, das sie schon immer für ihn empfunden hatte. Sie konnte nicht verhindern, dass ihr Blick seinen Körper entlang wanderte, während sie sich an all die Gelegenheiten erinnerte, die sie ineinander verschlungen in seinem Bett verbracht hatten. Ihr Körper wurde heiß, während Bilder seiner nackten Gestalt in ihren Gedanken aufblitzten, und es juckte sie in den Fingern, sie über seine gut definierten Schultern, Bauchmuskeln und Unterarme streifen zu lassen. Ms. Betty hatte Recht gehabt. Irgendwas an den Unterarmen von Männern war einfach verdammt sexy.

Austin blieb vor seinem Zimmer stehen, und sie war so verstrickt in ihre Fantasien, dass sie beinahe in ihn hineinlief.

„Huch", sagte er sanft, während er sie mit beiden Händen ins Gleichgewicht brachte.

Rasch trat sie aus seiner Berührung zurück, die Elektrizität über ihre Haut schickte. „Tut mir leid. Ich hatte nicht erwartet …" Sie schaute zu seinem Zimmer. „Ich meine, ich dachte, wir wären unterwegs zum Gästezimmer."

Er blinzelte. „Das ist das Gästezimmer. Oder zumindest eines davon." Brinn spähte hinein. Die Schlafzimmermöbel waren ausgetauscht worden, seit er hier wohnte, ersetzt durch ein cremefarbenes hölzernes Schlafzimmerset, das sich luftig anfühlte. Das Bett war weiß bezogen, mit Akzenten aus grünen und blauen Kissen. Ein paar von Peggys Gemälden hingen an der Wand, und sie waren das, was im Zimmer den Blick auf sich zog. „Es ist wunderbar", sagte Brinn. „Aber wenn das ein Gästezimmer ist, wo schläfst du dann?"

Er wies mit dem Kopf auf das Ende des Ganges. „Ich habe das Zimmer meiner Großmutter übernommen, nachdem ich alle ihre Dinge verpackt habe."

Aber sicher hatte er das. Das war ja inzwischen sein Haus. Da nahm er natürlich das große Schlafzimmer. „Genau. Das ergibt schon Sinn."

„Willst du eine Führung?", fragte er.

Sie ließ die Reisetasche auf einen Stuhl in der Ecke fallen und zuckte mit der Schulter. „Klar." Alles, um aus dem Zimmer zu kommen, in dem sie so viele Augenblicke zusammen verbracht hatten.

Austin führte sie durch den Gang zu einem weiteren Gästezimmer. Darin standen auch neue Möbel, und es war sehr viel maskuliner als ihr Zimmer. Es war mit dunklen Mahagonimöbeln gefüllt, einem beigen Bettbezug und Naturfotos, die meisten davon schwarz-weiß.

„Hier wohnt mein Vater, wenn er wieder mal herkommt", sagte Austin, sein Tonfall unbewegt.

„Kommt er oft vorbei?", fragte sie überrascht. Nachdem er vor ein paar Jahren die Stadt verlassen hatte, hatte Brinn nicht mehr viel von Austins Dad gehört.

„Nein. Er kam etwa einmal im Jahr her, um meine Oma zu besuchen, nachdem er die Stadt verlassen hatte. Seit sie gestorben ist, war er noch nicht zurück." Austin schloss die Tür und ging rasch durch den Gang zum gegenüberliegenden Ende, wo Xander mitten in einer offenen Tür saß. „Wer ist das?", fragte Austin, der sich hinkniete, um der Katze seine Hand zu bieten.

„Xander." Brinn ging in die Hocke und kraulte die Katze am Kopf. „Xander, das ist Austin. Er ist ein paar Tage unser

Gastgeber. Austin, das ist Xander. Er ist der alberne in der Bande."

„Das sollte er auch sein", sagte Austin mit einem Lachen, und Brinn freute sich, zu sehen, dass ihre Stimmung sich hob. Er richtete seine Aufmerksamkeit ein paar Augenblicke lang auf Xander, und als Xander in das Zimmer schlüpfte, winkte Austin Brinn, damit sie ihm folgte.

In dem Augenblick, in dem Brinn eintrat, wusste sie, dass das Austins Privatort war. Seine Gitarre lehnte an der Wand neben dem Schreibtisch. Auf einem Korkbrett hingen Notizzettel an der Wand, auf denen er Dinge notiert hatte, von denen sie wusste, dass es Ideen für Musik waren, die er noch schreiben musste. Es gab einen übergroßen Sitzsack in der Ecke, der auch gut benutzt wirkte, mit ein paar Tennisbällen auf dem Boden daneben. Dort verbrachte er die meiste Zeit beim Nachdenken, wenn ihm was durch den Kopf ging.

Dann wandte sie sich zu dem riesigen Doppelbett. Es war schwarz bezogen, und eine kuschelige graue Decke lag an einem Ende. Steife weiße Kissen waren in Viererreihen aufgestapelt, ohne irgendwelche farbigen Zierkissen irgendwo. Sie wandte sich um und lächelte ihn erheitert an. „Ein paar Dinge ändern sich wohl nie, oder?"

Er schaute sie mit konzentrierter Miene an. „Du hast recht. Manche Dinge ändern sich nie." Er hob eine Hand, strich eine Haarsträhne zurück, die er hinter ihr Ohr klemmte. „Die Umstände ändern sich. Aber was da drin ist?" Er berührte mit seinen Fingern ihre Brust, direkt über dem Herzen. „Das ändert sich kaum."

Brinn schluckte schwer. Tränen brannten in ihren Augen, doch sie zwang sich dazu, sich zusammenzureißen. „Austin", flüsterte sie. „Das können wir nicht tun."

„Was tun?", fragte er, musterte ihren Blick. „Ehrlich

zueinander sein? Meine Gefühle für dich sind stärker als je zuvor. Das solltest du wissen."

Das war viel zu viel. Rasch trat Brinn zurück, unterbrach ihre Verbindung. Sie spürte sofort, wie ihr kühler wurde, und schlang die Arme um sich. „Ich kann das nicht. Nicht jetzt. Nicht, wenn ich ein paar Tage hierbleiben soll."

Austin schob sich die Hände in die Taschen seiner Jeans. „Was kannst du nicht? Dir meine Wahrheit anhören? Ich bitte dich doch um nichts, Brinn. Nicht jetzt. Ich kann … Ich kann dich nur nicht hier wohnen lassen und dir nicht sagen, wie ich empfinde. Das verdienst du zu wissen."

Igitt. Wenn er es so ausdrückte, kam sie sich kindisch vor, dass sie ihn zum Schweigen gebracht hatte. Er hatte recht, er hatte sie um nichts gebeten. Aber wenn er solche Dinge sagte, schwand ihre Entschlossenheit, ihre Beziehung platonisch zu halten, mehr oder weniger dahin. Sie stieß angehaltene Luft aus. „Okay. Es ist einfach nur schwer für mich, gerade jetzt alles zu verarbeiten." Und obwohl das nicht ihr größtes Problem war, war sie völlig ehrlich. „Können wir einfach nur mal kurz einen Schritt zurück von unserer Vorgeschichte machen? Ich muss mich wieder neu orientieren, und wenn du solche Dinge sagst, dann … ist das eine ganze Menge."

Er nickte. „Ja. Okay. Das verstehe ich. Ich schätze, einfach nur hier oben mit dir zu sein, hat mehr Erinnerungen zurückgebracht, als ich erwartet habe. Es tut mir leid." Austin drehte sich rasch um und ging zur Tür. „Das Bad im Gang hat frische Handtücher im Schrank, wenn du dich erfrischen oder duschen willst oder so was. Ich bin dann mal unten und mache Abendessen."

„Danke." Brinn folgte ihm aus dem Zimmer und beobachtete, wie er die Stufen hinabging. Sobald sie hörte, wie seine Füße auf den Dielenboden trafen, setzte sie sich auf der obersten Stufe hin und vergrub das Gesicht in den Händen. Sie wollte ihm den vertrauten Augenblick in seinem Schlafzimmer nicht zum Vorwurf machen. In Wahrheit empfand sie genauso wie er. So viel aus der Vergangenheit war wieder auf sie eingestürmt, hatte sie daran erinnert, was sie zusammen gehabt hatten. Ihr Herz sehnte sich danach, wieder mit ihm zusammen zu sein. Alles in ihr tat das.

Aber wie konnten sie einfach nur auf das zurückverfallen, was sie vorher gehabt hatten, wenn ihr Leben ein riesiger Schlamassel war? Und was, wenn Austin die Stadt wieder verließ? Das war etwas, mit dem sie einfach nicht klarkommen konnte. Obwohl sie jetzt, da die Geister sie sogar in Keating Hollow heimsuchten, nicht mehr länger an die Stadt gebunden war. Wenn er ging, könnte sie mit ihm gehen.

Trotzdem war es nicht nur, dass Austin die Stadt verlassen hatte; es war, dass er *sie* verlassen hatte. Tief drinnen wusste sie, dass das eine Verletzung war, die sie nie überwunden hatte. Sie konnte es nicht enger werden lassen als eine Freundschaft, bis sie herausgebracht hatte, wie sie ihm verzeihen konnte.

Das Klacken von Hundekrallen auf dem Holz unter ihr zog ihre Aufmerksamkeit auf sich, als Oz die Stufen zu ihr heraufkam. Seine Augen glänzten vor Aufregung, und Brinn lächelte ihn an und streckte die Arme aus. Er rannte und sprang über die letzten paar Stufen direkt in ihre Arme. Sie legte sich zurück auf den Treppenabsatz, Oz auf der Brust, sein Schwanz wedelte, und seine Zunge bedeckte sie mit Küssen.

Brinn stieß ein Kichern aus und ließ sich von dem Hund lieben, bis er schließlich wegsprang und die Stufen wieder hinablief, ohne Zweifel bereit für eine Belohnung. Sie stand auf, machte im Bad Halt, um sich das Gesicht und die Hände zu waschen, und dann folgte sie ihrer ersten Liebe nach unten in die Küche, wo er saß und geduldig in der Nähe der Speisekammer wartete.

Austin warf von der Kücheninsel, wo er Zwiebeln hackte, einen Blick zu ihr herüber. „Sie sind auf dem zweiten Regal."

Oz stieß ein ungeduldiges Bellen aus.

Brinn lachte, zog ein Leckerli für den Hund heraus, und dann ging sie, um sich neben Austin zu stellen. „Was machen wir denn, und wie kann ich helfen?"

Er reichte ihr ein weiteres Messer und deutete auf den Stapel Gemüse vor ihm. „Gemüsepfanne."

„Mit gebratenem Krabbenreis?", fragte sie hoffnungsvoll.

Er lachte. „Gibt es denn noch einen anderen?"

Brinn grinste und machte sich an die Arbeit.

KAPITEL 13

*A*ustin beobachtete, wie Brinn eine rote Paprika aufschnitt. Es war surreal, sie in seiner Küche stehen und mit ihm kochen zu sehen. Er hatte kein bisschen gezögert, als sie ihn angerufen und gebeten hatte, ein paar Tage bei ihm bleiben zu dürfen. Wie hätte es anders sein können? Er hätte alles für sie getan.

Allerdings hatte er sich geschworen, dass er ihre Beziehung bei einer Freundschaft belassen würde. Und was hatte er getan? Keine zehn Minuten, nachdem sie durch die Tür gekommen war, hatte er ihr gesagt, dass er sie noch liebte. *Idiot.*

Was tat er denn da? Ihr Panik machen? Es ihr so unbehaglich werden zu lassen, dass sie nicht mehr bei ihm wohnen wollte? Genau das hatte er beinahe getan. Das hatte er nicht geplant, doch als er mit ihr in seinem Zimmer gestanden hatte, war er zurück in eine Zeit versetzt worden, in der sie einander alles bedeutet hatten. Als er ihr sein Herz hatte ausschütten können, und sie es genauso bei ihm gemacht hatte.

Aber die Dinge waren nicht mehr so. Er hatte sie verletzt.

Schlimm. Klar, er hatte seine Gründe gehabt, aber das war keine Ausrede, um sie so zu verlassen, wie er es getan hatte. Jetzt, falls sie eine zweite Chance bekommen sollten, musste er sich ihr Vertrauen erarbeiten und sie zu ihm kommen lassen. Es war nur so verdammt schwer, wenn er sie einfach in die Arme nehmen und ihr versprechen wollte, sie ewig zu lieben.

Dieses Versprechen hatte er schon früher gemacht und es gebrochen.

Worte kosteten nicht viel.

Es war Zeit, ihr zu beweisen, dass er sie liebte, und das würde er zu seinen Bedingungen tun. Als Freund, bis und außer sie bat ihn, dass mehr daraus wurde.

„Ich vermisse immer noch diese Hühnerdosen", sagte Brinn.

„In dieser Küche wird es nie wieder Hühner geben", erwiderte Austin, der sie schief anschaute.

Sie lachte. „Wo ist denn dein Sinn fürs Abenteuer?"

„Du machst Witze, oder?", fragte er, seine Lippen verzogen sich zu einem Grinsen. „Wenn du Abenteuer willst, dann bin ich auf jeden Fall der Richtige für dich. Auf meiner Liste stehen Ballonfahrten, Fallschirmsprünge, Klettern, einen Hit schreiben, Filmmusik schreiben, und …"

„Und was?", fragte sie, während sie ihn aus zusammengekniffenen Augen ansah.

„Und … heben wir uns das doch für später auf. Was ist mit dir? Was steht auf deiner Liste?"

Brinn machte den Paprika fertig und legte das Messer ab. „Nichts allzu Aufregendes. Die Ballonfahrt werde ich mitmachen, aber den Rest? Das ist nicht ganz meine Sache."

„Du könntest Fallschirmspringen", sagte Austin.

„Ich könnte, aber weshalb sollte ich das wollen?" Sie verzog das Gesicht auf eine Art, die nahelegte, dass er verrückt war.

Austin lachte leise, während er das Gemüse in die Pfanne gab und Sojasoße darüber goss. „Für den Adrenalinrausch?"

„Derzeit bekomme ich meinen Adrenalinrausch, wenn ich Geistern ausweiche. Ich brauche keine weitere Aufregung."

„Guter Punkt." Austin war damit beschäftigt, das Abendessen fertigzumachen, während Brinn den Tisch deckte und ihnen beiden ein Glas Wein einschenkte.

Sobald sie einander gegenüber saßen, hob Brinn ihr Glas. „Darauf, dass wir endlich dieses Abendessen bekommen. Es sind keine Krabbenküchlein, aber es wird gehen."

Austin lächelte sie an und berührte mit seinem Glas ihres. „Darauf, dass wir endlich Abendessen bekommen. Krabbenküchlein machen wir morgen."

Brinn strahlte. „Ich kann es kaum erwarten."

Nachdem sie ihr Abendessen fertig und das Geschirr gespült hatten, trocknete sich Austin die Hände ab, während er einen Blick hinüber zu Brinn warf und feststellte, dass sie sich unbehaglich auf der anderen Seite der Kücheninsel herumdrückte. Ihre Blicke begegneten sich, und sie schaute rasch weg.

„Ich glaube, ich seh mal nach den Katzen", sagte Brinn. „Ich sorge dafür, dass alles in Ordnung ist, und dann bin ich unterwegs in mein Zimmer."

Austin schaute auf die Uhr. Es war noch nicht mal acht. „Es ist noch früh. Ich wollte einen Film suchen, den ich anschauen möchte. Oz rollt sich gern neben mir auf dem Sofa zusammen, bevor wir ins Bett gehen. Du darfst dich uns gerne anschließen."

„Oh, äh, ja", stammelte sie, dann kniff sie die Augen zusammen und schüttelte den Kopf. Ein nervöses Lachen trat ihr auf die Lippen, ehe sie sagte: „Ich weiß nicht, warum ich so … Ach, egal. Ich sehe nach den Katzen. Dann schnappe ich mir entweder ein Buch, oder ich komme runter und sehe nach, was du und Oz anschauen."

„Okay. Ich hoffe darauf." Austin sah ihr nach, als sie aus der Küche ging. Sobald er ihre Schritte auf den Treppen hörte, drückte er die Hände auf die Anrichte und ließ den Kopf hängen. Er hatte keine Ahnung gehabt, wie schwer es sein würde, sie bei sich zu haben, ohne mit ihr zusammen zu sein. Er wollte ihr einfach nur die Stufen hinauf folgen, aber stattdessen stieß er angehaltene Luft aus, machte sich eine Tasse Kaffee und ging auf die Suche nach Oz.

Sein Hund hatte sich auf dem Hundebett am Ende des Sofas zusammengeringelt, aber sobald er Austin kommen hörte, schoss sein Kopf hoch.

„Hey, Kumpel", sagte Austin, der sich ans Ende des Sofas setzte. „Willst du einen Film schauen?"

Oz lief um den Beistelltisch herum zu ihm, machte einen großen Sprung und landete mit allen vier Pfoten zur Seite gestreckt flach auf dem Kissen neben Austin.

Austin stieß ein lautes Lachen aus. „Du alberner Hund. Komm her." Er klopfte auf die Couch, und Oz rollte sich sofort neben ihm zusammen. Während er mit einer Hand seinen Hund streichelte und die Fernbedienung in der anderen hielt, schaltete er den Fernseher an.

Nachdem er sinnlos herumgescrollt hatte, nahm er schließlich eine romantische Komödie, von der er wusste, dass sie Brinn gefallen würde. Er kam etwa so weit, bis sich zwei Frauen für einen Häusertausch entschieden, bevor ihm die Augen zufielen.

„Hey", sagte Brinn in Austins Ohr.

Seine Augen öffneten sich, und er schaute sich um, sah Brinn neben sich sitzen, Oz in ihrem Schoß zusammengerollt. „Hey auch."

Sie griff herüber, um sich die Fernbedienung zu schnappen.

„Ich dachte, dir gefällt *Liebe braucht keine Ferien*", sagte er.

Brinn lachte. „Schon. Aber der Film ist aus. Ich dachte mir, ich suche diesmal was aus, was du magst."

Austin blinzelte den Fernseher an. Der Nachspann rollte durch. Er schnaubte und wandte sich zu ihr. „Wie lange sitzt du denn schon da?"

„Etwa eine Stunde."

Verdammt. Er hatte eine ganze Stunde verpasst, in der er das Sofa mit ihr teilte, während sie sich einen ihrer Lieblingsfilme ansahen. „Du hättest mich schon eher wecken können."

„Warum? Du hast so friedlich ausgesehen, wie du da mit Oz schläfst." Sie lächelte auf seinen Hund hinab. „Ich habe allerdings deinen Kaffee getrunken, darum hoffe ich, dass du noch für einen weiteren Film Zeit hast, denn ich werde nicht so bald schlafen."

Er warf einen Blick auf seine leere Tasse auf dem Beistelltisch und spürte, wie ihm das Herz leicht anschwoll. Wie oft hatte sie in der Vergangenheit seinen Kaffee gestohlen, wenn er nicht aufgepasst hatte? „Sieht so aus, als müsste ich mal nachfüllen", sagte er, während er aufstand und sich seine Tasse schnappte. „Kann ich dir was besorgen?"

Brinn zuckte mit einer Schulter. „Ich schätze, ich habe alles."

„Es gibt Eis. Schoko mit knuspriger Erdnussbutter."

„Du verarschst mich, oder?", fragte Brinn mit zusammengekniffenen Augen.

„Glaubst du wirklich, das würde ich tun?"

Sie hob eine Augenbraue. „Das wäre nicht das erste Mal."

Er lachte leise. „Da hast du vielleicht recht, aber diesmal stimmt es. Bist du dabei?"

„Auf jeden Fall." Sie schaute zu Oz hinab. „Ich würde ja kommen und dir helfen, aber …"

Er lachte. „Stehe nicht auf. Ich hab's."

Fünf Minuten später kehrte Austin mit einem Tablett mit Eis und Kaffee zurück.

„Du bist echt mein Held", sagte Brinn, während sie sich eine der Schalen mit Eis nahm.

Austin setzte sich wieder auf seinen Platz auf dem Sofa und beobachtete, wie Oz sich zwischen ihnen ausbreitete und den Kopf auf Brinns Oberschenkel legte. Verräter. Oz hatte Brinn immer lieber gemocht als ihn, wenn er die Wahl hatte. Mit einem Kopfschütteln schnappte er sich sein Eis und fühlte sich zum ersten Mal seit Jahren wieder vollständig.

Brinn nahm einen großen Bissen Eis und stöhnte vor Vergnügen. „Das ist köstlich."

Genau wie du, wollte er sagen, aber er verkniff es sich. Stattdessen nickte er nur und ignorierte seine Schale, während er sie weiter beobachtete.

Sie nahm einen weiteren Löffel und beäugte ihn. „Du isst ja gar nichts."

Doch, das tat er. Er verschlang alles, was sie in diesem Augenblick zu bieten hatte. „Ich komme schon noch dazu."

„Es wird schmelzen."

„Hmm." Er schnappte sich den Löffel und nahm ein paar Bissen, war aber zu sehr daran interessiert, ihr zuzusehen, wie sie das ihre fertig aß.

„Wenn du es nicht isst, nehme ich es", sagte sie, als ihre Schale leer war.

Er zögerte nicht, ihr seine Schale rüber zu reichen. Dann nahm er sich seinen Kaffee und nippte daran, während er die Brinn-Show genoss.

„Ich habe für dich *Tombstone* eingeschaltet", sagte sie.

Er warf einen Blick auf den Fernseher und sah Doc Holliday am Pokertisch. Seine Lippen wölbten sich zu einem zufriedenen Lächeln. Er hatte sich eine ihrer liebsten romantischen Komödien ausgesucht, und sie hatte einen seiner liebsten Western ausgesucht. „Danke."

„Jederzeit."

Er trank seinen Kaffee aus und saß mit dem Arm über der Rückenlehne des Sofas da. Es dauerte nicht lang, bis Oz auf den Boden sprang und sich in sein Hundebett legte, wie er es an den meisten Abenden machte, wenn er das Kuscheln satthatte.

„Ach, er ist so verdammt süß", sagte Brinn, als Oz sich zu einem Ball zusammenrollte, genau, wie er es als Welpe gemacht hatte.

„Schon", stimmte Austin zu. „Sind die Katzen alle gut angekommen?"

„Ja. Ich habe ihr Katzenklo ins Gästezimmer gestellt und ein bisschen Wasser für sie rausgestellt. Als ich gegangen bin, waren Buffy und Willow auf meinem Bett zusammengerollt, und Xander streifte durch den Gang. Sei nicht überrascht, wenn du feststellst, dass er sich dein Kissen unter den Nagel gerissen hat. Das macht er am liebsten."

„Ich kann teilen, wenn ihn ich oder Oz nicht stören", sagte Austin.

„Ich bin mir sicher, das wird kein Problem. Dieser Kater kümmert sich nicht um viel, solange er ein gutes Kissen und jemanden hat, der ihm Leckerlis gibt."

„Klingt ganz nach einem Charakter, den ich mag", sagte Austin.

„Schon, oder?" Sie zwinkerte ihm zu, dann gähnte sie.

„Es gibt Kaffee", sagte er und nickte zu der Tasse hin, die sie nicht angefasst hatte.

„Nein. Wenn ich noch einen trinke, schlafe ich doch nie ein. Den kannst du haben."

Da er niemals einen Kaffee stehen ließ, griff Austin hinüber und nahm sich die Tasse.

Zwischen ihnen breitete sich Stille aus, während sie beide den Film sahen. Aber Austin war sich übermäßig der Frau bewusst, die neben ihm saß. Und als sie auf der Couch zu ihm herübersank, legte er sich ein Kissen auf den Schoß und klopfte darauf, lud sie ein, sich hinzulegen.

Mit verschlafenen Augen schaute sie zu ihm auf, lächelte sanft, und dann rollte sie sich zusammen, den Kopf auf seinem Schoß.

Austin hatte das Gefühl, dass das letzte bisschen Anspannung aus seinem Körper wich. Er würde nur zu gern jeden Abend zu Hause bleiben, wenn Brinn auf diese Art bei ihm war. Er legte ihr die Hand auf den Kopf und fuhr ihr sanft mit den Fingern durch die Haare.

Brinn seufzte zufrieden. „Das gefällt mir."

„Ich weiß."

KAPITEL 14

*B*rinn folgte Oz am nächsten Morgen die Stufen hinab. Er huschte in die Küche, wo sie Austin am Herd fanden, wie er Pfannkuchen buk.

„Ah, guten Morgen", sagte Brinn, die direkt zur Kaffeekanne ging. „Haben wir Gäste zum Frühstück?"

Er lachte leise. „Nein. Nur wir."

Sie beäugte den riesigen Stapel Pfannkuchen, den er bereits gemacht hatte. „Ich hoffe, drei Viertel von denen sind für dich."

„Nein. Nur die Hälfte. Ich hoffe, du hast deine dehnbaren Hosen dabei, denn Küchenchef Austin wird dich aufpäppeln."

„In deinen Träumen."

Er lachte immer noch leise, während er den Herd abstellte und ihr einen Teller reichte.

Mit wässrigem Mund nahm Brinn einen Stapel Pfannkuchen und stellte ihn auf den Tisch. Als Austin sich ihr anschloss, sah er sie kurz an.

„Was?"

Sie nahm einen Bissen, ehe sie antwortete. „Ich frage mich

nur, ob das die Art ist, wie du immer bist, oder ob du mich nur beeindrucken willst."

„Was meinst du denn mit ‚immer bist'?"

„Das." Sie wedelte mit der Gabel zu den Pfannkuchen. „Du hast mir Abendessen gemacht, mir ein Nachtisch gebracht, nun machst du mir Frühstück. Kochst du immer, oder ist das nur, weil ich hier bin?"

„Was, wenn ich sage, dass ich immer koche? Dass das nur ein normaler Tag ist?", fragte er.

„Dann ziehe ich für immer hierher", scherzte sie. Aber in dem Augenblick, in dem die Worte ausgesprochen waren, legte sie sich ihre freie Hand über den Mund.

Austin grinste sie an. „Ich besorge dir heute einen Satz Schlüssel."

„Hör auf. Du weißt doch, dass das nur eine Übertreibung war." Sie stopfte sich einen weiteren Bissen Pfannkuchen in den Mund.

„Das muss es nicht sein", sagte er, und obwohl er den Tonfall locker und scherzend hielt, konnte er spüren, dass es unter der Oberfläche ernst war.

Brinn legte die Gabel ab. „Erzähl mir, was für dich als nächstes kommt."

„Als nächstes?" Er tat es ihr nach und hörte auf zu essen. Stattdessen nahm er seine Kaffeetasse und hielt sie in zwei Händen, während er sie beobachtete.

„Ja. Als nächstes. Nachdem du damit fertig bist, den Nachlass deiner Großmutter zu regeln? Was machst du mit dem Haus?" *Wann brichst du wieder auf, um ins Aufnahmestudio zurückzukehren?* Das wollte sie eigentlich wissen, brachte es aber nicht über sich, die Frage zu stellen.

„Ich behalte das Haus. Ich dachte, das weißt du." Seine

Augenbrauen wurden zusammengezogen, während er sie finster anschaute.

Sie zuckte mit den Schultern. „Ich dachte es mir schon, aber da du unten im Süden arbeitest, willst du dich vielleicht nicht damit herumschlagen, es instand halten zu müssen."

„Niemand hat gesagt, dass ich immer unten im Süden leben werde", sagte er. „Außerdem haben Gideon und ich beschlossen, das Geld meiner Großmutter zu nutzen, um ein gemeinnütziges Kunstprogramm für Kinder zu auf die Beine zu stellen."

Brinn starrte ihn an, die Augen aufgerissen. „Wow. Das ist … einfach nur wow. Das ist sehr großzügig von euch beiden."

„Meine Großmutter hätte es geliebt."

„Ja, das hätte sie", stimmte Brinn zu. „Ist das so eine Sommersache, oder …?"

„Das ganze Jahr, gleich hier in Keating Hollow." Seine Miene entspannte sich, als er fortfuhr. „Wir müssen uns noch treffen und weitere Einzelheiten besprechen, aber die grundsätzliche Idee ist, dass Gideon das Kunstprogramm leitet, während ich das Musikprogramm leite."

Brinn kamen plötzlich die Tränen, und sie blinzelte heftig, um sie zurückzuhalten. Ihr Herz war übervoll. Sie hatte immer schon gewusst, dass Austin ein guter Mann mit einem freundlichen Herzen war. Aber ihr war nicht klar gewesen, dass er ein Herz aus Gold besaß. Sie griff über den Tisch und legte ihre Hand auf seine, um sie zu drücken. „Ich finde das wunderbar. Die Welt braucht mehr Menschen wie euch."

Austins Wangen wurden rosa, sodass Brinns Herz noch ein wenig mehr schmolz. Verdammt. Sie war verloren. Ihre sogenannten Barrikaden waren nichts mehr als ein schnödes Stück Pappe, dass schon kurz vor der Auflösung stand. Weshalb enthielt sie sich diesem Mann noch mal vor?

Genau. Wegen der Tatsache, dass er sie schon einmal in den Schmutz getreten hatte, und die Macht hatte, es immer wieder zu tun. Wenn sie nicht wachsam blieb, bedeutete das, dass sie diesen niederschmetternden Schlag noch einmal riskierte, und sie glaubte einfach nicht, dass sie das konnte.

„Ich weiß nicht, ob es stimmt, dass die Welt noch mehr von mir braucht. Ich will einfach nur sicherstellen, dass die Kids die Möglichkeit haben, ihre kreative Seite zu erkunden."

Brinn wusste, wie wichtig ihm das war, besonders, wenn man bedachte, dass sein Vater sein Interesse an der Musik immer missbilligt hatte. „Es stimmt", sagte sie entschlossen. „Ich bin mir sicher, euer Programm wird unglaublich beliebt. Lass mich wissen, ob ich dafür irgendwas tun kann."

Er nickte. „Mache ich." Sie wollte ihn fragen, ob das bedeutete, dass er öfter in Keating Hollow sein würde, hielt sich aber davon ab. Was, wenn er ja sagte?

„Was ist mit dir?", fragte er. „Was sind deine Pläne?"

„Welche Pläne?" Sie nahm die Gabel wieder und schnitt ein Stück Pfannkuchen ab. „Mit der Arbeit? Ich werde im Buchladen sein, solange Yvette mich dort will. Ich liebe es dort."

„Das sehe ich schon", sagte er mit einem leichten Nicken. „Aber eigentlich habe ich mich doch nach deinem Geisterproblem erkundigt. Es scheint, als hätte deine Großmutter recht. Hier stören sie dich nicht?"

„Ich habe keinen einzigen gesehen, seit ich gestern reingekommen bin." Sie nahm ihren Kaffee und lehnte sich im Sessel zurück. „Das ist eine große Erleichterung. Ich kann dir gar nicht sagen, wie erschöpfend es ist, ihnen die ganze Zeit zuzuhören. Ich kann einfach nur hoffen, dass ich jemanden finde, der mir hilft, diese Gabe zu kontrollieren, wie meine

Großmutter es nennt, und zwar bald. Ich kann nicht ewig hierbleiben."

Austin öffnete den Mund, um etwas zu sagen, schloss ihn aber schnell.

„Was?", fragte sie.

„Nichts."

Brinn kniff die Augen zusammen. „Es ist nicht nichts. Was wolltest du sagen?"

Er schaute weg, sein Blick lag auf Oz, der sich mit Willow auf dem Hundebett in der Ecke zusammengerollt hatte. Schließlich wandte er sich an sie zurück. „Du darfst gerne so lange hierbleiben, wie du möchtest. Das ist alles."

Schmetterlinge flatterten ihrem Bauch, sodass sie sich die Hand auf den Magen drückte. *Hör auf,* befahl sie sich. Es lag ihr auf der Zunge, ihm zu sagen, dass sie das nicht tun konnte. Dass sie morgen gehen würde, selbst wenn sie keine Ahnung hatte, wie sie die Geister blockieren sollte. Aber das tat sie nicht. Das konnte sie nicht. Stattdessen nickte sie und sagte: „Danke. Das weiß ich zu schätzen. Ich warte darauf, von Abby und Bree zu hören, um herauszufinden, ob ich jemanden oder etwas finden kann, das mir hilft. Hoffentlich haben sie irgendeine Idee, wo ich anfangen kann, außer, mich auf deine Gastfreundschaft zu verlassen."

Er beugte sich vor. „Ich kann mir denken, dass Bree an einem Zauber oder einem Trank irgendeiner Art arbeitet. Was macht Abby? Etwas Ähnliches?"

„Nein, sie versucht, ein paar Freundinnen in New Orleans zu kontaktieren, die vielleicht wissen, was ich sonst noch tun kann, außer mich von Kopf bis Fuß in Salbei zu hüllen, um die Geister abzuwehren. Sie sagte, sie kennt ein paar Leute dort unten, die Medien sind."

„Klingt nach einem Anfang", sagte Austin. „Für mich sieht es so aus, als gäbe es da unten bestimmt eine Menge Geister."

Brinn schnaubte. „Ja. Offensichtlich sind sie überall. Es ist schon schade, denn ein Besuch in New Orleans stand auf meiner Liste, aber es scheint, als würde es nicht dazu kommen."

„Das ist schade. Stell dir nur vor, wie viel Spaß wir dort haben könnten." Er zwinkerte und nahm sich einen Block Papier und einen Stift, die auf dem Tresen lagen. Als er wieder auf seinen Platz zurückkehrte, schrieb er etwas oben hin und fragte dann: „Was steht denn sonst noch auf deiner Liste?"

„Warum?" Sie spähte auf das Blatt. Er hatte *Brinns Liste* oben hingeschrieben.

„Wir haben über Dinge geredet, die auf meiner stehen, und jetzt will ich Dinge wissen, die auf deiner stehen. Vielleicht können wir ein paar machen, während du bei mir wohnst."

Das war nur einer der vielen Gründe, weshalb sie sich in diesen Mann verliebt hatte. „Okay, meine Liste, die nicht sonderlich geordnet ist, beginnt damit, alles anzufertigen, was im *Hexenführer zu Schokolade und Pralinen* steht."

„Eine Schokoladen-und-Teilchen-Challenge", sagte er, während er es aufschrieb. „Ich bin dabei. Wir werden mindestens jeden Tag eins machen. Ist heute zu früh zum Anfangen?"

Sie lachte. „Nö. Ich will auch Gitarre spielen lernen, einen Sonnenblumengarten pflanzen, ein Buch schreiben, Schweißen lernen und ein Baumhaus bauen."

Er schrieb das alles auf und schaute sie dann an. „Keine Reisen oder Berufswünsche?"

Brinns Lächeln schwand, und plötzlich wollte sie dieses Spiel nicht mehr spielen. Sie stand auf und brachte ihren halb gegessenen Pfannkuchen zum Müll. Nachdem sie ihren Teller ausgekippt hatte, stellte sie ihn in den Geschirrspüler und stand dann nur an der Spüle, verabscheute ihre Reaktion. Er hatte nur eine Frage gestellt, und sie hatte sich in einen trotzigen Teenager verwandelt, anstatt zu antworten.

„Brinn?", fragte er direkt hinter ihr.

Wie hatte sie bloß nicht gehört, dass er aufgestanden war und die Küche durchquert hatte? „Ja?"

Er legte ihr eine Hand ums Handgelenk und drehte sie langsam zu sich um. „Es tut mir leid."

„Was muss dir denn leidtun? Du warst doch nur nett zu mir."

„Dass ich dir ein unbehagliches Gefühl gegeben habe." Seine whiskeyfarbenen Augen waren aufrichtig. „Das war nicht meine Absicht. Ich möchte dich nur einfach wieder kennenlernen. Das ist alles."

„Ich weiß." Sie schaute wieder zu ihm hoch, hielt seinen Blick. „Ich lasse nie Gedanken an Reisen oder auch nur das zu, was ich sonst noch tun könnte. Ich hatte nie vor, Keating Hollow zu verlassen, und wenn ich nicht mein eigenes Geschäft aufziehe, wozu ich null Kapital habe, dann gibt es einfach nicht viele Möglichkeiten. Also denke ich nicht drüber nach."

Er nickte. „Ich verstehe das. Wie wäre es, wenn wir uns auf die Liste konzentrieren, wie sie ist? Ich habe einen tollen Baum, der perfekt für ein Baumhaus wäre. Willst du ihn dir mal ansehen?"

Sie starrte ihn an. „Das kannst du doch nicht ernst meinen."

„Aber sicher doch." Er zuckte mit einer Schulter. „Zu diesem Haus gehören ein paar Morgen Land. Ich könnte auch gleich was Witziges damit anfangen."

Brinn schüttelte den Kopf und lachte. „Okay. Sehen wir uns diesen Baum an."

Er nahm sie an der Hand und führte sie zur Hintertür. Sobald Oz hörte, wie sich die Tür öffnete, sprang er aus dem Bett und warf Brinn beinahe um, während er durch die Tür huschte.

„Himmel, Oz, warum räumst du mich denn nächstes Mal nicht gleich aus dem Weg", sagte Brinn, verdrehte die Augen wegen der überschießenden Freude des Hundes.

„Führe ihn nicht in Versuchung." Austin folgte ihr hinaus in den sonnenüberfluteten Garten. „Das hat er mit mir schon mehr als einmal versucht."

„Da möchte ich wetten." Brinn schaute sich auf dem ordentlich gepflegten Grundstück um. Es gab Hochbeete mit Blumen und einen Kopfsteinpflasterweg, der durch sie hindurch führte. „Das ist herrlich. Kümmerst du dich darum, oder hast du einen Gärtner?" Sie hätte ihr ganzes Monatsgehalt darauf gesetzt, dass er einen Gärtner angestellt hatte. Wie konnte er denn genug Zeit haben, damit es so perfekt gepflegt aussah?

„Ich mache es. Oder zumindest, seit ich wieder in der Stadt bin."

Brinn schaute ihn einfach nur an. „Ernsthaft?"

Er nickte. „Das hilft mir beim Entspannen."

Dann deutete er auf einen besonders sonnigen Flecken, der aussah, als sei er erst in letzter Zeit freigeräumt worden. „Wenn das Wetter passt, können wir dort deine Sonnenblumen hinpflanzen. Früher waren da mal Rosen, aber die Rehe haben sie gefressen."

„Oh." Sie räusperte sich. „Die wollte ich an meinem Haus pflanzen."

„Das klingt sinnvoll. Ich werde trotzdem welche dorthin pflanzen. Sonnenblumen erinnern mich immer an dich."

Ihr Gesicht wurde warm, und das lag nicht an der

schwachen Januarsonne. „Sie werden dort wunderschön aussehen."

„Sehe ich auch so. Hier entlang." Er nahm ihre Hand, und zusammen, während Oz mit ihnen trottete, gingen sie durch den Garten zu einer Stelle mit Mammutbäumen. „Dort." Er deutete auf einen großen Baum, der allein an der Nordwestecke seines Grundstücks stand. „Da gibt es genug Platz für ein anständiges Baumhaus, meinst du nicht?"

Brinn ging hinüber zu dem Baum, drückte die Hände an die grobe Rinde und ließ sich von der beruhigenden Energie auf den Boden bringen. Zwischen den Bäumen fühlte sie sich immer am friedlichsten. Oder das hatte sie, bis plötzlich ein Geist etwa drei Meter entfernt erschien. Brinn fuhr zurück, wartete darauf, dass der Mann sich näherte oder mit ihr sprach. Er war jung gestorben. Vielleicht in den frühen Dreißigern. Aber er war in eine Anzughose, ein weißes Hemd und Hosenträger gekleidet, komplett mit einem Filzhut, was sie auf den Gedanken brachte, dass er aus den Fünfzigerjahren stammte.

Doch anstatt sich auf sie einzulassen, stand der Geist einfach nur da, wo er war, nahm den Hut ab und drückte ihn sich an die Brust, während er etwas vor sich hin murmelte, das ein Gebet zu sein schien. Als er fertig war, stellte er eine einzelne Margerite unten an den Baum und ging zurück in den Wald.

Brinn wandte sich an Austin. „Hast du das gesehen?"

Er nickte, sein Blick immer noch in die Richtung des Geistes gewandt, der dort gestanden hatte. „Hast du gehört, was er gesagt hat?"

Sie schüttelte den Kopf. „Nein. Du?"

„Nein." Er drehte sich um, um ihr in die Augen zu schauen.

„Aber es sah aus, als hätte er gesagt ‚für meine liebste Margaret.‘"

„Wer ist Margaret?"

„Meine Großmutter. Peggy ist die Kurzform von Margaret." Er ging die drei Meter hinüber zum Baum, und Brinn folgte ihm.

Sie schauten hinab auf die Margerite, deren Blütenblätter hellweiß auf dem rötlichen Waldboden leuchten.

„Sieh mal." Austin griff nach vorne und berührte den Baumstamm. Gleich über seinen Fingern waren zwei Initialen in einem Herzen in den Baum geritzt. *BD + MC.*

„Weißt du, wofür diese Initialen stehen?", fragte Brinn.

„Ich habe keine Ahnung, wer BD ist, aber MC könnte meine Großmutter sein. Ihr Mädchenname war Carlisle."

„Huch." Brinn drückte ihm die Hand. „Der Mann, den wir da gesehen haben, war auf jeden Fall nicht dein Großvater. Er war viel zu groß." Und viel zu gut aussehend, wenn Brinn ehrlich war. Stewart Steele war gestorben, als Brinn etwa zwölf gewesen war. Er war immer in der Gemeinschaft von Keating Hollow aktiv gewesen, und alle hatten ihn gekannt. Er hatte den Ruf, etwas skrupellos im Geschäft zu sein, aber großzügig zu seinen Nachbarn.

„Nein, das war auf keinen Fall mein Großvater." Austin war still, während er zurück zu dem Baum ging, den sie als Baumhaus ausgesucht hatten. Als sie zu ihm kam, sagte er: „Also? Bist du bereit, ein Baumhaus zu bauen?"

„Äh, klar? Ich habe zwar nicht den blassesten Schimmer, wo wir anfangen könnten, aber ich bin bereit, wenn du es bist."

„YouTube", sagte er und legte ihr einen Arm um die Schultern. „Und wenn wir fertig sind, dann schnitzen wir beide unsere Initialen in den Baum." Er warf ihr ein verspieltes Lächeln zu. „Das Herz ist optional."

Brinn verdrehte die Augen, aber tief im Inneren wusste sie, dass das der Augenblick war, in dem alle ihre Papp-Barrikaden in sich zusammenfielen.

Es ließ sich nicht leugnen, dass sie Hals über Kopf in ihn verliebt war ... schon wieder. Oder vielleicht immer noch. Aber wenn er wieder ging, ganz gleich, welche Wälle sie errichten wollte, würde ihr Herz zerbrechen. Wenn das der Fall war, konnte sie sich auch gleich mit beiden Füßen voran hineinstürzen. „Hey, Austin?"

„Ja?"

Sie trat direkt vor ihn, zwang sie beide zum Stillstand.

Er sah auf sie hinab, seine Miene wandelte sich von besorgt zu verständnisvoll, während sie ihm die Handflächen auf die Brust legte und sich über die Lippen leckte. Sein Blick wanderte zu ihrem Mund, und seine Stimme war rau, als er fragte: „Ist das der Punkt, an dem wir aufhören, so zu tun, als wären wir nur Freunde?"

Brinn nickte, stellte sich auf die Zehenspitzen und streifte mit ihren Lippen seine. Ein Prickeln raste bei dem federleichten Kontakt über ihre Haut. Doch als sich seine Arme um sie legten, sie dicht heranzogen, öffnete sie sich für ihn, schmeckte ihn. Ihre Hand griff in seinen Nacken, während die andere sich an seine Wange legte. Und dann hatte sie beide Hände in seinen Haaren, während ihr Kuss heißer wurde, ihre Leidenschaft die Flamme entzündete, die sie über fünf Jahre lang am Schwelen gehalten hatte.

KAPITEL 15

*A*ustin zog Brinn an sich, genoss das Gefühl ihres Körpers, der sich an seinen schmiegte. Alles andere verblasste, und das Einzige, worauf es ihm ankam, war, die Liebe seines Lebens wieder in den Armen zu halten.

Brinn wurde reglos, und mit den Lippen noch an seinen fragte sie: „Hast du das gehört?"

„Keine Geister mehr. Nicht jetzt", beharrte er.

„Nein, keine Geister. Ich dachte, ich hätte Oz gehört."

Austin riss sich von Brinn los, während er sich umschaute. Vor ein paar Augenblicken war sein Hund noch direkt neben ihm gewesen. Aber jetzt war er nirgendwo zu sehen. „Oz!", rief er.

Ein ganz schwaches Bellen erklang in der Ferne.

„Hier entlang." Austin machte sich auf den Weg durch die Bäume zur anderen Seite des Grundstücks. Immer wieder rief er nach dem Lhasa, aber es gab keine Spur von ihm, und das Bellen hatte aufgehört. Das war es, mehr als alles andere, was Austin in leichte Panik versetzte. Hätte sein Hund etwas verfolgt oder bedroht, hätte er sich um seinen albernen Kopf und Kragen gebellt.

„Siehst du ihn irgendwo?", schnaufte Brinn gleich hinter ihm.

„Nein." Austin musterte den Waldboden, suchte nach einem weißen Flecken. Gar nichts. Sein Hund war nirgends zu sehen.

„Oz!", rief Brinn und schlug einen anderen Pfad ein als Austin.

Er hörte die Panik in ihrer Stimme und musste die schrecklichen Bilder von Raubtieren ausblenden, die ihn vielleicht gefunden hatten. Diese Gegend war für Adler, Luchse und sogar hin und wieder einen Bären bekannt. Austin nahm seinen Hund niemals mit nach draußen, ohne ihn direkt im Auge zu behalten, aber dieses Mal, *dieses eine Mal*, hatte er Oz vergessen, als er Brinn in den Armen gehalten hatte.

Sein Magen drehte sich um, und er musste die Bilder aus seinen Gedanken zwingen.

„Dort!", schrie Brinn und deutete auf einen sonnigen Flecken auf einer Lichtung.

„Oz, was machst du …" Austin wurde langsamer und spähte dorthin, wo sein Hund offenbar neben einem weiteren kleinen scheckigen Bündel von einem Welpen zusammengekauert war.

Brinn kniete sich neben die beiden Tiere und legte sanft eine Hand auf Oz. Er hob den Kopf und schaute sie an, dann senkte er ihn, damit er über dem kleinen Welpen lag. „Austin, ich glaube, der Welpe ist verletzt."

Austin kam endlich bei ihnen an und ging in die Hocke, um erst mal Oz zu begutachten. Erleichterung rauschte durch ihn hindurch, als er feststellte, dass es Oz vollkommen gut ging. Er schien den Welpen zu beschützen. „Was ist denn da los?", fragte er Oz. Es war keine Überraschung, als sein Hund sich nicht bewegte. Er schaute Brinn in die Augen.

Sie deutete auf das linke Hinterbein des Welpen. „Es sieht so aus, als hätte sie vielleicht was angegriffen."

„Verdammt." Austin musterte den Riss im Bein des Welpen. Er musste auf jeden Fall zum Nottierarzt oder einem Heiler, sobald es möglich war. „Guter Junge, Oz", sagte er und tätschelte Oz den Kopf. „Aber du musst jetzt aufstehen. Wir müssen deiner neuen Freundin helfen."

Oz kam auf die Beine, blieb aber dicht neben dem Welpen, bewegte sich nervös rund um den kleineren Hund.

Austin zog seinen Pullover aus und wickelte den Welpen darin ein.

„Komm schon, Oz", sagte Brinn, die mit den Fingern schnippte. „Gehen wir nach Hause, bevor zurückkommt, was immer dafür verantwortlich ist."

Oz trottete neben ihnen, während sie rasch zurück zum Haus gingen. Sobald sie Oz sicher nach drinnen gebracht hatten, eilten sie zu Austins Auto. Er reichte ihr den Welpen und sprang auf den Fahrersitz. „Gibt es einen Tierarzt in der Stadt?"

„Ja. Gleich an der Hauptstraße."

AUSTIN RASTE DURCH DIE STADT, während der Welpe in Brinns Armen wimmerte.

„Alles okay", flüsterte Brinn dem Welpen zu, wollte den bebenden Hund unbedingt beruhigen. Zweifellos hatte er einen Schock. „Wir haben dich jetzt."

Der Welpe winselte, und Brinn brach beinahe das Herz. Warum konnte sie keine Gabe zum Heilen haben? Das wäre sehr viel nützlicher, als Geister zu sehen, die ihre ehemaligen Liebhaber bewerten wollten. Sie schmiegte den Welpen dichter an sich und tätschelte ihm sanft den Kopf, sorgte dafür, dass er wusste, dass er nicht allein war.

Fünfzehn Minuten später legte Austin einen Arm um Brinn, während sie auf Neuigkeiten vom Tierarzt warteten.

„Woher ist sie denn deiner Ansicht nach gekommen?", fragte Brinn, die den Kopf an seine Schulter lehnte, dankbar, ihn bei sich zu haben.

„Keine Ahnung. Normalerweise, wenn Welpen so allein draußen im Wald sind, dann deswegen, weil sie jemand dort ausgesetzt hat."

„Wer in Keating Hollow würde denn einen Welpen aussetzen?", fragte sie entsetzt.

Er schüttelte den Kopf. „So was passiert hier einfach nicht."

Doch Brinn achtete kaum auf seine Antwort. Eine ältere Frau war gerade erschienen. Sie trug noch ihren Hausmantel und brüllte panisch jemanden an, um Miss Puppy sehen zu dürfen. Als niemand am Tresen sie zur Kenntnis nahm, drehte der Geist sich um und sah Brinn, die in ihre Richtung schaute. Brinn versteifte sich und stellte sich darauf ein, dass der Ansturm von Bitten begann.

„Was ist los?", fragte Austin.

„Ein Geist", sagte eine Frau auf der anderen Seite des Wartezimmers.

Brinn drehte sich um und sah Zya, die Besitzerin von *Verhext und zugenäht.* Wann war sie denn reingekommen? „Du siehst sie auch?", fragte Brinn.

„Ja." Zya glättete ihr langes schwarzes Kleid und nahm eine Haustierbox auf, die auf dem Boden neben ihr stand. Sie trug Schnürstiefel, die auf dem Boden klapperten, während sie zur Tür ging. Die elegante Frau warf einen Blick zurück auf den

Geist und dann auf Brinn, während sie hinzufügte: „Viel Glück mit der da."

„Warte!", rief Brinn, während die andere Frau aus der Praxis verschwand. Verdammt! Sie wollte Zya unbedingt aus der Praxis folgen und sie bitten, ihr alles zu erklären, was sie über Geister wusste, ob sie sie die ganze Zeit über sah, und wie sie damit klar kam, und wie Brinn das bewältigen sollte. Aber sobald sie sich aufrichten wollte, erschien der Geist vor ihr. Brinn schaute um den Geist herum und sah Zya auf dem Fahrersitz eines schwarzen Jeep Wrangler, während sie vom Parkplatz raste. Brinn merkte sich vor, Zya so bald wie möglich aufzusuchen.

„Du kannst mich sehen. Das weiß ich", sagte der Geist, der panisch mit den Armen wedelte. „Du musst rausfinden, was mit Miss Puppy passiert ist. Sag ihnen, dass ein Adler sie angegriffen hat. Ich habe man Bestes getan, ihn aufzuhalten. Ich habe einen Schuh auf diesen verdammten Vogel geworfen."

Der Geist hob einen Fuß, zeigte eine rot-grün-gestreifte Socke. „Ich glaube, ich habe ihn verschreckt, denn er hat mein Baby losgelassen und ging auf mich los. Da fing der Druck in meiner Brust an. Ich weiß nicht, was danach passiert ist. Ich glaube, ich wurde ohnmächtig."

„Wie sind Sie hierher geraten?", fragte Brinn.

„Ich habe keine Ahnung. Ich weiß nur, als ich die Göttin gefragt habe, was mit Miss Puppy ist, hat sie mich hierher geschickt."

Brinn blinzelte den Geist an. „Die Göttin?"

„Hast du Miss Puppy gesehen?", fragte die Frau, ihr Blick panisch, während sie sich in der Tierarztpraxis umschaute.

„Ja. Wir haben sie gefunden und hierhergebracht", sagte Brinn. „Tut mir leid, aber ich habe Ihren Namen nicht verstanden."

„Miller. Mrs. Pete Miller. Mein Pete ist vor zehn Jahren gestorben. Es waren nur noch ich und Candy Girl, diese ganze Zeit lang. Na ja, so war es zumindest. Candy Girl ging vor ein paar Monaten über die Regenbogenbrücke. Ich habe Miss Puppy gerade erst bekommen."

„Verstanden. Mrs. Miller, Miss Puppy wird gerade vom Tierarzt behandelt. Wir haben sie im Wald gefunden, mit einer ziemlich heftigen Verletzung am Hinterbein", sagte Brinn.

„Ach, mein armes Baby!", kreischte sie.

Brinn fuhr zusammen.

„Was ist los?", fragte Austin, der seine Hand um ihre legte.

„Hast du eine Nachbarin, die Mrs. Miller heißt?"

„Ja, ich glaube, sie wohnt etwa drei Häuser weiter. Warum?" Er verzog das Gesicht. „O nein. Ist das diejenige, mit der du redest?"

„Ja." Brinn stieß ein Seufzen aus und sank an ihn. Sie fasste sich an die Brust, und mit trauriger Stimme erklärte sie: „Wir müssen Drew anrufen."

„Verdammt", sagte er leise, während er sein Handy herausholte.

Er tätigte den Anruf, und als Austin beschrieb, wie er von Mrs. Millers Tod erfahren hatte, war Brinn dankbar, in Keating Hollow zu leben, sodass die Erklärung mit dem Geist problemlos hingenommen wurde.

„Sie sind jetzt unterwegs rüber zu ihrem Haus", erklärte er Brinn, während er das Handy senkte.

„Was habt ihr gerade gesagt!", wollte der Geist wissen, stellte sich direkt vor sie.

Brinn machte sich bereit und schaute ihr direkt in die Augen, als sie sagte: „Mrs. Miller, ist Ihnen klar, dass Sie Ihren Körper verlassen haben?"

„Was meinst du, meinen Körper verlassen? Ich bin gleich

hier." Sie schaute an sich hinab und klopfte sich auf den Bauch. Nur, dass sie in Geistergestalt war, und darum ihre Hand direkt durch den Körper ging. Sie stand ein paar Sekunden lang völlig reglos da, da bewegte sie die Hand vor und zurück, wackelte mit den Fingern, versuchte eine Verbindung zu ihrem Körper zu bekommen. Stattdessen glitt ihre Hand durch ihre geisterhafte Gestalt, genauso mühelos, als hätte sie versucht, eine Wolke zu berühren. Sie schaute auf, sah Brinn in die Augen. „Ich bin gestorben?"

Brinn nickte traurig. „Tut mir leid. Ich weiß nicht, was passiert ist, aber es klingt irgendwie nach einem Herzinfarkt."

„Affenkacke auf einem rotierenden Springstock! Ich hatte heute Abend ein Date. Ich hatte sogar vor, mir die Beine zu rasieren." Sie fächelte sich dramatisch Luft zu. „Ich habe mich echt auf einen intimen Blick ganz aus der Nähe auf Edwards Unterarme gefreut. Er war früher mal Möbelschreiner. Ich stelle ihn mir immer wieder vor, wie er die Ärmel hochrollt, und …"

Mrs. Miller bewegte weiter die Lippen, aber es kam kein Geräusch heraus, während ihre Gestalt nach und nach in der Praxis verblasste.

Als der Geist weg war, seufzte Brinn und ließ ihre Hand in die von Austin gleiten. „Sieht aus, als würde Miss Puppy ein neues Heim brauchen."

„Sie hat eines. Wenn Mrs. Millers Familie sie nicht will, nehmen wir sie mit zu uns nach Hause", sagte Austin.

Zu uns nach Hause. Brinn hatte beinahe Angst, vor sich selbst zuzugeben, wie gut das klang. Sie räusperte sich. „Sie wird eine tolle Schwester für Oz."

Austin nickte. „Ich hatte vor, ihm ein Brüderchen oder ein Schwesterchen zu besorgen. Sieht aus, als hätte ihn eins gefunden."

Sie saßen zusammen da, während Brinn an seiner Schulter lehnte, und warteten darauf, dass die Tierärztin auftauchte. Als sie schließlich in den Eingangsbereich kam, den Welpen in den Armen, war das Bein des Hundes komplett bandagiert, und er hatte einen weichen Kragen bekommen.

„Hallo auch, Mom und Dad", sagte die Tierärztin, während sie Brinn den Welpen reichte.

Brinn und Austin schauten einander an. *Mom und Dad?*

„Baby Steele hatte einen etwas rauen Tag, aber wir haben die Wunde gesäubert, sie genäht und etwas Antibiotikum verschrieben. Den Kragen muss sie anbehalten, und sie darf mit diesem Bein zehn Tage lang nicht laufen, spielen oder springen, oder bis es Zeit ist, die Fäden zu ziehen. Irgendwelche Fragen?"

„Baby Steele?", fragte Austin.

Die Lippen der Tierärztin wölben sich zu einem Lächeln. „Ich dachte, sie hat noch keinen Namen, darum haben wir damit weitergemacht, bis Sie uns was anderes sagen."

Austin warf einen Blick auf Brinn. „Cordelia?"

„Drusilla", sagte Brinn.

„Sie wird ein Lederhalsband brauchen."

Brinn schmiegte Drusilla dichter an ihre Brust und lachte. „Ich glaube, das lässt sich einrichten."

KAPITEL 16

„Sie werden beste Freunde", sagte Brinn, die auf Drusilla und Oz hinablächelte. Als sie zurück in Austins Haus gekommen waren, hatte Brinn Drusilla in Oz' Hundebett am Ende des Sofas gelegt. Es hatte nicht lange gedauert, bis Oz sie gefunden und sich um sie gelegt hatte, während er seine neue Freundin genau im Auge behielt.

„Ich habe gerade mit Drew geredet." Austin legte seine Hände auf den Beistelltisch. „Mrs. Millers nächster Verwandter ist ein Neffe, den sie nicht gesehen hat, seit er fünf Jahre alt war."

„Wie alt ist er jetzt?", fragte Brinn.

„Einundzwanzig. Er ist am College. Drew hat ihn wegen des Hundes gefragt, aber er hat nicht die Möglichkeit, sich um sie zu kümmern."

Brinn wusste, dass sie sich nicht über die Tatsache freuen sollte, dass Mrs. Miller keine nahen Verwandten hatte, die Drusilla wollten, aber sie konnte einfach nicht verhindern, dass sie auf das süße Mädchen hinablächelte. Sie war bereits verliebt. „Na ja, es ist gut, dass Baby Steele bereits eine Mom und einen Dad hat, die mit offenen Armen warten."

Austin lachte leise. „Das ist wahr." Dann musterte er sie einen Augenblick, ehe er sagte: „Heute hast du zwei Geister gesehen, während ich bei dir war."

Sie nickte. „Es scheint, als wäre das Haus meine einzige Zuflucht."

„Ich werde mich nicht darüber beschweren", sagte er mit einem selbstzufriedenen Lächeln.

„Leider werde ich diese Zuflucht verlassen müssen, denn Abby hat mich angerufen und will sich mit mir in der Brauerei treffen, und dann werde ich versuchen, Zya aufzuspüren und zu sehen, was sie über Geister weiß. Wie ich bereits sagte, ich kann nicht ewig hierbleiben."

„Doch, kannst du." Austin antworte so leise, dass sie nicht sicher war, ob sie ihn richtig verstanden hatte.

„Was hast du gerade gesagt?" Sie stand stocksteif da, ihr ganzer Körper prickelte vor Nervosität.

Er räusperte sich und schaute ihr in die Augen. „Ich sagte, du kannst ewig hierbleiben. Es gibt keinen Grund, dass du das nicht können solltest."

„Komm schon, Austin. Ich kann nicht einfach ewig in deinem Haus bleiben. Du wirst mich früher oder später satthaben." Sie versuchte, einen sorglosen Tonfall aufrechtzuerhalten. Etwas, irgendwas, um aus dieser plötzlich sehr ernsten Unterhaltung herauszufinden.

„Nein, werde ich nicht", beharrte er, während er näherkam.

„Was, wenn du zurück nach L.A. gehst? Du wirst doch nicht wollen, dass ich hier in deinen Räumlichkeiten bin."

„Bist du dir da sicher?" Er fasste ihr mit der rechten Hand an die Wange und schob eine Haarsträhne mit der linken weg.

„Nein", hauchte sie, während sie sich in seinem intensiven Blick verlor. „Aber …"

„Kein aber, Brinn." Er beugte sich vor, legte die Stirn an ihre. „Ich habe dich gerne da, und obwohl ich nicht sofort Pläne habe, zurück nach L.A. zu gehen, selbst wenn es so wäre, hätte ich kein Problem damit, dass du hier wohnst. Weißt du denn nicht, dass ich alles tun und dir alles geben würde, damit du in Sicherheit bleibst?"

Verdammt. Tränen brannten wieder in ihren Augen. Er war ganz der Mann, in den sie sich vor Jahren verliebt hatte, nur dass er nun sogar noch besser war. Wenn er ihr wehtat … Sie konnte an diese Möglichkeit nicht mal denken. „Das ist sehr großzügig von dir."

Er stieß ein leises Lachen aus. „Ich würde das nicht als großzügig bezeichnen. Aber klar, nennen wir es so."

„Wie würdest du es denn dann nennen?", fragte sie, zog sich zurück und sah ihn aus zusammengekniffenen Augen an.

„Irgendwas in der Art von selbstsüchtig." Er ließ eine Hand auf ihre Taille fallen und zog sie so dicht an sich, dass ihre Körper miteinander verschmolzen. „Ich habe dich gerne um mich."

Jeder Teil von ihr fühlte sich an, als stünde er in Flammen. Dieser Mann, den sie so lange geliebt hatte, sagte ihr alles, wonach sie sich je gesehnt hatte. Und sie hätte alles darauf gesetzt, was sie hatte, dass er jedes Wort ernst meinte. „Austin?"

„Brinn?"

„Ich muss los." Es brachte sie fast um, die Worte zu sagen. Sie wollte sich nur um diesen Mann schlingen, den sie liebte, und niemals mehr loslassen, aber sie trat einen Schritt zurück. „Abby wartet."

Austins Griff um ihre Taille verfestigte sich, und er zog sie wieder an sich.

„Ich muss echt los", sagte sie, schmiegte sich aber trotzdem an ihn.

Seine Lippen wölbten sich zu einem schiefen Lächeln. „Du kommst da schon noch hin ... früher oder später." Dann senkte er den Mund auf ihren und küsste sie so gründlich, dass ihre Finger und Zehen zu prickeln begannen. Die Welt löste sich auf, das Einzige, was es noch gab, war seine Berührung und das Gefühl seines Körpers an ihrem.

Als sie gerade bereit war, die Dinge einen Schritt weiter zu treiben, zog Austin sich zurück.

„Wo gehst du hin?", fragte sie und starrte ihm auf die Lippen.

„Ich gehe nirgendwohin", sagte er erheitert. „Aber du. Erinnerst du dich noch an Abby?"

„Ach, verdammt." Sie kniff die Augen zu, damit Austin nicht mehr zu sehen war, und trat schließlich zurück, brachte etwas dringend benötigten Abstand zwischen sie.

Austin lachte.

Ihre Augen öffneten sich, und sie funkelte ihn an. „Was?"

„Du bist liebenswert, wenn du angetörnt bist."

„Ich bin nicht angetörnt", log sie.

Er hob nur fragend eine Augenbraue.

„Okay, gut. Bin ich. Oder vielmehr war ich, aber jetzt denke ich an Abby und die Geister und frage mich, was für ein verrückter Geist mich belästigen wird, wenn ich draußen unterwegs bin, also schätze ich, ich bin drüber weg."

„Keine Sorge. Ich bin für ein Wiederholungsdelikt zu haben, wenn du zurückkommst." Er brachte sie an die Tür.

Brinn warf einen Blick zurück auf Drusilla und Oz, die immer noch zusammen auf dem Hundebett lagen. „Vielleicht sollte ich mich morgen mit Abby treffen. Ich bin mir nicht sicher, ob ich Drusilla allein lassen sollte, nach dem Tag, den sie erlebt hat."

„Ich bin noch da", versicherte ihr Austin. „Abby wartet schon, oder?"

„Ja, aber …"

Austin öffnete die Tür, küsste sie auf die Wange und sagte: „Geh schon."

Brinn seufzte. „Okay. Aber sei bereit, mir was Köstliches mit Schokolade zu machen, wenn ich zurückkomme. Wir haben doch eine Liste, an der wir arbeiten müssen."

„Bin dran." Er küsste sie ein letztes Mal, und als sie rückwärtsging, hatte sie ein albernes Lächeln auf dem Gesicht und schwebte mehr oder weniger zum Auto.

Austins Haus war nur ein paar Kilometer außerhalb der Stadt, aber es wurde rasch offensichtlich, dass die Fahrt sich wie eine Ewigkeit anfühlen würde. Sobald sie die Zufahrt verlassen hatte, erschien Mrs. Miller auf ihrem Beifahrersitz.

„Du hast meinen Hund gestohlen", beschuldigte sie die Frau.

Brinn schaute hinüber zu dem Geist, bemerkte ihr ungekämmtes, statisch geladenes Haar und die Wimperntusche von gestern unter ihren Augen. „Wir haben sie nicht gestohlen. Wir haben sie adoptiert", sagte Brinn ruhig.

„Es ist deine Schuld, dass ich gestorben bin!", rief sie, fasste sich an die Brust.

„Wie denn das?" Nach der Woche, die sie gehabt hatte, war Brinn so daran gewöhnt, dass Geister mit ihren verrückten Sperenzchen in ihre Privatsphäre eindrangen, dass sie dieser Vorwurf einfach nicht mal überraschte.

„Miss Puppy hat deinen Hund gehört und ist rausgelaufen.

Als der Adler sie angegriffen hat, hat mein Herz ausgesetzt. Das ist deine Schuld, und du bist mir was schuldig."

„Natürlich", murmelte Brinn. Es lag ihr auf der Zunge, gegen die Schlussfolgerung zu protestieren, dass Oz ihr Hund war, aber aus irgendeinem Grund sprach sie die Worte nicht aus. Sie fühlten sich einfach … falsch an.

„Ha! Gut. Dann siehst du das ja auch so." Sie deutete auf Brinn. „Da du Schuld bist, dass ich gestorben bin, musst du etwas für mich tun."

„Ich sehe das nicht so. Das war Sarkasmus."

„Ein Leben für ein Leben. So wurde ich erzogen", sagte Mrs. Miller mit überlegenem Unterton.

Ein Leben für ein Leben? Wo waren sie denn, bei den *Sopranos?* „Worum bitten Sie denn? Dass ich mein Leben für Sie hingebe?"

„Nein. Aber ich will, dass du meinen Neffen heiratest. Er braucht eine gute Frau im Leben."

Brinn schnaubte. „Ich dachte, es wäre meine Schuld, dass Sie gestorben sind. Jetzt auf einmal bin ich also eine gute Frau?"

„Details." Sie wedelte mit der Hand und verzog das Gesicht. „Gute Frau oder nicht, er muss das Leben mit einer Frau erfahren, nicht diesem … *Mann.* Ich weiß nicht, was seine Mama sich dachte, aber sie hätte mit ihm nie in die Bay Area umziehen sollen. Wenn sie einfach hier geblieben wären, wäre er nicht verdorben worden."

„Verdorben?", wiederholte Brinn, während sie auf den Parkplatz vor der Brauerei fuhr und dann den Geist anstarrte. „Sie wollen, dass ich mit Ihrem Neffen zusammenkomme, damit er nicht mehr mit einem Mann zusammen ist?"

„Ja. Das ist es." Sie sank auf ihrem Sitz zurück.

Erleichterung strömte über ihr faltiges Gesicht. „Ganz genau das ist es."

„Sie sind eine Scheinheilige", sagte Brinn. „Raus aus meinem Auto."

Mrs. Miller richtete sich gerade auf, ihr Rücken steif, und machte sich eindeutig bereit, Brinn ihre Meinung zu geigen.

Brinn hob eine Hand, und mit einer Überzeugung, von der sie nicht wusste, dass sie sie besaß, sagte sie: „Sie sind hier nicht willkommen. Gehen Sie jetzt und belästigen Sie mich oder Austin niemals wieder."

Der Geist blinzelte und schaute dann auf seine Hände hinab. Ihr Mund stand offen, und ihre Augen waren panisch, während sie beide beobachteten, wie ihre Hand in eine Million Teile zersplitterte. Die Risse breiteten sich rasch aus, und in wenigen Sekunden war sie weg.

„Heiliger Bimbam", flüsterte Brinn, die die Hand an die Kopfstütze ihres Sitzes legte.

„Brinn?"

Sie schaute hinüber und stellte fest, dass Abby auf der Fahrerseite ihres Autos stand, die Augenbrauen gehoben, ihre Miene besorgt.

Brinn schob die Tür auf und stieg aus. „Hey, Abby. Tut mir leid, dass ich spät dran bin."

„Habe ich gerade … ich meine, war das ein Geist in deinem Auto?" Ihre Augen waren aufgerissen und voller Ehrfurcht.

„Ja, war es." Brinn warf einen Blick auf die Brauerei. „Können wir reingehen? Ich brauche was zu trinken."

Abby lachte leise. „Darauf möchte ich wetten. Wow. Ich habe noch niemals mit einem Geist geredet oder auch nur mit einem interagiert. Das war … beeindruckend."

„Eher schon verrückt", sagte Brinn und folgte Abby in die Brauerei.

Abby führte sie an einen Tisch hinten, der ihnen Privatsphäre vom restlichen Essbereich bot. „Nimm Platz. Ich hole uns was zu trinken. Hast du irgendeine Vorliebe?"

Brinn schüttelte den Kopf. „Was immer grad da ist."

„Alles klar."

Brinn verschränkte die Arme auf dem Tisch und senkte den Kopf, versuchte die Kopfschmerzen abzuhalten, die sich wegen der Anspannung an ihrem Schädelansatz bildeten. Es war ihr noch nie zu Ohren gekommen, dass man in Keating Hollow jemand Homophobem begegnet wäre. Die Gemeinschaft war immer schon äußerst aufnahmefreudig für alle gewesen, und dass Mrs. Miller über ihren Neffen geredet hatte, als würde etwas mit ihm nicht stimmen, traf Brinn schwer. Das sorgte dafür, dass sie ihn aufspüren und sicherstellen wollte, dass es ihm gut ging, dass er Unterstützung hatte. Wenn er nach Keating Hollow kam, um ihren Nachlass zu regeln, würde Brinn dafür sorgen, dass sie sich mit ihm anfreundete.

„Ich habe das neue Winterbier dabei, an dem Clay gearbeitet hat. Ich stille noch, darum ist es für mich einfach nur ein gewöhnlicher alkoholfreier Cider. Und ich habe Buffalo Wings und überbackene Fritten bestellt", sagte Abby, während sie zwei Gläser auf den Tisch stellte.

„Du bist eine Göttin." Brinn schnappte sich das Glas und nahm einen großen Schluck. „Sag Clay, dass es köstlich schmeckt. Tatsächlich erinnere mich daran, dass ich mir einen Träger hole, bevor ich losfahre."

Abby grinste. „Es ist echt gut, oder? Ich habe ein paar Gewürze vorgeschlagen, die ich liebe, und ich bin mir sicher, die haben was ausgemacht."

„Also sollten wir es Abbys Wintebräu nennen?", fragte Brinn, die ihre Freundin angrinste.

„Das gefällt mir. Ich werde Clay auf jeden Fall sagen, dass er die Etiketten fertigmachen soll." Abbys Miene wurde ernst, als sie sagte. „Okay, erzähl mir, was dir heute passiert ist. Wie ist denn ein Geist in deinem Auto gelandet?"

Brinn nahm einen weiteren großen Schluck von ihrem Bier und erzählte dann Abby die Geschichte. Als sie zu dem Teil kam, dass Mrs. Miller Schwule hasste, rückte Abby ein Stück ab.

„Ach, nein. Du hast nicht nur damit zu tun, dass dich die Geister die ganze Zeit belästigen, jetzt hast du auch noch einen, der eine völlige Arschgeige ist."

„So ziemlich", sagte Brinn. „Ich bin mir nicht sicher, ob sie zurückkommt. Hast du gesehen, wie sie sich aufgelöst hat? Das ist was Neues. Das habe ich vorher noch nie gesehen."

„Ich hab's mitbekommen. Für mich hat es ziemlich permanent ausgesehen, aber was weiß ich schon?" Sie wühlte in ihrer Handtasche herum und zog eine Karte heraus. „Die Nummer hinten drauf ist von der Freundin einer Freundin in New Orleans. Bianca Blue. Sie ist ein professionelles Medium mit einem eigenen Laden im French Quarter. Sie hat vielleicht ein paar Antworten für dich."

Brinn nahm die Karte entgegen, schaute sich den Namen und die Nummer an, dann steckte sie sie in die Tasche. „Vielen Dank, Abby. Das weiß ich echt zu schätzen."

„Gar kein Problem. Ich kann mir nicht vorstellen, wie es ist, sich mit zufälligen Geistern herumschlagen zu müssen, die mir die ganze Zeit folgen. Yvette hat mir erzählt, was im Buchladen passiert ist. Das klingt so bedrängend."

„Ist es", bestätigte Brinn. „Und erschöpfend."

Abby griff über den Tisch und drückte Brinn die Hand. „Ich hoffe, Bianca kann helfen. Man hat mir gesagt, dass sie total professionell ist."

„Vielen Dank noch mal", sagte Brinn. „Ich weiß deine Hilfe echt zu schätzen."

„Jederzeit. Jetzt kommen wir mal zu der Frage, weshalb ich dich wirklich eingeladen habe." In ihren Augen funkelte es schelmisch.

„Ooookay", sagte Brinn langsam. „Warum hast du mich hierher eingeladen?"

„Wir suchen uns Teams für unser nächstes Golfmobilrennen aus, und ich will dich diesmal in meinem Wagen. Wanda beansprucht dich schon viel zu lange für sich."

Brinn kniff die Augen vor Abby zusammen. „Warum solltest du mich denn wollen? Meine Luftmagie ist nicht sonderlich eindrucksvoll."

Abby zuckte mit einer Schulter. „Vielleicht, vielleicht nicht, aber du hast trotzdem die Fähigkeit, den Wind zu manipulieren, und das ist immer wertvoll. Außerdem will ich dich wegen deiner Fahrkünste. Niemand kennt Wanda besser als du. Wir haben eine ziemlich hochrangige Wette laufen, und ich *muss* sie diesmal schlagen. Ich habe lange und fest darüber nachgedacht, und ich glaube, du bist die Einzige, die ihr davonfahren kann."

„Um was wettet ihr denn?", fragte Brinn neugierig. Abby hatte nicht unrecht. Brinn war als Wandas Stellvertreterin in zahllosen Golfmobilrennen angetreten. Brinn wusste vermutlich, welche Moves Wanda auspacken würde, noch bevor sie es tat. Aber sie würde ihrer Cousine nicht einfach ohne guten Grund in den Rücken fallen.

Abby stöhnte. „Sie hat mich benebelt vom Schlafmangel erwischt und mich hereingelegt, damit ich auf unser nächstes Rennen setze. Wenn sie gewinnt, muss ich nicht nur ihr Golfmobil schmücken, sondern sie lässt mich auch diese

Lagereinheit ausräumen, die sie da hat. Hast du sie schon gesehen?"

Brinn fuhr zusammen. Wanda war der ordentlichste Mensch der Welt. Bis auf diese geheime Lagereinheit, die sie seit zehn Jahren hatte. Dorthin brachte sie alles, was sie nicht wirklich gebrauchen konnte, wovon sie sich aber auch nicht überzeugen konnte, es wegzuschmeißen. Es war vollgestopft bis an die Balken, und Brinn wäre nicht überrascht gewesen, wenn auch ein paar Lebewesen eingezogen wären. Es war so schlimm, dass Wanda in den letzten paar Jahren nicht mal einen Fuß reingesetzt hatte. „Das ist furchtbar, Abby. Bitte lass dich von ihr nicht wieder zu einer Wette überreden, bis dein Kind die Nacht durchschläft."

Abby lachte traurig. „Da sagst du was. Aber wenn ich gewinne, muss sie mein Inventar organisieren und ein neues Bestellsystem aufstellen, um mein Geschäft stromlinienförmiger zu machen." Abby verkaufte mit Magie durchwirkte Lotionen, Seifen und Energiedrinks.

„Dir ist schon klar, dass sie das vermutlich sowieso getan hätte, oder?", sagte Brinn und schüttelte den Kopf.

„Ja, aber so muss ich mich nicht schuldig fühlen. Außerdem kann ich es einfach nicht ertragen, an ihre Lagereinheit zu denken. Würdest du bitte in Betracht ziehen, mir zu helfen?"

„Besorge mir einen Kasten von diesem Bier, und wir haben einen Deal", sagte Brinn, die einen Geist beäugte, der gerade ein paar Tische entfernt erschienen war.

„Das ist alles?"

„Das ist alles." Brinn stand auf. „Stell es bei Austin ab. Ich muss los." Der Geist kam schon näher und hatte gerade Blickkontakt aufgenommen.

„Verstanden." Abby stand auf und folgte ihr nach draußen. „Aber warum bei Austin?"

„Ich wohne da im Augenblick", sagte Brinn, die ihre Schlüssel herauszog.

„Ach, wirklich", sagte Abby, die höchst erfreut klang. „Wie läuft das denn?"

„Ziemlich gut", sagte Brinn, die das sanfte Lächeln nicht unterdrücken konnte, das ihr auf die Lippen trat.

„Verstehe." Abby nickte zustimmend. „Schön für dich."

„Vielen Dank." Brinn stieg in das Auto, als der Geist sich ihnen gerade anschloss und anfing, über den Umbau des Bads zu reden, der schiefgelaufen war.

„Die Fliesen in der Dusche waren schon schlimm genug, aber diese Toilette? Das hat mich umgebracht. Hattest du schon mal eine Toilette mit so viel Saugkraft, dass es einen buchstäblich mit dem Hintern voran reinzog?"

Brinn winkte Abby und knallte die Tür zu. Einen Augenblick später raste sie weg zu *Verhext und zugenäht*, während der Geist Abby zurück in die Brauerei folgte. Brinn stieß einen erleichterten Seufzer aus, dankbar, dass ihre Freundin nichts mitbekam.

Nur dass Brinn sich nun fragte, wie lange es dauern würde, bis sie den Gedanken vergaß, dass eine Frau durch die Saugkraft einer Toilette gestorben war. Würde sie deshalb eine Phobie vor Toiletten entwickeln? Sie merkte sich vor, niemals zu spülen, während sie drauf saß.

Verhext und zugenäht war nur ein paar Blocks weiter, und als Brinn auf einen Parkplatz direkt davor fuhr, sah sie überrascht, dass der Laden düster war. Hatte sie nicht Zya erst vorhin noch beim Tierarzt gesehen? Vielleicht hatte sie den Tag freigenommen. Brinn ging an die Tür, um die Ladenöffnungszeiten zu überprüfen, und da sah sie das Schild.

Nicht in der Stadt. Bis auf Weiteres geschlossen.

$\mathcal{A}$ustin steckte bis zu den Ellbogen in einem Gefäß mit geschmolzener Schokolade, als er hörte, wie sich die Tür öffnete und schloss. Eine friedliche Ruhe strömte über ihn. Brinn war zurück. Dass er sie im Haus hatte, machte ihn zufrieden. Etwas, das er nicht mehr gespürt hatte, seit er vor fünf Jahren Keating Hollow verlassen hatte.

„Was ist denn hier los?", fragte Brinn, die gerade in die Küche kam.

„Nachtisch." Er deutete auf den *Hexenführer für Schokolade und Pralinen.* „Ich wollte mit Pain au Chocolat beginnen, als mir klar wurde, dass es dreizehn Stunden dauern würde, den Teig vorzubereiten, also bekommen wir jetzt in Schokolade getauchte Erdbeeren. Morgen werde ich dann am Pain au Chocolat arbeiten."

Brinn sah ihn mit einer äußerst sanften Miene an.

„Was?", fragte er und rührte in der Schokolade.

„Du bist unfassbar."

Austins Herz schwoll vor Liebe zu dieser erstaunlichen

Frau an, die auf der anderen Seite der Kücheninsel stand. „Komm her."

„Warum?", fragte sie, warf ihm ein kokettes Lächeln zu.

„Ich habe was für dich."

Sie schaute ihn von oben bis unten an, ihr Blick blieb an der Schokolade hängen. „Darf ich das etwa probieren?"

„Auf jeden Fall."

„In diesem Fall ..." Brinn kam herüber, bis sie direkt neben Austin stand, und schaute auf die Schokolade hinab.

Austin nahm sich eine der Erdbeeren, die er bereits vorbereitet hatte, und tauchte sie langsam in die Schokolade. Er beobachtete, wie Brinns Augen jede seiner Bewegungen verfolgten. Während er die Erdbeere über den Topf hielt, beobachteten sie beide, wie die übrige Schokolade von der Erdbeere tropfte.

Tropf. Tropf. Tropf.

„Ich glaube, es ist fertig", sagte Brinn.

„Echt?" Er hob die Erdbeere, führte sie an ihren Mund, und als sie gerade abbeißen wollte, schnappte Austin sie sich und aß sie selbst.

„Hey!", protestierte sie. „Das war gemein. Du hast gesagt, ich dürfte die Schokolade probieren."

„Habe ich?" Er ließ den Rest der Erdbeere auf den Tresen fallen und schlang ihr dann einen Arm um die Taille, die andere Hand vergrub er in ihren Haaren. Als sein Mund nur noch wenige Zentimeter von ihrem entfernt war, flüsterte er: „Küss mich, Brinn."

„Oh", hauchte sie und packte sein Hemd, während sie mit ihren Lippen seine streifte. In dem Augenblick, in dem er den Mund öffnete, schmeckte sie ihn und stöhnte vor Begeisterung.

Austin vergaß alles andere, die Erdbeeren, die Schokolade, die Lasagne, die im Ofen garte, alles bis auf die umwerfende Frau in seinen Armen. Er nahm sie fester, wünschte sich, er könnte sie für alle Ewigkeit in den Armen halten.

Brinn zog sich weit genug zurück, um zu flüstern: „Hmm, die Schokolade ist lecker."

„Dann lass mich dir doch noch eine Kostprobe geben."

Sie drehte sich zu dem Topf mit Schokolade um, beäugte ihn wie eine Verhungernde.

Austin lachte, tauchte eine weitere Erdbeere ein, und als er sie diesmal an ihren Mund führte, beobachtete er hungrig, wie sie die Lippen darum legte. „Verdammt, Brinn. Du bringst mich um."

In ihren Augen leuchtete Erheiterung, aber während sie ihn beobachtete, wurde daraus rasch Hitze. Einen Augenblick später presste sie sich wieder an ihn, küsste ihn mit allem, was sie hatte.

Austin wirbelte sie herum, schob sie an die Anrichte. Der Kuss wurde wild. Hände waren überall. Haut. Er musste ihre Haut an seiner spüren. Er brauchte sie ganz. „Brinn, ich …"

„Waff! Waff Waff!"

Brinn löste sich leicht und schaute hinüber zu Oz und Drusilla.

Austin stieß ein Stöhnen aus und folgte ihrem Blick. Die beiden saßen auf dem Hundebett und starrten sie direkt an. Oz schien Austin richtiggehend anzufunkeln, und sein Körper vibrierte, als würde er sich jeden Moment auf ihn stürzen.

„Ich glaube, da fühlt sich jemand wie ein kleiner Beschützer", sagte Brinn.

„Er beschützt dich", grollte Austin, trat einen Schritt zurück.

Oz entspannte sich sichtlich, sodass Brinn lachte. „Ich glaube, er dachte, du würdest mich attackieren", sagte sie.

„Das habe ich getan. Und hätten sie uns nicht unterbrochen, hätten sie eine ziemliche Show bekommen." Austin rührte in der Schokolade, sorgte dafür, dass die Konsistenz immer noch passte. Als er zufrieden war, fing er an, die restlichen Erdbeeren in die Schokolade zu tauchen. „Sieh mal nach deinen Hunden", erklärte er Brinn.

„*Meinen Hunden?*", fragte sie, klang erheitert.

„Sie haben dich für sich beansprucht. Ich glaube nicht, dass ich da was zu sagen habe." Klang er verbittert? Austin fand, dass er verbittert klang.

„Ach, fühl dich doch nicht außen vor", sagte sie, während sie sich bückte, um Dru hochzuheben. „Wenigstens liebt dich Xander." Sie nickte zu der grau gestreiften Katze hin, die gleich rechts von ihm saß.

„Der will nur ein Leckerli." Austin schaute hinab auf die Katze. „Ich bin dabei, Kumpel."

Brinn schnaubte. „Das stimmt wahrscheinlich. Aber er liebt dich. Ich erkenne das."

Austin schüttelte den Kopf, sagte aber nichts, während er zusah, wie die Liebe seines Lebens Drusilla verwöhnte. Nachdem sie nach dem Verband geschaut, mit ihr geschmust und sie dazu überredet hatte, das Antibiotikum zu schlucken, legte sie den Welpen sorgsam zurück in das Hundebett.

Oz beschnüffelte den Welpen, und als er zufrieden war, dass es seiner neuen Freundin gut ging, wandte er sich an Brinn und sprang auf, kratzte mit der Pfote an ihrem Schienbein.

„Du auch?", fragte Brinn, ehe sie sich bückte, um ihn aufzuheben. Sie stieß ein leises Stöhnen aus. „Wow, Kumpel.

Vielleicht müssen wir dich auf Diät ersetzen. Es fühlt sich an, als würdest du ein Bäuchlein bekommen."

„Hey, aufgepasst. Rede bloß nicht schlecht über meinen Hund", sagte Austin. „Hör nicht auf sie, Oz. Die Mädels stehen auf diesen Bauch, den du da ausbildest."

Brinn kraulte ihn am Bauch und lachte. „Er hat recht, Oz. Du bist genau richtig, wie du bist."

Gab es irgendwas Besseres als diesen Augenblick? Austin hatte sich nie wirklich als häuslichen Typen gesehen, aber als er in der Küche stand, mit einem Abendessen im Ofen und Nachtisch auf einem Tablett vor ihm, mit Brinn und ihrer gemeinsamen Tierschar, musste er zugeben, dass sich seine Prioritäten verändert hatten. Er wollte das. Hier in diesem Haus. Mit ihr.

„Hier drin riecht es wunderbar", sagte sie und holte zwei Weingläser aus seinem Schrank.

„Dein Chefkoch war umtriebig." Er nickte zu der Flasche Wein hin, die er auf der Anrichte abgestellt hatte. „Öffne du den Rotwein."

Sie machte sich an die Arbeit und fragte: „Wann hast du gelernt, wie man kocht?"

Austins Großmutter hat ihm die Grundlagen beigebracht. Er hatte immer schon eine einfache Schale Nudeln mit einem Glas Soße machen oder ein Steak grillen können. Aber wie man eine Lasagne zubereitete oder Schokolade schmolz, war weit jenseits seiner Fertigkeiten gewesen, als er ausgezogen war. „Es war eng mit dem Geld, als ich nach L.A. gegangen bin. Entweder musste ich kochen lernen, oder ich hätte jeden Abend Dosensuppe essen müssen."

„Na ja", sagte sie und trat neben ihn. „Ich muss sagen, du bist ziemlich sexy, wenn du in der Küche arbeitest."

Er lächelte, liebte die kokette Brinn. Während er sich die

Schokolade von den Fingern wischte, nahm er sich die Zeit, den Blick über sie wandern zu lassen. „Du bist immer sexy, aber besonders gerade jetzt."

„Warum gerade jetzt?", fragte sie, hielt seinen Blick fest.

„Weil du hier bist. In meinem Haus. In meiner Küche. Weil du mich für dich kochen lässt."

Sie lachte. „Mehr ist nicht nötig?"

„Wenn du es bist." Er strich ihr mit dem Daumen über die Wange, lachte leise, als er Schokolade in einer Linie verschmierte. „Lass mich das sauber machen."

Brinn hielt still, während er den Kopf neigte und nach und nach die Spuren der Schokolade wegküsste, die er auf ihrer Haut hinterlassen hatte. Und als sie leicht nach Luft schnappte, bewegte er den Kopf und küsste sie wieder. Ihre Lippen waren so weich, so begierig. Er wollte sie unbedingt hinauf in sein Schlafzimmer tragen, aber als er gerade bereit war, sie in seine Arme zu heben, klingelte es an der Tür, sodass er zurück in die Realität geholt wurde, während Oz aufsprang, bellte und aus dem Raum lief.

„Bekommen wir Gesellschaft?", fragte Brinn atemlos.

Er stieß ein leises Stöhnen aus. „Leider. Es ist Gideon. Er wollte vorbeikommen, um die Pläne für das Kinder-Kunstprogramm durchzugehen. Ich habe ihn am Ende mit Miranda zum Abendessen eingeladen. Ist das okay?"

Sie trat zurück, glättete ihr Oberteil. „Äh, ja. Ich … brauche nur kurz, um mich zu erfrischen."

„Klar. Lass dir Zeit. Ich gehe an die Tür." Er folgte ihr aus der Küche und beobachtete, wie sie die Stufen hinaufeilte. Er stand lang genug da, dass ein Klopfen an der Tür ertönte, sodass Oz einen weiteren Beschützeranfall bekam. „Ist schon gut, Junge. Sie werden erwartet." Austin tätschelte Oz den Kopf, während er an die Tür ging. „Tut mir leid, dass ich euch warten ließ", erklärte er den Besuchern. „Ich hatte gerade was in der Küche in der Hand." Es war gelogen. Er war komplett mit dem beschäftigt gewesen, was zwischen ihm und Brinn vorgegangen war.

„Kein Problem", sagte Gideon, der ihm eine Weinflasche hinhielt. „Danke für die Einladung."

„Dein Haus ist großartig", sagte Miranda, die um Austin herumschaute. „Ich liebe den Craftsman-Stil."

„Meine Oma war auch ein großer Fan." Austin winkte sie in den Vorraum.

„Oh, sieh dir das an", sagte Miranda, die direkt ins Wohnzimmer lief, wo Buffy, Xander und Willow sich zusammen auf die Couch gelegt hatten, auf einen Flecken mit Sonnenlicht. „Hallo, ihr wunderschönen Babys." Sie setzte sich auf das Sofa und wandte den drei Katzen ihre volle Aufmerksamkeit zu, kraulte sie hinter den Ohren und machte Geräusche in ihre Richtung.

„Sie ist verloren", sagte Gideon, der den Kopf schüttelte.

„Warte, bis sie sieht, was in der Küche auf sie wartet", sagte Austin mit einem leisen Lachen.

Austin beäugte den Beutel, den Gideon dabei hatte. „Den kannst du erst mal hier abstellen." Er deutete auf eine Bank in der Nähe der Tür. „Das Essen ist fast fertig. Ich dachte, wir essen erst, dann kümmern wir uns ums Geschäftliche."

„Klingt gut."

Nachdem Gideon seine Tasche verstaut hatte, begaben sich die beiden Männer in die Küche. Sobald Gideon Drusilla sah, stöhnte er. „O nein. Miranda wird völlig durchdrehen, wenn sie das sieht."

„Das tut jeder", sagte Austin, der die Lasagne aus dem Ofen holte. Er stellte sie auf den Herd, damit sie sich setzen konnte, und wollte gerade den Tisch decken, als ein Kreischen in den höchsten Tönen, die er je gehört hatte, in sein Gehirn eindrang. „Hölle noch mal", murmelte er.

„Habe ich doch gesagt", murmelte Gideon zurück.

„Seht euch dieses süße Baby an. Oh. Mein. Gott. Ich habe noch nie was Süßeres gesehen." Miranda setzte sich direkt auf den Boden neben das Hundebett und beugte sich hinab, um sowohl Dru als auch Oz Küsse zu geben. Oz ging näher, um sich mit dem ganzen Körper an ihr Bein zu schmiegen, und dann rollte er sich herum und zeigte ihr seinen Bauch.

„Seht ihr das? Überhaupt keine Treue", sagte Austin, der den Kopf schüttelte.

„Die Kleinen sind echt köstlich, Austin", sagte Miranda. „Es ist nicht fair, so viel Süßes auf einmal zu kriegen."

„Stimmt, oder?", sagte Brinn, die hereinmarschierte, die Haare hochgesteckt zu einer Frisur, aus der Strähnen locker um ihr Gesicht fielen.

Austin stockte der Atem. Sie wurde einfach jedes Mal schöner, wenn er sie sah.

„Hey, Brinn", sagte Miranda, die aufstand, um sie zu begrüßen. „Ich liebe euren Welpen."

Die beiden Frauen verbrachten die nächsten zehn Minuten damit, den Welpen und Oz zu verhätscheln, bis Austin sagte: „Das Essen ist aufgetischt."

„Wir kommen. Immer mit der Ruhe", sagte Miranda.

Nachdem sie sich die Hände gewaschen hatten, setzten sich die vier an den Tisch, wo Lasagne, Salat und Knoblauchbrot warteten.

„Hast du das alles gemacht?", fragte Gideon ihn.

Austin zuckte mit den Schultern.

„Hat er", sagte Brinn, die strahlte. „Er hat auch die mit Schokolade überzogenen Erdbeeren gemacht."

„Das ist einer zum Behalten", sagte Miranda.

„Ich weiß." Brinn schaute Austin in die Augen. Die Liebe, die zu ihm zurückstrahlte, berührte ihn bis ins Innerste.

Heimat.

So fühlte sich Heimat an.

Und er war hier, um zu bleiben.

KAPITEL 18

*B*rinn saß am Tisch, zufriedener, als sie je gewesen war. Das Abendessen war hervorragend gewesen, und die Gesellschaft sogar noch besser. Gideon war ein freundlicher Mann, und ganz offensichtlich in Miranda verliebt. Diese Art, wie sie miteinander umgingen, die Sätze des anderen beendeten, aufmerksam und neckend. Ihre Beziehung war episch.

Austin stand auf und griff nach dem Geschirr, um den Tisch abzuräumen.

„O nein. Du hast gekocht", sagte Brinn, die sich erhob. „Ich übernehme das."

„Aber das ist doch kein Problem", versicherte Austin ihr.

„Nö. Der Koch räumt nicht auf." Sanft drückte sie ihn wieder zurück in seinen Stuhl. „Das ist nur gerecht."

Brinn fing an, den Tisch abzuräumen, und Miranda schloss sich ihr rasch an, während die beiden Männer sich daran machten, an ihrem Kunstprogramm zu arbeiten.

„Es sieht aus, als würden die Dinge wirklich gut für euch beide laufen", flüsterte Miranda.

„Tun sie." Brinn beobachtete die beiden Männer, die die Köpfe zusammengesteckt hatten, während sie die Logistik für ihr Programm ausarbeiten. „Er ist genau derselbe Mann, der er vor fünf Jahren war, nur irgendwie besser. Und ich ..." Sie schnappte nach Luft. „Ich weiß nicht, was ich tun soll, wenn er noch mal geht."

Miranda stieß ein leises Lachen aus. „Meine Liebe, dieser Mann geht nirgendwohin."

„Das weißt du doch nicht." So sehr Brinn glauben wollte, dass Austin blieb, sie wusste, dass er sich irgendwo anders ein Leben aufgebaut hatte. Es war nicht gerecht, ihn zu bitten, das für sie aufzugeben ... Erst recht nicht, da sie gerade ihre Beziehung erst wieder neu angefangen hatten.

„Doch. Tue ich." Sie zwinkerte Brinn zu und griff herüber, um ihr die Hand zu drücken. „Manchmal weiß ich Dinge einfach."

Brinn beäugte die Schriftstellerin. „Das sagst du immer, aber woher soll ich wissen, dass es wahr ist?"

„Vertrauen, Brinn. Vertrauen." Sie schenkte sich noch ein Glas Wein ein, grinste, und dann ging sie, um sich neben Gideon zu setzen.

Brinn stand am Tresen und beobachtete Austin. Er wedelte mit den Armen, während er aufgeregt über das Musikprogramm redete, das er aufbauen wollte. Und als Gideon vorschlug, dass sie Chad dabei einspannten, den Besitzer von *Magical Notes*, um ein paar Kurse zu unterrichten, leuchteten Austins Augen. Er genoss jeden Augenblick mit Gideon.

Er hatte einen Gleichgesinnten gefunden, der genauso leidenschaftlich für das Projekt brannte wie er. Brinn spähte genauer hin, als ihr etwas auffiel, was sie nicht zu sehen erwartet hatte. Etwas an den beiden war einfach vertraut. Wie etwa die Tatsache, dass bei jedem von ihnen die Augenbraue links dieselbe Krümmung hatte. Sie beide nutzten dasselbe schiefe Lächeln, wenn sie versuchten, den anderen von einer neuen Idee zu überzeugen. Aber am interessantesten war, dass sie beide denselben Körperbau hatten. Das war ihr vorher nicht aufgefallen, aber wenn sie nebeneinandersaßen, war es schwer, diese Ähnlichkeiten zu übersehen. Wenn sie es nicht besser gewusst hätte, hätte sie gedacht, dass sie Brüder oder Cousins oder so was waren.

Brinn lachte vor sich hin. Das war unmöglich. Austin hatte keine Geschwister, und genauso wenig sein Vater. Sie war sich bei seiner Mutter nicht sicher, doch Austin hatte niemals über Verwandte außerhalb seiner unmittelbaren Familie geredet.

Der Hauch einer Bewegung auf der anderen Seite des Raumes zog Brinns Aufmerksamkeit auf sich. Als sie den Geist sah, wurden ihr das Herz und der Magen schwer. Nicht jetzt! Konnte sie nicht mal einen Abend frei haben? Offenbar war die Antwort darauf ein Nein. Aber weshalb war der Geist im Haus? Obwohl sie ein paar auf dem Grundstück gesehen hatte, war das der erste, den sie im Inneren des Hauses sah.

Brinn hatte vor, den Geist völlig zu ignorieren, aber als der Geist den Kopf leicht drehte, war die Frau keine andere als Peggy Steele, Austins Großmutter. Brinn wollte sie fragen, was sie hier tat, aber das würde sie vor Miranda und Gideon nicht machen. Obwohl Brinn annahm, dass sie beide durch die Gerüchteküche von ihrem neuesten Problem gehört hatten und wussten, dass sie die Gabe hatte, Geister zu sehen, war das nichts, was sie vor allen ansprechen wollte.

Doch es schien, als wollte Peggy auch nicht mit ihr reden. Als Brinn näherkam, fiel ihr auf, dass Peggy mit einer sanften Miene ihren Enkel beobachtete und sich die Augen tupfte.

Da es Peggy war, ließ Brinn ihre Entscheidung fallen, sich

von den Geistern fernzuhalten. Wenn sie aus Austins Großmutter Informationen herausgekommen konnte, musste sie es versuchen. Aber bevor sie dicht genug herankommen konnte, und mit ihr zu reden, warf Peggy einen letzten Blick auf Austin und Gideon, lächelte sanft, und dann verblasste sie.

„Brinn", sagte Austin. „Komm und setz dich zu uns. Die Küche ist so sauber, wie sie je werden wird. Glaubst du nicht?"

Sie nickte, schnappte sich das Tablett mit den mit Schokolade überzogenen Erdbeeren, und setzte sich neben Austin.

„Du bist eine Göttin", sagte er und nahm sich eine Erdbeere.

Weder Gideon noch Miranda hielten sich beim Probieren der Erdbeeren zurück. Es dauerte nicht lang, bis das Tablett leer und die Arbeit zur Seite gelegt war. Sie verbrachten die nächsten zwei Stunden damit, zu reden, zu lachen und das Neueste aus der Gerüchteküche von Keating Hollow zu besprechen.

Als Brinn und Austin ihre Gäste an die Tür brachten, waren Brinns Batterien mehr als nur aufgeladen. Sie schwebte mehr oder weniger vor Glück.

Sobald Austin die Tür schloss, wandte er sich an sie. „Du siehst aus, als hättest du eine gute Zeit gehabt."

„Du auch", sagte sie, trat näher und legte ihm die Hände auf die Brust.

„Das stimmt. Es ist schwer, zu verstehen, weshalb meine Großmutter Gideon Geld hinterlassen hat, aber sie wusste offensichtlich, was sie tat. Wer hätte denn vorhersagen können, dass wir zusammen einen gemeinnützigen Verein gründen und Freunde werden?"

„Das ist eine Frage, für die ich nicht gut genug bezahlt

werde ", sagte Brinn leise. „Was ich mich allerdings frage, ist, ob wir diese Party nicht nach oben verlegen wollen."

Stille hing ein paar Herzschläge lang in der Luft um sie herum, während Austin auf sie hinabschaute.

Ihre Haut prickelte allmählich nervös, doch als Austin langsam nickte, verschwand ihre ganze Nervosität. Das war es. Das war der Augenblick, in dem sie ihre Vergangenheit hinter sich ließ und anfing, darauf zu vertrauen, dass sie vielleicht zusammen sein konnten. Dass es diesmal anders sein würde. Sie wusste, dass ihr das Angst machen sollte. Leute wiederholten ihre Fehler öfter, als sie es nicht taten, wenn es um Herzensangelegenheiten ging. Aber Brinn war bereit, alles zu riskieren, wenn es bedeutete, dass sie Austin wieder in ihrem Leben hatte.

Austin hielt ihr eine Hand hin. „Bereit?"

„Ja."

Sie nahmen sich einen Augenblick, um nach ihren Tieren zu sehen, und dann ließ Austin einen Arm um Brinns Taille gleiten und führte sie nach oben. Aber anstatt sie zu ihrer Tür zu bringen, lotste er sie den Gang entlang zu seinem Schlafzimmer.

Brinn schaute sich in dem großen Raum um, bevor ihr Blick auf dem riesigen Doppelbett landete. Auf dem Bett lag eine dicke, schwarze Tagesdecke, geschmückt mit einigen rein weißen Kissen. Nirgends gab es eine Farbe.

„Alles in Ordnung?" Austin stand gleich neben Brinn, hielt sie an der Taille.

„Nein. Ich glaube nicht", sagte Brinn nervös. Aber ganz gleich, wie nervös sie war, sie würde Austins Schlafzimmer nicht verlassen. Sie hatte sich entschieden, und heute Nacht war die Nacht. Sie lächelte zu ihm auf. „Aber lass dich davon nicht aufhalten."

„Brinn", flüsterte er und streifte ihre Haare zurück. „Du weißt, dass nichts passieren wird, wenn – uff."

Kein Reden mehr. Das war alles, was Brinn durch den Kopf gegangen war, bevor sie sich auf Austin geworfen hatte. Sie hatte fünf lange Jahre gewartet, wieder in seinen Armen zu sein. Ob nervös oder nicht, sie wollte nicht mehr warten. Nach einem langen, zufriedenstellenden Kuss brach sie ihre Verbindung nur lang genug ab, um zu sagen: „Ich will dich, und ich will das. Verstehst du?"

Er nickte, seine Lippen suchten bereits ihr Kinn und waren nach unten zu ihrem Halsansatz unterwegs.

Brinn legte den Kopf in den Nacken, damit er besser rankam. Und einfach so standen keine Gespräche mehr zwischen ihnen. Sie überließen das Reden ihren Lippen, Händen und Körpern. Immer und immer wieder.

BRINN TRÄUMTE, sie wäre eine Katze, die auf dem Boden in einem sonnigen Flecken lag. Sie fühlte sich träge und zufrieden und auf die bestmögliche Art zerschlagen.

„Guten Morgen", sagte eine tiefe Stimme in ihrem Ohr.

„Hmmm." Brinn griff nach oben, streckte sich und legte sich dann wieder hin, während sie den Kopf zur Sonne hielt. Es gab keinen Grund, aufzustehen. Sie war eine Katze. Was sonst hatte sie denn den ganzen Tag zu tun?

Doch als warme Küsse ihre Haut neckten, öffnete Brinn ein Auge. Der attraktivste Mann, den sie je gesehen hatte, war über sie gebeugt, ohne Oberteil, während er Küsse auf ihre nackte Haut herabregnen ließ.

„Doch keine Katze", sagte sie, fuhr mit der Hand durch seine umwerfenden Locken.

Er hielt mit dem Küssen inne und schaute zu ihr auf. „Hast du mich gerade eine Katze genannt?"

„Nein." Sie schüttelte den Kopf und versuchte, nicht zu lachen. „Ich habe geträumt, ich wäre eine Katze, die zufrieden in der Sonne liegt. Ich wollte mich nicht bewegen."

„Zufrieden? Ist das das Beste, was du zu sagen hast, nach der Nacht, die wir zusammen verbracht haben?"

„Nein. Überhaupt nicht. Befriedigt, witzig, sexy ... sind das bessere Wörter?", fragte sie.

„Auf jeden Fall." Austin erkundete weiter Brinns Körper, bis sie vor Verlangen keuchte. Er hob den Kopf, um ihr in die Augen zu schauen, und sagte: „Ich will dich, Brinn. Eine Nacht war nicht genug."

Sie nickte heftig. „Ich will dich auch."

„Den Göttern sei es gedankt", flüsterte er. Und dann nahm er sich die Zeit, sie einmal mehr anzubeten, bevor er mit seinem Tag beginnen musste.

Eine Stunde später lag Brinn nackt im Bett, nur das Laken über ihr. Austin war bereits aufgestanden und losgezogen, um Kaffee und Gebäck aus dem *Incantation Café* zu besorgen. Brinn war nur zu glücklich damit, sich im Bett zu wälzen. Die vorige Nacht und dieser Morgen waren ... unfassbar gewesen. Besser und intensiver, als es je zwischen ihnen gewesen war. Austin war zärtlich und liebenswert gewesen, und dann im nächsten Augenblick grob und fordernd. Ihr Körper prickelte immer noch vor Lust. Es schien eine Schande zu sein, aufzustehen und zu duschen. Wenn es nach ihr gegangen wäre, wäre sie den ganzen Tag im Bett geblieben, am liebsten mit Austin. Aber sie hatten beide zu arbeiten.

Sie schaute auf die Uhr und stöhnte. Wenn sie nicht bald aufstand und sich fertigmachte, würde sie keine Zeit mehr für ein Frühstück mit Austin haben. Sie rollte sich aus Austins Bett, machte es und eilte dann zur Dusche, völlig nackt.

Brinn fühlte sich leicht exponiert, als sie durch den oberen Flur ging. Sie hätte Austins Dusche nutzen können, aber all ihre Toilettenartikel standen bereits im Gästebad. Würde es ihm was ausmachen, wenn sie sie in sein Bad verlegte? Wenn man nach ihren Aktivitäten in den letzten zwei Stunden ging, schätzte sie, dass es ihm vermutlich egal wäre.

Als Brinn aus der Dusche kam, lächelte sie vor sich hin, da ihr klar wurde, dass sie ihren Bademantel vergessen hatte. Und sie hatte nur ein sauberes Handtuch. Ihre Optionen waren, ihre Haare tropfen zu lassen und sich zu bedecken, oder die Haare in das Handtuch zu wickeln und nackt in ihr Zimmer zu gehen. Sie entschloss sich für nackt. Warum auch nicht? Der Einzige, der hier sein würde, war Austin. Es war nicht, als hätte sie nicht bewiesen, dass sie mehr als willens war, sich vor ihm auszuziehen.

Sie war gerade aus dem Badezimmer gekommen, als sie hörte, wie Austin sich räusperte. Sie drehte sich um und wollte schon etwas Freches sagen, als ihre Worte beim Anblick des Mannes erstarben, der nur ein paar Meter von ihr entfernt stand. Es war überhaupt nicht Austin. Stattdessen war es jemand, der etwa fünfundzwanzig Jahre älter war und dieselben Gesichtszüge besaß.

Mathew Steele. Sie hatte ihn vorher noch nie offiziell getroffen, aber sie hatte ihn in der Stadt gesehen und wusste, wer er war. Das wussten alle.

Austins Dad hatte die Arme vor der Brust verschränkt und starrte sie an, als hätte sie gerade ein Verbrechen begangen. Und zwar in ihrem Adamskostüm. „Teufel noch mal!", schrie sie und lief in das Schlafzimmer, knallte die Tür hinter sich zu. Wo war er denn hergekommen? War Austin überhaupt schon zu Hause? Ihr Gesicht brannte vor Verlegenheit.

Zwanzig Minuten später, als Brinn schließlich den Kopf aus der Tür steckte, war der Gang leer, und sie stieß ein erleichtertes Seufzen aus. Vielleicht konnte sie sich aus dem Haus schleichen, bevor sie Austins Dad noch einmal begegnete. Sie zog ihr Handy heraus und schrieb an Austin. *Wo bist du?*

Es kam keine sofortige Antwort.

Verdammt. Sie dachte darüber nach, davonzulaufen, aber sie musste die Katzen füttern und nach Dru sehen. Sie holte zur Beruhigung Luft, hielt den Kopf hoch erhoben und begab sich nach unten in die Küche.

Oz kam zu ihr gelaufen, während Dru auf dem Hundebett saß und mit dem Schwanz wedelte. Es dauerte nicht lang, bis die Katzen heranschlichen. Sie versorgte sie alle, gab ihnen Küsse und ging dann geradewegs zur Tür. Sie würde später mit Austin reden.

Als Brinn gerade an die Tür kam, erspähte sie eine Bewegung links.

„Brinn Taylor, oder?"

Sie nickte, nicht ganz sicher, was sie nach ihrem Vorfall oben zu dem Mann sagen sollte. *Tut mir leid, dass ich nackt vor Ihnen erschienen bin* wirkte nicht besonders angemessen.

„Na, das ist ja eine unbehagliche Art, sich offiziell zum ersten Mal zu treffen. Ich hatte auf jeden Fall nicht erwartet, Sie heute Vormittag im Haus meiner Mutter zu finden. Gibt es einen Grund, weshalb Sie rumlaufen, als würde Ihnen das Ganze gehören?"

Heiliger ... Brinn schluckte ihre Wut auf den Mann herunter. Sie hatte nicht vergessen, was Austin über die Drohungen gegen das Café ihrer Großmutter erzählt hatte.

Aber um Austins willen versuchte sie, es fallen zu lassen. „Das tut mir leid, Mr. Steele. Ich hatte keine Ahnung, dass noch jemand da ist. Haben Sie Austin gesehen?"

„Nein. Er war nicht hier, als ich eingetroffen bin." Langsam ging er zu ihr. Als er nur noch dreißig Zentimeter entfernt war, schaute er sie von oben bis unten an, seine Lippen zu einem Fauchen verzogen, während er sagte: „Sie sollten nicht hier sein."

„Warum? Ihr Sohn hat mich eingeladen", sagte sie, die Wut fing an, in ihrem Bauch zu brodeln. „Er will mich offensichtlich hier."

„Er weiß nicht, was er will. Vertrauen Sie mir, es ist besser für Sie beide, wenn Sie jetzt weiterziehen."

„Ich ziehe *nicht* weiter", sagte sie, stellte sich ihm von Angesicht mit Angesicht. „Meine Beziehung zu Austin geht Sie nichts an."

Die Tür schwang plötzlich auf, und Austin kam abrupt zum Stillstand, als er Brinn und seinen Vater dastehen sah, wie sie einander anfunkelten. Er stellte das Tablett mit Kaffee und die Tüte mit süßen Teilchen auf die Bank neben der Tür und fragte: „Dad? Was ist los? Wann bist du hergekommen?"

„Vor etwa einer halben Stunde." Er wandte seinen verurteilenden Blick seinem Sohn zu. „Stell dir vor, wie überrascht ich war, als ich über eine nackte Frau gestolpert bin, die es sich im Haus meiner Mutter gemütlich gemacht hat."

„Nackt?", fragte Austin, der die Stirn runzelte. „Brinn ist nackt rumgelaufen?"

„Ich bin nicht *rum*gelaufen", sagte Brinn verärgert. „Ich bin vom Bad zum Gästezimmer gegangen. Ich hatte keine Ahnung, dass er da war."

Austin kam an ihre Seite und nahm ihre Hand. Ein Teil der

Anspannung wich aus Brinns Körper. Sie hatte nicht gemerkt, wie sehr sie seine Unterstützung wirklich gebraucht hatte.

„Dad, hör auf, so feindselig zu sein. Ich darf doch in meinem eigenen Haus Besucher haben", sagte Austin, der hinter sich die Tür schloss.

„Dem Haus meiner Mutter", beharrte er. „Ich bezweifle sehr, dass sie die da gutheißen würde." Er nickte zu Brinn hin.

„Was?" Austins Körper versteifte sich, während der Griff um ihre Hand sich verfestigte. „Oma hat Brinn geliebt. Außerdem hat sie das sowieso nicht zu entscheiden. Oder du."

Mathew Steele schüttelte den Kopf, wirkte enttäuscht. „Kannst du das nicht erkennen, Sohn? Sie nutzt dich aus. Wegen deines Geldes. Sie hat ja gar nicht lang gebraucht, um einzuziehen, gleich nachdem deine Großmutter gestorben ist, oder?"

„*Sie* nutzt mich aus?", fragte Austin verärgert. „Hör jetzt auf, Dad, bevor du dich zum Affen machst."

Mathew rollte die Schultern, als würde er sich dazu zwingen, sich zu entspannen. „Vielleicht sollten wir darüber unter vier Augen reden."

Brinn stieß ein verärgertes Schnauben aus. „Ich würde lieber bleiben, wenn Sie mich weiter beleidigen wollen, Mr. Steele."

Er sah sie aus zusammengekniffenen Augen an. „Diese Unterhaltung findet zwischen mir und meinem Sohn statt."

Austin schnaubte. „Diese Unterhaltung ist vorbei. Brinn bleibt hier, und mehr gibt es dazu nicht zu sagen. Du kannst dich entweder dafür entschuldigen, dass du ein echtes Arschloch warst, und das fallen lassen, oder du kannst gehen."

Brinn drückte Austin die Hand, dankte ihm im Stillen, dass er sich für sie einsetzte. Er erwiderte den Druck, ließ aber seinen Vater nie aus dem Blick.

Mathew schaute zwischen ihnen hin und her, schüttelte den Kopf, und dann wandte er sich um, verschwand im Büro.

Austin murmelte einen Fluch, bevor er sich am Brinn wandte. „Das tut mir leid. Ich habe vergessen, dass er heute kommt. Oder vielleicht habe ich es nur verdrängt. Trotzdem hatte ich keine Ahnung, dass er sich vor dir wie ein völliges Arschloch benehmen würde. Was zum Teufel ist sein Problem?"

„Er hält mich für jemanden, der nur auf dein Geld aus ist", sagte Brinn. „Ich schätze, das ist seine schräge Art, dich zu beschützen."

„Ich brauche seinen Schutz nicht." Er legte die Hand an ihre Wange und schaute auf sie hinab. „Es tut mir echt leid. Das hast du überhaupt nicht verdient. Kommst du nach der Arbeit wieder zurück?"

Sie biss sich auf die Unterlippe, nicht sicher, was sie sagen wollte. Sie wollte aus offensichtlichen Gründen in der Nähe von Austin sein, aber wenn sein Dad so feindselig war, würde sie sich dem nicht länger aussetzen. Sie schloss die Augen und seufzte. „Ich schätze, das muss ich, selbst wenn ich nicht bleibe. Die Katzen und Dru sind hier."

Austin beugte sich hinab und küsste sie auf die Wange. „Er wird sich entweder benehmen müssen, oder ich werde klarmachen, dass er hier nicht willkommen ist."

„Du würdest deinen eigenen Dad für mich rauswerfen?", fragte sie, ihre Augen wurden groß.

„Brinn, es gibt nichts, was ich nicht für dich tun würde."

KAPITEL 19

ochend vor Wut kippte Austin seinen Kaffee in die Spüle und versuchte, sich in den Griff zu bekommen. Er konnte nicht glauben, in was er da gerade hineingelaufen war. Wie konnte sein Vater es wagen, reinzumarschieren und Brinn vorzuwerfen, ihn nur wegen seines Geldes zu wollen? Geld, das er sowieso weggeben würde. Sein Vater hatte keine Ahnung, wovon er da redete.

Als Austin sich ausreichend beruhigt hatte, um seinem Vater nicht länger eine Ohrfeige verpassen zu wollen, ging er ruhig durch das Haus in sein Büro. Die Tür war noch geschlossen, aber er machte sich nicht die Mühe, anzuklopfen. Es war immerhin *sein* Büro.

Austin schwang die Tür auf und trat ein. Zu sehen, wie sein Vater hinter dem Schreibtisch saß und durch seine Papiere ging, fachte die Flammen neu an. „Was machst du da?"

„Was ist denn das?" Er hob einen braunen Papierumschlag hoch. Den, in dem wohl der Nachlass seiner Großmutter geregelt war.

„Genau das, wonach es aussieht", sagte Austin. „Warum

wühlst du in meinem Schreibtisch herum?" Es war eine kleinliche Frage. Der Ordner hatte oben auf seinem Schreibtisch gelegen, wo er schon seit dem Tag lag, an dem seine Großmutter verstorben war, und er ihn entdeckt hatte.

Sein Vater warf die Papiere wieder auf den Schreibtisch. „Was unternimmst du deswegen?"

„Weswegen genau? Der Nachlass ist so gut wie geregelt. Es gibt nicht mehr sonderlich viel zu tun." Er kam ein paar Schritte näher, schaute seinen Vater aus zusammengekniffenen Augen an. „Wichtiger noch, warum bist du hier reingekommen und hast Brinn völlig grundlos beleidigt? Ich werde nicht zulassen, dass du so über sie redest."

„Verdammt, Austin!", donnerte er, während er mit der Faust auf den Schreibtisch hämmerte. „Du bist naiver, als dir guttut. Erkennst du denn nicht, dass dich diese Leute ausnutzen? Dieser Gideon hat doch bestimmt eine Möglichkeit gefunden, sich in ihr Testament schreiben zu lassen? Das musst du anfechten. Wenn du das nicht tust, mache ich es."

Austin straffte die Schultern, und mit einer Überheblichkeit, von der er nicht wusste, dass er sie besaß, sagte er: „Du wirst nichts dergleichen tun. Brinn nutzt mich nicht aus. Wenn du das noch einmal sagst, ist diese Beziehung, um deren Wiederherstellung du dich so sehr bemüht hast, vorbei. Hast du das verstanden?"

Ein Muskel zuckte am Kinn seines Vaters, und Austin wusste, dass er Mühe hatte, für sich zu behalten, was er eigentlich sagen wollte. „Du bist ein Erwachsener. Ich schätze, du musst aus deinen eigenen Fehlern lernen."

„Darüber weißt du ja bestimmt Bescheid, oder, Dad?" Die Sticheleien kamen einfach aus seinem Mund. Sie halfen auf gar keinen Fall, um irgendetwas zwischen ihnen zu kitten, aber im Augenblick fühlten sie sich gut an. Er würde nicht von seinem

Vater sein Leben übernehmen lassen. Diesmal nicht. Nie wieder.

„Ja, das tue ich. Und glaub bloß nicht, ich hätte dafür nicht bezahlt. Ich versuche nur, dich davon abzuhalten, denselben Weg einzuschlagen."

„Darüber musst du dir keine Sorgen machen", sagte Austin. „Ich habe keine Schnapsflasche dabei. Übrigens, ich habe Gideon Alexander bereits überprüft. Erst ist ein anständiger Mann, der keine Ahnung hat, weshalb er ins Testament geschrieben wurde. Er hat sogar versucht, das Erbe abzulehnen. Also lass das. Es war Omas Entscheidung, ihm einen Teil ihres Vermächtnisses zu hinterlassen. Wir werden ihre Wünsche respektieren."

„Austin", knurrte sein Vater. „Du treibst mich an meine Grenzen."

„Och, tut mir leid. Hätte ich dir etwa Respekt erweisen sollen, nachdem du so unhöflich zu Brinn warst und nahegelegt hast, dass ich kein vernünftiges Urteil treffen kann, wie ich mein Leben führe, obwohl alles danach aussieht, als hätte ich alles unter Kontrolle?"

„Du hast nicht alles unter Kontrolle!", erwiderte sein Vater grollend. „Du hast es geschafft, die Hälfte der Vermögenswerte deiner Großmutter an irgendeinen Fremden zu verlieren, und du hast dich mit einer Frau eingelassen, die weit unter dir steht!"

Austins Blut wurde eiskalt. Die Worte seines Vaters erschütterten ihn bis ins Innerste. Diese Drohung, die er vor all den Jahren ausgesprochen hatte, um Brinns Oma das Geschäft zu ruinieren, war nicht nur erfolgt, damit Austin mit seinem Vater arbeiten würde. Mathew Steele war ein protziger Snob, der nicht wollte, dass sein Sohn mit einer Kleinstadtfrau zusammen war. „Ich glaube, es ist an der Zeit, dass du gehst", sagte Austin, sein Tonfall abgehackt und voller Eis. „Du bist hier nicht mehr willkommen."

„Das ist das Haus meiner Mutter", sagte sein Vater mit einem Hauch Autorität. „Ich glaube nicht, dass du mich heute rauswirfst."

„Ach, nicht?", schnaubte Austin. „Das ist jetzt mein Haus. Die Urkunde wurde bereits überschrieben. Das ist das Gute an Treuhandregelungen; da wird nicht lange gefackelt. Wenn du nicht gehst, rufe ich den Sheriff und lasse dich entfernen. Verstanden?"

„Sei doch nicht albern, Austin", sagte Mathew. „Du wirst wohl kaum den Sheriff auf deinen Vater hetzen." Er setzte sich auf den Bürosessel und griff nach dem Festnetztelefon. „Entweder bist du dabei oder nicht. Aber ich rufe meinen Anwalt an. Ich lasse diesen Gideon nicht kampflos ihr Geld nehmen."

Austin zog sein Handy aus der Tasche. Nachdem er die Nummer des Sheriffbüros gefunden hatte, tätigte er den Anruf und stellte ihn auf Lautsprecher.

„Sheriffbüro Keating Hollow", sagte die Empfangsdame. „Hier ist Clarissa."

„Hey, Clarissa. Hier ist Austin Steele. Ist Hilfssheriff Baker gerade da?"

„Ist das ein Notfall?", fragte sie.

„Nein. Ein Fall mit Hausfriedensbruch. Ich brauche jemanden, am liebsten Drew, der ihn von meinem Grundstück geleitet."

„Ich stelle Sie gleich durch", sagte sie.

„Austin, leg sofort auf. Das ist absolut unnötig", sagte sein Vater, der sich nicht die Mühe machte, seinen Ärger zu verstecken.

„Ich verstehe, was Sie meinen", sagte Clarissa.

„Ich dachte, Sie leiten ihn an den Sheriff weiter?", blaffte Mathew.

„Ach, das mache ich schon, Sir, aber ich höre zu, bis er rangeht. Laut Protokoll", erklärte sie.

Austin lachte leise. Aber ganz bestimmt. Er hatte so ein Gefühl, dass Clarissa alles wusste, was in Keating Hollow los war, und dass das einer der Gründe dafür war.

„Das ist lächerlich", sagte Mathew. „Ich verlasse nicht dieses Haus."

„Baker hier", sagte Drew durch die Leitung. „Hat Clarissa erwähnt, dass ein Hausfriedensbruch vorliegt?"

„Ja", sagte Austin zur gleichen Zeit, als sein Vater rief: „Nein."

„Ein häuslicher Streit?", fragte Drew.

„Es könnte auf jeden Fall zu einem werden", erwiderte Austin. „Ich habe meinen Vater gebeten, zu gehen, und er weigert sich. Können Sie jemanden schicken, der ihn hinaus begleitet?"

„Es ist das Haus meiner Mutter!", brüllte Mathew.

„Es *war* das Haus deiner Mutter. Jetzt gehört es mir", sagte Austin, dem die Geduld ausging.

„Es klingt, als sollten Sie vielleicht packen und aufbrechen, Sir", erklärte Drew milde. „Ich bin sicher, alle könnten ein wenig Zeit gebrauchen, um sich abzukühlen."

„Mir geht's gut", schrie Mathew, der alles andere als gut klang.

„Ich verstehe. Na, dann. Ich schätze, ich sehe Sie alle in ein paar Minuten." Die Leitung war tot, und Austin schob sich das Handy wieder in die Tasche. Ohne ein weiteres Wort wirbelte er herum und verließ das Zimmer.

„Austin!", rief sein Vater.

Austin biss die Zähne zusammen und schwor sich, ihn zu

ignorieren. Er hätte es besser wissen sollen, als zuzustimmen, dass sein Vater im Haus seiner Großmutter übernachtete. Aber er nahm an, die Tatsache, dass es ihr Haus gewesen war, war der Grund gewesen, weshalb Austin das Gefühl gehabt hatte, nicht Nein sagen zu können.

Die schweren Schritte seines Vaters hallten durch das Haus, als er Austin zur Küche folgte. „Ruf den Sheriff zurück. Sag ihm, dass er nicht gebraucht wird."

„Nein."

„Du bist frech."

Austin zuckte mit den Schultern. „Wenn du es sagst."

„Verdammt. Warum bist du so stur?"

Das reichte jetzt. Austin war fertig. Er hatte diesen Weg schon öfter mit seinem Vater hinter sich. Mathew Steele würde nicht aufgeben, bis er bekam, was er wollte. Es hatte keinen Sinn, mit ihm zu streiten. Sein Vater musste immer das letzte Wort haben.

„Antworte mir!", verlangte sein Vater.

Oz kam ins Zimmer gelaufen, sein hohes Bellen schallte durchs ganze Haus.

„Das reicht jetzt, Oz!", befahl Mathew.

Das Bellen ging weiter, sodass Mathew noch lauter brüllte. Oz beachtete ihn nicht.

Austin schnippte mit den Fingern. „Aus." Oz hörte sofort auf und trottete hinüber an Austins Seite.

„Ich schätze, der weiß, wer sein Herr ist", murmelte Mathew und stürmte aus dem Zimmer.

„Gut gemacht, Oz", sagte Austin. „Du bist der Einzige, der ihn dazu gebracht hat, zu gehen, wenn er nicht mehr erwünscht ist."

Oz wedelte mit dem Schwanz und schaute bewundernd zu Austin auf.

Austin bückte sich und hob seinen Hund auf. Er kraulte ihm die Ohren, sagte ihm, dass er ein guter Hund war, und ging ins Wohnzimmer, wo Dru damit beschäftigt war, auf einem ihm nicht vertrauten Schuh herum zu kauen. Er setzte Oz ab und nahm dem Welpen den Schuh weg. Als er die Marke und die Größe sah, fing er an zu lachen.

Wie es sein Vater geschafft hatte, bereits einen seiner Schuhe an einen ein halbes Kilo schweren Shih Tzu zu verlieren, würde er nie erfahren. Aber das Karma leistete ganze Arbeit, und das begrüßte er.

Austin wollte schon zurück in sein Büro gehen, doch das Geräusch von Schritten auf den Stufen ließ ihn innehalten. Er schaute auf und sah seinen Vater, der mit zwei Koffern in der Hand die Treppe herabkam.

Mathew blieb unten am Absatz stehen, schaute zu seinem Sohn und sagte: „Ich fechte das Testament an. Mein Anwalt arbeitet bereits dran."

Austin runzelte die Stirn, sagte aber nichts. Als die Tür hinter seinem Vater zuknallte, ging er zum Fenster. Hilfssheriff Baker war gerade draußen vorgefahren und stieg aus dem Auto. Die beiden Männer wechselten ein paar Worte, bevor Mathew in sein Auto stieg und verschwand. Als Austin die Heckleuchten seines Vaters nicht mehr sehen konnte, öffnete er die Tür und begrüßte Drew.

„Sieht aus, als hätte Ihr Vater beschlossen, aus eigenen Stücken zu gehen", sagte der Hilfssheriff.

Austins Lippen zuckten. „Ich schätze, da er mit dem langen Arm des Gesetzes konfrontiert wird, hat er beschlossen, sich nicht zu wehren."

„Das kommt vor."

„Tut mir leid, dass ich Sie hier habe rauskommen lassen, für nichts", sagte Austin. „Aber ich weiß es zu schätzen."

„Es ist nicht für nichts. Das ist es niemals." Drew tippte sich an den Hut und zog sich zu seinem SUV zurück.

Austin holte sein Handy wieder heraus und rief Gideon an.

„Hey, Partner. Wie läuft's? Hast du dir noch was für unseren Plan einfallen lassen?", fragte Gideon.

„Nichts für den Plan im Augenblick. Aber ich habe eine Warnung. Etwas, dessen du dir bewusst sein musst." Austin setzte sich auf einen der Stühle, die hinaus in die Wälder auf seinem Grundstück schauten. „Mein Vater war da. Er dreht völlig durch und will das Testament anfechten."

„Lass mich raten. Er ist nicht glücklich damit, dass ein Fremder einen Anteil vom Vermögen erhält?", fragte Gideon.

„Es schien ihm recht zu sein, solange er dachte, ich würde es alles bekommen. Als er herausfand, dass du auch einen Teil erbst, ist er völlig durchgedreht."

„Okay. Na, du kennst meine Haltung dazu", sagte Gideon. „Ich brauche das Geld nicht. Ich werde mich nicht dagegen zur Wehr setzen. Du kannst das Geld haben und trotzdem das Kunstprogramm für Kinder sponsern."

„Das wäre alles schön und gut, aber ich glaube keinen Augenblick lang, dass er darum kämpft, dass ich alles bekomme", sagte Austin, der bereits wusste, dass sein Vater eine Lücke gefunden hatte und ein größeres Stück vom Kuchen wollte. „Er wird sagen, dass er einen Anspruch darauf hat, und das kann ich nicht zulassen. Darum bitte ich dich, gib diesen Kampf bloß nicht auf."

„Kann ich nach dem Grund fragen?"

„Zwei Gründe", sagte Austin. „Der erste ist, dass meine Großmutter ihre Wünsche klar ausgedrückt hat. Sie wollte nicht, dass er einen großen Anteil von ihrem Vermögen erhält. Der zweite ist, weil er ein Arsch ist, und ich will ihm diese Befriedigung nicht geben."

Gideon lachte leise vor sich hin. „Verstanden. Ich werde meinen Anwalt informieren, damit er Ausschau halten kann."

Austin stieß ein erleichtertes Seufzen aus. Bis zu diesem genauen Augenblick war ihm nicht klar gewesen, wie wütend er auf sein Vater gewesen war. Vielleicht war es nur kleinliche Rache, aber er war bereit, einfach alles zu tun, um zu verhindern, dass sein Vater dieses Erbe stahl.

KAPITEL 20

„*W*ie viele Kuchenstücke hattest du heute?", fragte Yvette. Sie saß an einem der Tische des Buchladencafés, arbeitete an ihrem Laptop.

„Das ist das vierte." Brinn wischte sich die Krümel von den Lippen und drückte sich eine Hand auf den Bauch.

„Bauchweh?", fragte Yvette.

„Nur ein bisschen." Brinn rannte hinüber zum Tresen, um ein paar Kunden zu kassieren, und als sie ins Café zurückkehrte, ließ sie sich in den Sessel gegenüber von Yvette fallen.

„Was ist passiert?" Yvette hob den Blick nicht vom Laptop, während sie weiter tippte.

„Austins Dad hat mich heute Vormittag nackt gesehen", stieß Brinn hervor.

„Was?" Yvette schloss ihren Laptop und schenkte Brinn ihre ungeteilte Aufmerksamkeit.

„Du hast mich gehört. Ich wollte gerade durch den Flur gehen, und da war er plötzlich."

Yvette lachte. „O nein. Was hast du getan?"

„Ich bin geflüchtet. Offensichtlich." Brinn warf ihr einen Blick zu, um sie wissen zu lassen, dass sie das doch nicht ernst meinen konnte. „Was hätte ich denn sonst tun sollen?"

„Ich weiß nicht", sagte Yvette langsam. „In dieser Lage war ich noch nicht. Wanda allerdings schon. Du solltest sie irgendwann dazu befragen. Es war irgendwie so, dass sie in Camerons Bett gewartet hat, nur dass seine Eltern reinmarschiert sind. Ich habe gehört, das wäre eine ziemliche Show gewesen."

„Du machst Witze, oder?", fragte Brinn, die den überraschten Ausbruch eines Lachens nicht unterdrücken konnte.

„Nö." Sie malte sich mit dem Finger ein Kreuz auf die Brust. „Das ist echt passiert, und schau sie dir jetzt an."

„Ich kann nicht glauben, dass sie mir das nie erzählt hat." Brinn schüttelte den Kopf.

„Wirst du ihr von Austins Vater erzählen?"

„Nein, nicht, wenn ich es verhindern kann."

„Also …", sagte Yvette behutsam. „Du warst bei Austin? Nackt?"

Brinn Gesicht wurde heiß, und sie war sicher, dass sie ganz rot geworden war. „Ich wollte vom Badezimmer zum Gästezimmer."

„Aha. Willst du mir gerade sagen, dass du gestern Nacht allein geschlafen hast?"

„Das ist nicht … Ich habe doch nicht …", stammelte Brinn.

Yvette lachte. „Ich hoffe nur, dass es Austin war, der dir in der letzten Nacht das Bett gewärmt hat, nicht sein Vater."

„O mein Gott. Du hast doch nicht gerade nahegelegt, dass ich jemals was mit Mathew Steele anfangen würde." Sie erschauerte sichtlich. „Selbst wenn er keine guten fünfundzwanzig Jahre älter wäre als ich, ist er der letzte, dessen Finger ich in meine Nähe kommen lassen würde. Dieser protzige Arsch."

„So gut, was?"

„Er ist furchtbar", sagte Brinn.

Ein Geist materialisierte sich genau neben Yvette, eine Hand auf der Hüfte, die andere deutete auf Brinn. „Er kann nicht schlimmer sein als mein Mann. Dieser betrügerische, nichtsnutzige, nur auf mein Geld geiernde Mistkerl."

„Geh weg", sagte Brinn zu dem Geist.

„Okay", erwiderte Yvette, die sich bereits ihren Laptop schnappte.

„Nicht du." Brinn nickte zu dem Platz neben ihr. „Ich rede von diesem verbitterten Geist einer Frau, die sich über ihren Mann beschwert."

„Ich bin nicht verbittert!", brüllte der Geist. „Ich bin genervt. Dieser Bastard hat mein Auto zu Schrott gefahren und das Geld vom Konto meiner Tochter gestohlen, am Tag, nachdem ich gestorben bin. Du musst ihm für mich in den Arsch treten!"

Brinn starrte die verbrauchte Frau an. Sie wirkte, als hätte sie den Großteil ihrer Sommer am Pool verbracht, mit Babyöl eingeschmiert. Vermutlich mit einem dieser silbernen Reflektoren. Sie wäre das perfekte Warnbild, um Kinder vor Sonnenschäden zu warnen.

„Ist sie wütend?", fragte Yvette.

„Ja." Brinn nickte. „Woher wusstest du das?"

„Die Energie hier drin wurde nur gerade echt ... Ich weiß nicht, unbehaglich."

„Dir ist es nicht behaglich?", schnaubte der Geist. „Versuch es mal mit tot. Und schau, wo dich das hinbringt. Oder lauf mit einer klaffenden Kopfwunde herum." Sie drehte sich um, zeigte ihr blutverschmiertes Haar. „Todesursache stumpfes Trauma."

Brinn stöhnte und bedeckte das Gesicht mit den Händen. „Wann wird das aufhören?"

„Du musst etwas spezifischer sein", sagte Yvette. „Die Geister, oder dass du dich mit Austins Dad herumschlagen musst?"

Brinn stöhnte noch lauter. Wie sollte sie zurück zu Austin nach Hause flüchten, in dem Wissen, dass Mathew Steele dort sein würde? Allein schon der Gedanke brachte sie dazu, etwas schlagen zu wollen. Vermutlich Mathew Steele. Soweit sie es wusste, hatte es sonst niemand verdient.

„Das hat die Dinge nicht gerade geklärt", sagte Yvette.

„Die Geister. Sie treiben mich in den Wahnsinn." Sie schaute auf und funkelte den Geist an, der immer noch in der Nähe schwebte.

„Ach, bitte", sagte der Geist, der angeekelt klang. „Ich bin diejenige, die tot ist, stellt euch vor, wie sich das anfühlt." Der Geist verschwand mit einem Schnauben, ging direkt durch die Eingangstür.

„Hast du das Medium angerufen, das Abby für dich gesucht hat?"

Nur wenig erleichtert warf Brinn einen Blick auf ihre Chefin. „Woher wusstest du davon?"

„Ach, bitte. Abby ist meine Schwester. Worüber sollen wir denn sonst beim Familienessen reden?"

Brinn stand auf und ging zur Kaffeebar hinüber. „Weißt du, was wir brauchen? Irischen Whiskey, ich glaube, das würde wirklich Kunden reinspülen."

„Wirf es in die Vorschlagsbox." Yvette öffnete wieder ihren Laptop, aber bevor sie sich an die Arbeit machte, sagte sie:

„Mir ist aufgefallen, dass du die Frage mit dem Medium nicht beantwortet hast."

„Du bist schnell", schoss Brinn zurück.

„Ruf sie an. Krieg raus, wie du diese Sache in den Griff bekommst, bevor du deine ganze Energie aufbrauchst und dich in eine Närrin verwandelst, die nur noch vor sich hin brabbelt."

„Das ist ein hübsches Bild", murmelte Brinn, während sie sich einen Latte machte.

„Mach mir auch einen", sagte Yvette.

„Ich bin dabei."

Sobald die Lattes fertig waren und Yvette wieder an ihrem Computer arbeitete, nahm Brinn vorne hinter dem Kassentresen Platz. Es war später Nachmittag, die Tageszeit, zu der es im Laden normalerweise ruhig war. Doch heute war die Stille fast ohrenbetäubend. Sie zog die Nummer heraus, die Abby ihr gegeben hatte, und rief endlich an.

„Bianca Blue", meldete sich die Frau am anderen Ende der Leitung.

„Hi, Bianca. Hier ist Brinn Taylor ..."

„Ach, Abbys Freundin. Ich habe dich erwartet." Biancas Fröhlichkeit überraschte Brinn. Sie war sich nicht sicher, weshalb, außer vielleicht, dass die Geister sie erschöpften und sie es schwer fand, zu glauben, dass sich jemand freiwillig dazu entscheiden könnte, seinen Lebensunterhalt damit zu verdienen, mit Geistern zu reden.

„Genau. Na ja, ich hatte gehofft, ich könnte einen Rat bekommen."

„Klar. Du bist auch ein Medium, oder?"

Brinn nickte, obwohl die andere Frau sie nicht sehen konnte. „Ja. Aber für mich ist das irgendwie neu, und ich hoffe, du kannst mir ein paar Tipps geben, wie ich es kontrolliere.

Wie verhinderst du, dass die Geister die ganze Zeit um dich herum schwärmen?"

„Geister schwärmen um dich herum?", fragte sie und klang ein wenig überrascht.

„Ja. Ich meine, sie sind nicht dauernd da, aber sie zeigen sich regelmäßig, und sie verlangen, dass ich mich um ihre nicht abgeschlossenen Aufgaben kümmere. Es kommt jeden Tag vor, und ich kann sie einfach nicht blockieren oder irgendwo eine Art Barriere ziehen, um mir meine geistige Gesundheit zu erhalten."

„Hmm."

Was hieß denn das? „Bianca?", fragte Brinn nach einer langen Stille.

„Ich bin da. Ich bin mir nur nicht sicher, wie ich dir helfen soll. So ist es für mich nicht. Ich muss Rituale durchführen, um mich für die Geisterwelt zu öffnen."

„Was, etwa ein Ouija-Board benutzen?", fragte Brinn entsetzt. So eins würde sie in einer Million Jahre nicht anfassen.

„Das wäre eine Art, ja. Aber mir sind Kräuteropfer lieber. Ich führe das Ritual jeden Morgen durch, bevor ich mein Geschäft öffne."

Brinn erschauerte. „Also lädst du sie buchstäblich ein?"

„Ja." Die Stimme der Frau hatte ihre Fröhlichkeit verloren, und jetzt klang sie nachdenklich. „Am Ende des Tages führe ich ein weiteres Ritual durch, um die Tür zu schließen. Vielleicht hilft dir das?"

Brinn keuchte. Das klang jetzt vielversprechend. „Ja. Das klingt nach einer tollen Idee. Würde es dir was ausmachen, dieses Ritual mit mir zu teilen?"

„Überhaupt nicht. Hast du Bleistift und Papier?"

„Ich bin bereit", sagte Brinn, und dann schrieb sie sich die

Kräuter auf, die nötig waren, und die Beschwörungsformel. Es war ein ziemlich einfacher Zauber, der ganz eindeutig mit Intentionen arbeitete, und Brinn stellte fest, dass sie bezweifelte, dass das bei ihr funktionieren würde. Trotzdem war sie bereit, es zu versuchen. Sie war bereit, alles zu versuchen, um davon befreit werden, den Geistern zuhören zu müssen, die wollten, dass sie ihren Anweisungen folgte. Nachdem sie die Instruktionen noch einmal vorgelesen und Bianca bestätigt hatte, dass sie alles richtig hatte, sagte Brinn: „Vielen Dank, Bianca. Das weiß ich zu schätzen."

„Gern geschehen." Sie hielt einen Augenblick inne, bevor sie wieder etwas sagte. „Du weißt, wenn du diese Gabe willkommen heißen würdest, würdest du voll durchstarten. Ich habe nur ein anderes Medium getroffen, das nichts tun musste, um regelmäßig mit den Geistern zu kommunizieren, und sie war sehr gefragt. Sie konnte auch richtig viel Geld machen. In nur einem Jahr kam sie von der Miete eines Zimmers mit vier weiteren Mitbewohnern dazu, ihre eigene Wohnung im French Quarter zu besitzen."

„Das ist … beeindruckend." Brinn wusste nicht, was sie sonst sagen sollte. Hier ging es für sie nicht um Geld. Sie hatte ein Haus und einen Beruf, den sie mochte. Sie brauchte nicht mehr Geld. Was sie brauchte, war Frieden. Allerdings wäre es vielleicht hilfreich, mit ihr zu reden. „Du hast nicht zufällig ihre Nummer, oder? Ich würde sie gern fragen, wie sie das alles regelt."

Am anderen Ende der Leitung herrschte Stille.

„Bianca?", fragte sie.

„Oh, tut mir leid. Ich bin da. Trixie ist vor ein paar Jahren verstorben."

Brinn wurde schlecht. Tief in den Eingeweiden wusste sie einfach, dass das, was Trixie passiert war, mit der

Kommunikation mit den Toten zu tun hatte. „Will ich wissen, was passiert ist?"

„Nein", sagte Bianca, die traurig klang. „Es war eine solche Tragödie. Ich habe ihr gesagt, dass sie den Fall in Frieden lassen soll, aber sie hat nicht auf mich gehört."

„Ich verstehe. Es tut mir leid, das zu hören", sagte Brinn, während eine Woge der Traurigkeit sie traf, wegen einer Frau, der sie niemals begegnet war. „Danke, dass du dir Zeit genommen hast. Das weiß ich zu schätzen."

„Klar, Brinn. Und sei so frei und ruf mich jederzeit an, wenn du weitere Fragen hast oder wenn du einfach nur reden willst. Ich bin immer offen für neue Freundinnen, besonders andere Medien."

„Danke. Das ist sehr nett. Ich melde mich." Brinn beendete den Anruf, nicht sicher, ob sie es ernst gemeint hatte, als sie gesagt hatte, dass sie sich bei der Frau melden würde. Es klang, als wären ihre Lebenserfahrungen das völlige Gegenteil.

„Nicht das, was du hören wolltest, oder?"

Brinn wirbelte herum und sah einen hochgewachsenen, schlanken Geist in einem schwarzen Spitzen-Korsettkleid. Ihre Haare fielen in weichen Locken rund um ihr Gesicht. Ihre großen Augen und geschürzten Lippen ließen sie aussehen, als würde sie auf das Cover einer Zeitschrift gehören. „Wer bist du?"

„Der Geist, der geschickt wurde, um über dich zu wachen", sagte sie und beäugte Brinn von oben bis unten. „Du wirst es niemals schaffen."

„Was?", fragte Brinn, aber der Geist war bereits weg. Wut zog sich in ihrem Bauch zusammen, und sie wollte schreien. Dieser Anruf hätte helfen sollen. Nur dass sie nun sicher wusste, dass das Gespräch mit einem anderen Medium die Dinge nur schlimmer gemacht hatte.

Brinn stapfte vom Tresen weg, ging an der Bar mit Süßwaren vorbei und marschierte in das Hinterzimmer. Mit einem Cutter-Messer in der Hand stürzte sie sich auf die Lieferungen, die am Morgen gebracht worden waren, und tat ihr Bestes, ihren Frust mit körperlicher Arbeit zu bekämpfen.

„Hilft das denn?", fragte eine vertraute Stimme aus dem Eingang.

Brinn hackte auf eine weitere Kiste ein. Während sie die Bücher herausnahm, warf sie einen Blick auf ihre Cousine. „Nein. Überhaupt nicht."

Wanda warf ihr ein mitfühlendes Lächeln zu und kam herein. Ohne ein Wort zu sagen, legte sie die Arme um Brinn und drückte sie.

Brinn stand einen Augenblick lang erstarrt da, bevor sie die Umarmung erwiderte. Tränen brannten in ihren Augen, aber das lag nicht an den Geistern, die sie weiter heimsuchten. Es lag daran, dass Wanda hier war. Yvette hatte sie offensichtlich zur Verstärkung gerufen. Brinn hatte nicht viele Leute in ihrem Leben, denen sie nahestand. Klar, sie hatte Freundinnen. Die Townsend-Schwestern, Miranda und ein paar andere Frauen der Stadt waren ihr freundlich gesonnen. Aber sie hatte keine beste Freundin. Wanda kam dem am nächsten. Aber als sie aufgewachsen waren, war Wanda die beste Freundin von Abby gewesen. Da war nicht viel Platz für Brinn geblieben, die ein paar Jahre jünger war.

„Alles in Ordnung?", fragte Wanda.

„Ja. Ich bin nur erschöpft, und ich bin mir nicht sicher, wo ich heute Nacht schlafen soll." Sie legte das Cutter-Messer ab und lehnte sich an die Wand.

Wanda hob eine Augenbraue. „Nicht bei dir zu Hause?"

Brinn zuckte mit den Schultern. „Vielleicht. Ich habe die letzte Nacht mit … bei Austin verbracht."

„Was nun? *Mit* oder *bei?*", fragte Wanda, die sie neugierig beobachtete.

„Beides?", gab Brinn zu. „Aus irgendeinem Grund stören mich die Geister nicht, wenn ich bei ihm zu Hause bin. Also hat er mich übernachten lassen, und ..." Sie räusperte sich. „Du weißt schon."

Wanda grinste. „Ich weiß es nicht. Aber ich werde es wissen, wenn du es mir erzählst. Wie war es denn? Macht ihr es noch mal? Ist er mit dem Alter besser geworden?"

Brinn konnte nicht verhindern, dass sie leise lachte. Man musste es nur Wanda überlassen, sie aus ihrer elenden Laune herauszuholen. „Wie wäre es, wenn ich einfach nur sage, dass es eine gute Nacht war, und wir es dabei belassen."

„Du machst überhaupt keinen Spaß", antwortete sie trotzig. Aber dann kniff sie die Augen zusammen und fragte: „Also, wenn ihr eine tolle Nacht hattet, weshalb solltest du heute Abend nicht wieder zurück? Du läufst doch nicht vor ihm weg, oder? Hör mal, Brinn ..."

Brinn hob eine Hand. „Du musst es nicht sagen. Ich weiß, dass Austin noch eine Chance verdient hat. Das ist es nicht. Ich will wieder zurück, aber sein Dad ist in der Stadt, und er war so ein richtiges Arschloch heute Vormittag. Ich kann nicht im gleichen Haus übernachten wie dieser Mann. Was bedeutet, dass ich die Katzen abhole und nach Hause muss. Es ist nur ... sein Dad war der Grund, weshalb unsere Beziehung letztes Mal schiefging. Wenn er wieder zwischen uns tritt ..." Brinn schüttelte den Kopf. „Ich hasse das."

„Ich weiß." Wanda nahm sie an der Hand. „Du brauchst eine Auszeit, oder?" Als Brinn nickte, sagte Wanda: „Gut. Komm mit mir. Ich glaube, ich weiß etwas, das vielleicht hilft."

„Was?", fragte Brinn.

„Das wirst du schon sehen."

KAPITEL 21

„Spring rein", sagte Wanda und deutete auf ihr lila glitzerndes, aufgemotztes Golfmobil.

Brinn beäugte die Kühlbox hinten. „Du willst mir keinen Drink anbieten?"

„Ich wollte warten, bis wir an unserem Ziel angekommen sind, aber wenn du schon so verzweifelt bist ..."

„Ich bin verzweifelt", sagte Brinn und genehmigte sich ein eiskaltes Bier. Darauf war das Etikett der Keating Hollow Brauerei, und nach dem Tag, den Brinn erlebt hatte, schmeckte es himmlisch.

„Fühlst du dich besser?", fragte Wanda, während sie aus dem Parkplatz vor *Hollow Books* fuhr.

„Das werde ich, wenn ich noch ein paar mehr davon hatte."

Wanda lachte leise. „Wie gut, dass ich gerade erst nachgefüllt habe."

„Weißt du, was wir brauchen?" Brinn zog ihre Jacke um sich, als der Wind zunahm.

„Was denn?"

„Snacks. Wir brauchen jede Menge Snacks."

„Bin dabei." Wanda fuhr in eine Parklücke direkt vor dem *Incantation Café*. „Ich bin gleich wieder da." Als sie zurückkehrte, reichte sie Brinn eine Tüte mit Keksen und zwei Mokka Latte. „Jetzt bereit?"

Brinn biss von einem Zimtkeks ab und murmelte: „Ja."

„Genieß dein Zuckerkoma", scherzte Wanda, und dann schaltete sie die Musik ein. P!nk sang *Get the Party Started*, während die Lichter des Golfmobils im Rhythmus blitzten.

„Weißt du, was du brauchst?", fragte Brinn.

„Was denn?"

„Beheizte Sitze. Das wäre doch was Aufregendes."

Wanda warf ihr einen anerkennenden Blick zu. „Na, das ist genial."

„Das ist doch natürlich." Brinn wippte mit den Schultern im Rhythmus und konnte nicht leugnen, dass sie sich bereits besser fühlte. Wanda hatte eine besondere Fähigkeit, der Welt Freude zu bringen, und heute Abend wurde sie diesem Ruf auch gerecht.

Es dauerte nicht lang, bis Wanda auf den Weg hinab zum magischen Fluss einbog, der durch die Stadt verlief. Der Mond schien hell, beleuchtete das Wasser und den offenen Raum, wo sie normalerweise ihre Golfmobilrennen abhielten. Aber statt hinab zum Fluss zu fahren, wie sie es normalerweise machten, schaltete Wanda die Scheinwerfer an und bog in die Bäume auf einen Feldweg ab. Etwa eine Meile lang lief es noch ganz reibungslos dahin, doch als sie auf einen weiteren Pfad fuhr, der durch die Mammutbäume führte, wurde es holprig.

„Wohin sind wir unterwegs?", fragte Brinn.

„Das siehst du noch."

Brinn beäugte sie einen Augenblick lang, bevor sie ihre volle Aufmerksamkeit dem Wald zuwandte. „Es scheint, als würden wir die malerische Route zu deinem Haus nehmen. Ist das nicht in dieser Richtung?"

„Ja. Aber wir fahren nicht zum Haus. Es gibt was anderes, das ich dir zeigen möchte."

„Okay. Jetzt bin ich neugierig." Brinn hielt sich am Seitengeländer des Golfmobils fest, musterte den groben Weg. Das Gebüsch sah aus, als sei es erst gestutzt worden, aber der Boden war noch holprig wegen Wurzeln und Steinen. Es war ein ziemlich geländemäßiger Weg für ein Golfmobil. „Habt ihr diesen Weg erst ausgeschnitten?"

„Nicht unbedingt."

Sie rollten über eine besonders holprige Stelle, sodass Brinn die Zähne klapperten. „Autsch."

„Das war das Schlimmste", versprach Wanda. „Dieser Weg war schon immer da, nur dass er in den letzten Jahren nicht gepflegt wurde. Als ich das gesagt habe, haben Cameron und Cam ihn für mich geräumt. Er könnte noch etwas planiert werden, aber mit meinen geländegängigen Reifen kommt das Golfmobil damit klar."

„Aber was ist mit deinem Hintern?", fragte Brinn, die sich ihre schmerzende Hüfte rieb. Sie wäre nicht überrascht gewesen, wenn sie am Ende einen blauen Fleck bekam.

Wanda lachte nur leise. „Du kommst schon in Ordnung. Vertraue mir."

„Das ist hoffentlich was Gutes", sagte Brinn. Obwohl sie sich bereits besser fühlte, weil sie einfach nur vom Wald umgeben war. Die nach Mammutbaum duftende Luft beruhigte sie. Während des Winters kam sie nicht mal annähernd genug raus. Sie merkte sich vor, mehr Zeit in der Natur zu verbringen. Hexen ging es immer besser, wenn sie ihren Quell wieder auffüllten, indem sie Zeit draußen verbrachten.

„Warte nur ab." Wanda lenkte das Golfmobil rund um einen riesigen Mammutbaum, und plötzlich waren sie auf einer kleinen Lichtung, die über einen Wasserfall mit einer Lagune darunter hinaus blickte. Da der Mond herabschien, war der ganze Bereich in silbernes Licht getaucht.

Brinn stieß ein leises Keuchen aus. „Wie kann es sein, dass mir nie klar war, dass es das gibt?"

„Die vorherigen Besitzer hatten Schutzzauber an Ort und Stelle, damit die Leute sich fernhielten." Sie warf Brinn ein gerissenes schiefes Lächeln zu. „Ich hatte den Eindruck, dass sie gern splitterfasernackt durch das Mondlicht liefen ... und zwar oft."

„Das ist doch in einer Stadt der Hexen nicht ungewöhnlich, schätze ich", sagte Brinn, die versuchte, diplomatisch zu sein.

„Echt?" Wanda lachte. „Wie viele von uns haben sich jemals nackt ausgezogen, um im Wald Rituale durchzuführen?"

„Keine Ahnung. Aber ist das nicht das, was die richtig ernsten Hexen tun?" Brinn hielt die Hände ausgestreckt, die Handflächen nach oben. „Du weißt doch, dass ich im besten Fall mittelmäßig bin."

Wanda machte ein missbilligendes Geräusch. „Das liegt doch nur daran, dass dir Magie und Zauber nicht sonderlich wichtig sind. Du liest einfach nur lieber über Hexen und Werwölfe."

„Stimmt." Brinn war es noch nie wirklich wichtig gewesen, dass sie die Luft manipulieren konnte. Sie war niemals toll darin gewesen, darum hatte sie die Versuche zum Großteil aufgegeben. Und jetzt schien es, als würden andere versuchen, ihr zu sagen, dass ihre wahre Gabe darin bestand, mit den Geistern der Toten zu kommunizieren. Nein, danke.

Brinns Handy summte. Es war eine Nachricht von Austin.

Ich frag nur nach, um zu sehen, wann du zu Hause sein wirst. Ich koche.

Zu Hause. Er hatte sein Haus *zu Hause* genannt. Brinn spürte ein Bedauern; wie konnte sie diesen Ort zu Hause nennen, wenn dort Mathew Steele war? Brinn schrieb zurück. *Vielleicht sollte ich heute Abend wegbleiben. Ich könnte bei Wanda übernachten.*

Warum?

Brinn schnappte nach Luft. Sie wollte diese Nachricht eigentlich nicht unbedingt schicken, aber was für eine Wahl hatte sie denn jetzt? *Dein Dad? Er schien nicht gerade begeistert, mich da zu haben.*

Mach dir keine Sorgen wegen ihm. Ich habe ihn rausgeworfen. Er wird in nächster Zeit nicht zurückkommen.

Was? Brinn blinzelte das Handy an. *Warum?*

Er hat sich heute Vormittag daneben benommen. Ich lasse ihn so nicht mit dir reden, oder mir sagen, wie ich mein Leben führen soll. Ich mache Lachs mit Pesto. Sehe ich dich dann?

Brinn stieß ein Seufzen aus, während sie auf die Nachrichten starrte.

„Willst du drüber reden?", fragte Wanda.

„Nein." Aber sie reichte Wanda trotzdem das Handy.

„Er hat seinen Dad für dich rausgeworfen?", sagte Wanda, die überrascht klang. „Huch. Das ist ja echt riesig."

„Sein Dad ist ein Arschloch", sagte Brinn ausdruckslos.

„Klar. Aber wenn Austin ihn rausgeworfen hat, nur wegen der Art, wie er dich behandelt hat … Na ja, da lässt er sich schon auf dich ein. Das bedeutet, dass du ihm nicht nur wichtig bist, er setzt dich auch an erste Stelle. Das machen Partner so, Brinn. Das ist alles."

Brinn überlegte sich, was ihre Cousine gesagt hatte. Sah Austin sie so? Sie wusste, dass sie ihm wichtig war, aber sah er sie wirklich als Partnerin? Im Herzen dachte sie das schon. Aber ihr Kopf brüllte sie weiter an, vorsichtig zu sein.

Wanda reichte ihr das Handy zurück. „Ich sehe schon, dass du zu viel darüber nachdenkst. Schreib ihm einfach zurück und sag, dass du in etwa einer Stunde da bist."

Brinn tat, wie geheißen. „Da. Ist erledigt. Aber wenn die Dinge schieflaufen, sei nicht überrascht, mich auf deiner Türschwelle zu sehen."

„Werden sie nicht. Vertrau einfach deinem Herzen, Brinn. Stell die Gedanken in deinem Kopf ab, und vertraue darauf. Vertraue auf ihn. Ich habe diesmal ein echt gutes Gefühl bei euch beiden."

Bei der Göttin, Brinn hoffte, ihre Cousine hatte recht. Falls ihr Austin noch mal das Herz brach – sie schüttelte den Kopf. Wie Wanda gesagt hatte, es war Zeit, ihrem Herzen zu vertrauen. „Sieh mal." Wanda deutete auf die Lagune unten.

„Was sehe ich denn da?" Brinn kniff die Augen zusammen, versuchte, die Umgebung zu mustern.

„Drüben am anderen Ende. Da ist ein weißer Fleck gleich am Waldsaum."

Brinn musterte den Bereich. Anfangs hatte sie keine Ahnung, wovon ihre Cousine redete, aber dann bewegte sich der weiße Fleck zum Rand des Wassers. Brinn stieß ein leises Keuchen aus, während sie den rein weißen Wolf betrachtete, der dort stand und heilig wirkte, als würde er über die Lagune wachen. „Du liebe Zeit. Der ist ja toll."

„Schon, oder?" Wanda lächelte. „Mir ist er zum ersten Mal vor einem Monat aufgefallen, als ich draußen auf dem Grundstück herumging. Er war einfach nur da, hat alles beobachtet. Nicht lange nach der Entdeckung dieses Weges wurde mir klar, dass er hier lebt."

„Wow." Brinn wandte sich mit aufgerissenen Augen an ihre Cousine. „Du führst echt ein zauberhaftes Leben, oder?"

Wanda lachte leise. „Ich weiß nicht recht, aber ich tue mein Bestes, die ganze Schönheit wertzuschätzen."

Tränen brannten im Brinn Augen. Obwohl sie nicht gerade der neidische Typ war, war es schwer, ihre Cousine nicht zu beneiden. Wanda hatte alles, was Brinn je gewollt hatte. Ein solides Geschäft, ein Heim auf einem wunderbaren Stück Land, einen liebenden Partner, und Familie. Es war nicht alles konventionell, aber es war etwas Besonderes. Brinn hatte nur Bruchteile davon. Und vielleicht würde sie irgendwie eine Möglichkeit finden, es mit Austin zum Laufen zu bringen. Aber wenn sie weiterhin von Geistern heimgesucht wurde, wie viel davon würde sie dann genießen?

Wanda schnappte hörbar nach Luft. „Brinn, Schau. Ist das da unten Zya?"

Sie wandte ihre Aufmerksamkeit wieder zu der Lagune, sah den Wolf und folgte dann dem Blick des Wolfes zu der Frau, die auf die Lagune zukam. „Es sieht schon so aus, als könnte es Zya sein. Sie haben auf jeden Fall denselben Körperbau." Brinn konnte nicht ganz sicher sein. Die Frau trug einen schwarzen Mantel mit Kapuze, der den Großteil ihres Gesichts verbarg. Die Frau blieb stehen, kurz bevor sie ins Wasser trat, und dann änderte sie ihre Richtung, auf den Wolf zu. „Was macht sie denn? Der Wolf …" Brinn verstummte, als sie sah, wie die andere Frau die Hand vorhielt, damit der Wolf daran schnuppern konnte. Als er fertig war, drehte er den Kopf zu ihrer Handfläche, verlangte Kuscheleinheiten. „Bei der guten Göttin. Ich schätze, das bestätigt, ganz gleich, wie wild sie sind, man muss sie nur mal kurz am Ohr kraulen, um sie für sich zu gewinnen."

„Es ist unfassbar. Sie muss etwas Besonderes sein, dass ein Wolf sie so nahe an sich ran lässt", sagte Wanda.

Brinn nickte zustimmend, völlig beeindruckt. „Hast du Zya schon mal auf deinem Grundstück gesehen?"

Wanda schüttelte den Kopf. „Nein. Aber sie weiß vielleicht nicht mal, dass es uns gehört. Es ist nicht weit vom Nationalpark mit den ganzen Wanderwegen weg."

Das stimmte. Keating Hollow war in einem Tal gleich südlich von einem von vielen Nationalparks. Und dieser Bereich war nicht sonderlich bebaut, obwohl er nun, da die Pelshs ihr Weingut erweitert hatten, und Wanda und Cameron etwas auf die Copeland-Farm gebaut hatten, auf jeden Fall entwickelt wurde. Trotzdem war Wanda nicht der Typ, der jemanden vertrieb, solange derjenige Respekt gegenüber dem Land zeigte.

„Was tut sie denn?", fragte Wanda, die sich vorbeugte und ins Mondlicht blinzelte.

Brinn konzentrierte sich auf die Frau, von der sie nun sicher wusste, dass es Zya war, während sie direkt in die Lagune ging. Sie hatte ihren Umhang abgelegt, trug aber ein lockeres weißes Kleid, das sie sich nicht mal die Mühe gemacht hatte, hochzuraffen, während sie ins Wasser watete.

„Sieht aus wie irgendein Zauber oder Ritual. Siehst du die Magie, die von ihren Fingerspitzen strömt?" Wanda deutete auf die Luft über Zyas Kopf.

Die silberne Magie knisterte in der Luft, schwebte über Zya, als würde sie einen Vorrat aufbauen und nur auf den richtigen Zeitpunkt warten, um ihn loszulassen. Plötzlich spürte Brinn, wie ihre Haut prickelte, und eine Unruhe fand sich um sie herum ein. Sie schlang die Arme um sich, als wäre ihr kalt, und versuchte, das Gefühl auszusperren. Aber nichts funktionierte. Es wurde einfach nur immer schlimmer.

Und dann sah sie den Grund.

Sie schnappte heftig nach Luft und griff nach Wandas Hand. „Siehst du das?"

„Die Magie und die Art, wie das Wasser brodelt?", fragte sie.

„Nein. Bei den Göttern. Du siehst sie nicht." Brinn drückte sich die Hand an die Kehle, während sie fünf Geister aus den Wäldern erscheinen sah, die Zya umringten. „Das sind Geister, und sie umkreisen sie. Wir müssen ihr helfen." Brinn war schon aus dem Golfmobil gestiegen und lief den Hügel hinab auf die Lagune zu, bevor Wanda antworten konnte.

Eine der Geister drehte sich um und starrte Brinn in die Augen. Auf dem Gesicht der alten Frau blitzte Freude auf, während sie in Brinns Richtung zu schweben begann. Sobald sie den Kreis durchbrach, wandten zwei weitere Geister ihre Aufmerksamkeit zu Brinn und brachen aus der Formation aus.

„Ganz genau. Kommt zu mir", brüllte Brinn, die bereit war, die Ablenkung zu geben, um Zya zu helfen. „Hier bin ich!"

„Brinn, nein!", rief Zya. Die Magie, die um Zya herum schwebte, brach plötzlich hervor, umfasste alle fünf Geister, wischte sie alle in einem heftigen Schlag weg.

Stille hing in der Luft. Brinn starrte auf den tintenschwarzen Himmel, dann auf Zya, ihr Herz raste. „Wie hast du das gemacht?"

Zya sagte nichts, während sie aus der Lagune stapfte. Der weiße Wolf wartete am Ufer auf sie und reihte sich neben ihr ein, als sie auf Brinn zukam.

„Wow", sagte Wanda direkt hinter Brinn.

Wow war absolut richtig. Zya hatte gerade genau das getan, wonach Brinn sich jedes Mal gesehnt hatte, wenn sie von den Geistern belästigt wurde.

Als Zya in Hörweite war, rief Wanda: „Das war

beeindruckend. Obwohl ich keine Ahnung hatte, dass es auf dem Grundstück so viele Geister gibt."

„Sie sind überall in Keating Hollow", sagte Zya. Sie warf einen Blick auf die Lagune und dann zurück zu Wanda und Brinn. „Halte ich mich hier unbefugt auf?"

„Ja, aber es ist schon in Ordnung", sagte Wanda. „Es gehört mir und Cam. Uns gehört es noch gar nicht so lang, also bekommen wir noch immer ein Gefühl für alles. Die Lagune ist magisch, oder?"

Zya nickte. „Ich hätte den Fluss genutzt, aber mir ist ein wenig Privatsphäre lieber, wenn ich an meinen Zaubern arbeite. Wenn ich es gewusst hätte, hätte ich erst gefragt."

„Mach dir bloß keine Sorgen deswegen", sagte Wanda.

„Wohin sind die Geister gegangen?", fragte Brinn.

Zya beäugte sie verhalten. „Weg von mir."

„Siehst du sie die ganze Zeit?", drängte Brinn. „Reden Sie mit dir und bitten dich, für sie Dinge zu tun?"

„Ja, aber", sie warf einen Blick hinab auf den Wolf, „ich habe meine Möglichkeiten, sie abzuwehren."

„Ist es der Wolf? Ist er dein Beschützer? Wie hast du das in der Lagune gemacht? Ist es ein konkreter Zauber?" Brinn schien nicht aufhören zu können, Fragen zu stellen. „Zeigst du es mir? Brauche ich Kräuter oder ..."

Zya hob eine Hand, hielt ihren Ansturm der Fragen auf. „Es tut mir leid, Brinn. Ich kann dir nicht helfen."

Brinn blinzelte und machte einen Schritt zurück. „Entschuldigung, was?"

Zya schüttelte traurig den Kopf. „Ich kann es dir nicht beibringen. Nicht jetzt. Es tut mir leid."

„Warum?"

Die Ladenbesitzerin machte einen Schritt vorwärts und

legte leicht eine Hand auf Brinns Schulter. „Ich kann dir meine Geheimnisse nicht verraten. Nicht, bis deine Arbeit getan ist."

„Was für eine Arbeit?" Brinn wollte schreien. Sie hatte nie so kurz davor gestanden, eine Lösung für ihr Problem zu bekommen. Sie konnte Zya nicht ohne einen Rat gehen lassen.

„Du wirst es wissen, wenn es fertig ist." Sie ließ die Hände an der Seite sinken. „Komm dann zu mir."

„Aber ..."

„Vielen Dank, Wanda. Ich werde deine Freundlichkeit nicht vergessen." Sie berührte kurz den Kopf des Wolfs, bevor die beiden zurück in die Wälder gingen.

„Das war ... heftig", sagte Wanda.

„Heftig könnte man es auch nennen." Ein Geist erschien in dem Augenblick, in dem Zya unter die Bäume trat. Sie war eine Frau, die offenbar in den frühen Vierzigern gestorben war. Sie war hübsch, mit blonden Haaren, leuchtend roten Lippen und kleinen Fältchen um die Augen, wenn sie lächelte. Der Geist nahm eine Zigarette und zog lange daran, hielt den Rauch ein paar Sekunden drinnen, ehe sie ihn ausstieß.

Brinn schloss die Augen und konnte den Schrei kaum zurückhalten, der aus ihrer Brust hervorbrechen wollte. „Gehen Sie weg", sagte sie durch zusammengebissene Zähne.

„Nö. Ich glaube nicht. Nicht, bis du meinen Alten aufspürst. Du musst ihm was von mir ausrichten."

Brinn schüttelte den Kopf und ging zurück zum Golfmobil.

„Tolles Gefährt!", sagte der Geist, während er auf die hintere Sitzbank stieg. „Ich wünschte, ich hätte mir eines dieser Babys gegönnt. Das ist auf jeden Fall besser als das kaputte Stück Scheiße, das mein Alter mich fahren ließ. Der Van hat die ganze Zeit gerüttelt, und der Keilriemen hat gequiekt wie ein Schwein. Kein Wunder, dass die Bremsen versagt haben und ich mitten ins größte

Käsebällchen der Welt gefahren bin. Ich sag's dir, ausgerechnet so zu gehen, das hätt' ich mir nicht ausgesucht. Ich kann immer noch den Schimmel riechen, der sich unten gebildet hat."

„Käsebällchen?", fragte Brinn.

Wanda schaute sie finster an. „Nennst du mich ein Käsebällchen?"

„Nein." Brinn wedelte mit der Hand zum Rücksitz. „Da hinten sitzt ein Geist, der behauptet, er wäre durch ein Käsebällchen umgekommen."

„Was, ist er dann erstickt?"

„Nein. Sie ist mit ihrer Rostlaube von einem Van reingefahren", sagte Brinn. „Und hatte vermutlich eine allergische Reaktion auf den Schimmel."

„Ich bin auf Penicillin allergisch", erklärte der Geist. „Aber das ist jetzt alles Schnee von gestern. Jetzt musst du meinem Alten sagen, dass er zum Arzt gehen soll. Sag ihm, dass er sich mal seine Prostata anschauen lassen muss. Wenn er das nicht macht, ist er schneller bei mir, als er erwartet."

Brinn drehte sich um, um den Geist anzustarren. „Das ist alles? Du willst, dass ich ihn warne, dass er mal zum Arzt muss? Nicht seine Talente im Bett evaluieren, oder mich dazu bringen, sein Bremskabel durchzuschneiden?"

„Was? Teufel, nein. Mit was für Geistern hast du dich denn herumgetrieben?", wollte der Geist wissen.

„Das wollen Sie nicht wissen", sagte Brinn, die den Kopf an den Rahmen des Golfmobils legte.

„Es ist echt komisch, dich mit Geistern reden zu hören, wenn man ihre Seite der Unterhaltung nicht verstehen kann", sagte Wanda. „Seltsam, aber faszinierend."

Brinn schnaubte. „Kann ich mir vorstellen."

Der Geist ratterte eine Adresse herunter, die in den

Außenbezirken von Keating Hollow war. „Sag Pickle, er soll diesen Test machen, okay?"

„Pickle? So heißt er? Wie Mixed Pickles?", fragte Brinn.

„Ja. Sein echter Name lautet George. Aber wenn du ihn Pickle nennst, wird er wissen, dass ich dich geschickt habe."

„Will ich wissen, woher dieser Name kommt?", fragte Wanda mit einem Lachen.

Der Geist grinste. „Sag ihr, es ist genau das, was sie denkt." Der Geist zwinkerte, und dann war er weg.

„Sie ist weg", sagte Brinn. „Erinnere mich daran, dass ich Pickle suche, auch bekannt als George. Das ist was Wichtiges."

„Verstanden." Wanda wendete ihr Golfmobil, drehte Fleetwood Mac auf und tanzte auf dem Sitz, während sie Brinn zurück zu ihrem Auto fuhr.

„Du magst es gern Old School, was?", sagte Brinn, die auf das Radio deutete.

„Nach dieser Szene an der Lagune habe ich einfach ein bisschen Stevie Nicks in meinem Leben gebraucht", sagte Wanda.

„Ja, das sehe ich ein", sagte Brinn mit einem Lachen. Nachdem das Lachen verklungen war, merkte sie, dass es erste Mal war, dass sie je etwas Lustiges in ihrer unerwünschten Gabe gesehen hatte. Vielleicht war es nicht immer so schrecklich, Geister zu sehen. Wenn nur alle Anfragen so edel gewesen wären, hätte sie vielleicht eine Möglichkeit finden können, mit ihrer Gabe zurechtzukommen, ohne den Verstand zu verlieren.

KAPITEL 22

*A*ustin saß auf seinem Sofa, eine Tasse Kaffee in der Hand, während er mit der anderen Dru streichelte. Er hatte sich nicht die Mühe gemacht, die Lichter im Wohnzimmer einzuschalten, und als sich die Eingangstür öffnete, saß er im Dunkeln, während nur ein dünner Lichtstrahl aus der Küche fiel und verhinderte, dass er in völliger Finsternis saß.

Er hörte Brinns Schritte, gefolgt von Oz' Krallen auf dem Dielenboden. Sie hielt nur kurz inne, ehe sie aus den Schatten trat, um Oz aufzuheben und zu herzen. Austin machte ihr keinen Vorwurf. Der Hund hatte an der Tür auf sie gewartet, fast seit sie heute Vormittag zur Arbeit gegangen war.

„Hey", sagte sie leise, ging in das dunkle Wohnzimmer, die Arme voller Hund.

„Hey auch", erwiderte er, erleichtert, sie endlich zu Gesicht zu bekommen. „Ich habe dich vermisst."

Sie belohnte ihn mit einem schwachen Lächeln.

Er hatte nicht gewusst, ob er sagen sollte, dass er sie vermisst hatte. Ob sie schon an der Stelle waren, an der er ihr sein Herz offenlegen konnte. Aber er war darüber hinweg, sich deswegen Sorgen zu machen. Er wollte sie. Jetzt, und solange sie ihn wollte. Nach allem, was mit seinem Vater vorgefallen war, wollte er einfach nur die Karten offen auf den Tisch legen. „Ich liebe dich, Brinn.“

Sie stand erstaunt mitten im Zimmer, hielt Oz fest, die Augen groß, während sie ihn anstarrte.

Er lächelte sie schief an. „Komm schon. Das hast du doch bestimmt schon gewusst. Ich musste es nur mal sagen.“

„Ich …“ Sie schüttelte den Kopf, als würde sie sich noch mal überlegen, was sie sagen wollte, und kam herüber zum Sofa. Nachdem sie Oz neben Dru abgesetzt hatte, ging sie vor ihm in die Hocke. Mit einer Hand auf seinem Knie, die andere an seine Wange, sagte sie: „Ich habe dich immer geliebt, Austin. Selbst als ich dich gehasst habe, weil du weggegangen bist. Du warst immer der Richtige. Du bist es immer gewesen.“

Sie musterte seine blauen Augen, wonach sie suchte, wusste er nicht genau. Wahrheit? Vertrauen? Stetigkeit? Er hoffte, in seinem Blick würde sie das alles finden. „Es tut mir leid, was mein Vater heute Vormittag über dich gesagt hat. Er hat keine Ahnung, wovon er redet.“

Sie beugte sich vor und gab ihm einen sanften Kuss auf die Lippen, ehe sie sich zurückzog. „Ich weiß. Ich will nur nicht mitten in allem drinstehen.“

„Tust du nicht“, versicherte er. „Ich habe ihm gesagt, er soll gehen, und als er das nicht tun wollte, habe ich Drew angerufen, um ihn wegzubringen.“

„Das hast du getan?“, fragte sie und klang, als würde sie ihm nicht glauben.

„Er hat sich geweigert, zu gehen, und ich habe mich geweigert, ihn hierbleiben zu lassen. Wir waren in einer

Sackgasse, darum tat ich, was ich tun musste. Er ist gegangen, bevor sich der Hilfssheriff einmischen konnte."

„Ich will wirklich nicht diejenige sein, die zwischen dir und deinem Vater steht", sagte Brinn.

Austin nahm ihre Hand und führte sie sanft, bis sie auf seinem Schoß saß. „Der einzige Mensch, der zwischen mich um meinen Vater kommt, ist mein Vater. Brinn, er hat sich schon einmal eingemischt. Das werde ich ihn nicht wieder tun lassen. Ich liebe dich. Wenn er sich nicht höflich der Frau gegenüber verhalten kann, mit der ich den Rest meines Lebens verbringen möchte, dann ist er in meinem Haus nicht willkommen."

Brinn stockte der Atem, und Tränen traten ihre hellblauen Augen. Eine einzelne Träne lief ihre Wange hinab, und er wischte sie mit dem Daumen weg.

„Sind das Glückstränen, oder habe ich dich irgendwie aufgebracht?", fragte er und betete darum, dass es Ersteres war.

Sie stieß ein leises, schnaubendes Lachen aus. „Eher schon überwältigte Tränen." Brinn kuschelte sich an ihn. Mit dem Kopf an seiner Schulter sagte sie: „Das ist das erste Mal an diesem Tag, dass ich mich ganz warm und sicher fühle."

Austin legte die Arme um sie und drückte einen Kuss auf ihre Schläfe. „Ich will dir helfen, dich den Rest unseres Lebens lang warm und sicher zu fühlen."

Sie zog sich zurück und schaute ihm in die Augen. Mit zuckenden Lippen sagte sie: „Wenn das ein Antrag ist, dann fürchte ich, du musst es besser machen. Und ich will einen Ring."

Er lachte leise. „Also gut. Ich denke über einen Flashmob nach. Wie wäre das?"

„Wage es bloß nicht!" Sie schlug ihn auf die Brust. „Du weißt doch, wie sehr ich es verabscheue, im Mittelpunkt der

Aufmerksamkeit zu stehen, vor einem Publikum. Ich bitte doch nur um einen echten Antrag, und vielleicht ein wenig Romantik."

„Das ist doch romantisch." Er strich ihr mit einer Hand übers Kinn. „Nur du und ich und die Hunde. Die Katzen sind oben, aber ich kann sie runterholen, wenn du dich damit besser fühlst."

„Du hast recht, es ist romantisch." Sie legte eine Hand auf sein Herz. „Bitte mich noch mal ordentlich, wenn wir nicht beide den schlimmsten Tag hatten, und ich verspreche, ich sage ja." Brinn beugte sich vor und streifte mit ihren Lippen seine, sodass sich sein Herz nach ihr sehnte.

Ohne ein weiteres Wort nahm er sie fester und stand auf. „Ich bin nicht an diesem Abendessen interessiert. Du?"

Sie schüttelte den Kopf.

„Gut." Bevor er sie hochzog, sagte er: „Hol Dru. Sie schafft es doch niemals mit diesem kaputten Bein nach oben."

Brinn griff nach unten, hob den Welpen auf.

„Perfekt. Jetzt gehen wir ins Bett." Er ließ das Licht in der Küche einfach brennen und trug Brinn und Dru nach oben, während Oz ihnen folgte. Nachdem er Brinn sanft auf das Bett gelegt hatte, trug er Dru hinüber zu ihrem Körbchen, und genau, wie Austin es schon vorhergesehen hatte, stieg Oz zu ihr hinein. Er sagte ihnen Gute Nacht und kehrte zu Brinn zurück.

Sie setzte sich auf die Bettkante, packte ihn am Hemd und zog ihn nach unten, sodass er zwischen ihren Beinen stand. Während sie die Hände über seine Brust nach oben gleiten ließ, sagte sie: „Ich habe alles gehört, was du vorhin gesagt hast. Jetzt will ich nur noch, dass du es mir zeigst."

„Gerne." Mit vollem Herzen schob sie Austin sanft zurück

auf das Bett und tat sein Bestes, um jeden Quadratzentimeter von ihr anzubeten.

~

AUSTIN WAR DAMIT BESCHÄFTIGT, Waffeln auf einem Teller zu platzieren, als die Türklingel läutete.

Brinn, die gerade Speck briet, stellte die Hitze der Pfanne ab und sagte: „Ich gehe."

Er beobachtete, wie sie aus der Küche schlüpfte, ein entspanntes Lächeln auf dem Gesicht, und spürte einen Hauch Stolz. Er war derjenige, der ihr diesen Ausdruck aufs Gesicht gezaubert hatte, und wenn er auch nur den Hauch einer Chance erhielt, würde er es immer wieder tun.

„Austin?", rief Brinn. „Ich glaube, du kommst mal besser her."

Verdammt. Das klang nicht gut. Austin stellte das Waffeleisen ab und eilte in den Vorraum, wo Brinn bei einem unbekannten Mann auf der vorderen Veranda stand.

„Austin Steele?", fragte er.

„Ja."

„Die Vorladung wurde zugestellt." Aus dem Nichts erschien ein Briefumschlag und wurde Austin hingeschoben. Er nahm ihn, wusste bereits, was es sein würde. Mit finsterem Gesicht schloss Austin die Tür und ging zurück in die Küche. Oz schoss aus seinem Hundebett hoch und begann zu knurren.

„Bist ein bisschen spät dran, Kumpel", sagte Brinn, die sich nach unten beugte, um ihn am Ohr zu kraulen. „Ich bin mir aber sicher, dein Dad weiß die Unterstützung zu schätzen."

Austin schnaubte. „Ja. Tue ich. Kannst du trotzdem Buffy auf ihn hetzen? Ihre Klauen könnten echt Schaden anrichten, wenn sie sich bemüht."

Brinn lächelte ihn an. „Das würde ich, wenn sie nicht gerade jetzt hinten auf deinem Sofa in der Sonne schlafen würde. Und bevor du fragst, Willow und Xander schärfen ihre Krallen an dem Kratzbaum in deinem Büro."

„In meinem Büro gibt es einen Kratzbaum?", fragte er und grübelte, wann der wohl eingetroffen war.

Sie zuckte mit den Schultern. „Mir ist aufgefallen, dass Willow versucht hat, an deinem Sessel zu kratzen, und ich habe ihn mir gestern Abend auf dem Heimweg geschnappt. Ich habe ihn heute Vormittag reingebracht, als du noch deinen Schönheitsschlaf gemacht hast."

Er stellte die Waffeln und den Speck auf den Tisch. „Mich hat jemand ganz schön erschöpft."

Brinn ging zu ihm hinüber, legte ihm die Arme um die Taille und nahm sich Zeit, um ihn zu küssen.

Austin beschwerte sich nicht. Wenn es nach ihm ging, hätte er sie wieder mit nach oben genommen und den Tag damit verbracht, sie zu verehren. Allerdings wusste er, dass er nicht würde aufhören können, über diesen Briefumschlag nachzudenken. Er musste ihn öffnen und seinen Anwalt zumindest in Kenntnis setzen.

„Okay", sagte Brinn atemlos. „So sehr ich auch nichts gegen mehr davon hätte, der Speck ruft meinen Namen." Sie löste sich von ihm und nahm am Tisch Platz.

„Ich sehe schon, wo ich in der Hierarchie stehe. Erst Speck, dann Waffeln und dann vielleicht ich?"

„Speck, Kaffee, Waffeln und dann du. Aber sei nicht verstört. Ich habe gestern nichts als Zucker gegessen. Dieser Speck ist dringend nötiges Protein."

„Ich habe auch Pro…"

„Sag es bloß nicht", erwiderte sie lachend.

Er konnte nicht anders. Sie war zu ansteckend. Er lachte

auch. Das war nur eines der vielen Dinge, die er an ihr vermisst hatte. Brinn arbeitete schwer, stand immer zu ihrem Wort und würde alles für die Leute tun, die ihr wichtig waren. Aber ihr Sinn für Humor war genauso stark ausgeprägt wie ihr Arbeitsethos und ihre Loyalität. „Okay. Iss. Ich werde mal rausbringen, was zur Hölle dieses Rechtsdokument uns beschert."

Brinn schaute finster das Päckchen Papier an, das er aus dem Umschlag zog.

„Ich empfinde das genauso", sagte er und machte sich an die Arbeit, um es zu lesen, während Brinn ihre Mahlzeit mehr oder weniger verschlang. Je länger er den Brief vom Anwalt seines Vaters las, desto wütender wurde er. Schließlich ließ er die Papiere fallen und stand auf, um sein Handy zu holen.

„Was ist es denn, Austin?", fragte Brinn, die die Gabel ablegte, um ihm ihre volle Aufmerksamkeit zuzuwenden.

„Er behauptet, Oma wäre nicht bei geistiger Gesundheit gewesen, als sie ihr Testament verändert hat. Der Bastard versucht zu sagen, dass sie an einer nicht diagnostizierten Form von Demenz gelitten hat."

„Das kann er doch nicht tun", sagte Brinn, während sich alle Härchen auf ihrem Arm aufstellten. „Wie könnte er diese Behauptung überhaupt aufstellen, ohne Zugang zu ihren medizinischen Aufzeichnungen zu haben?"

„Vertraue mir. Wenn es was Verwertbares gibt, wird er eine Möglichkeit finden." Austin schüttelte den Kopf. „Das tut er immer."

„Es gibt doch nichts, oder?", fragte Brinn, in deren Blick Sorge stand.

„Nicht, dass ich wüsste." Austin ging im Raum auf und ab, dann zog er sich in sein Büro zurück, um seine Anwältin anzurufen. Ein paar Minuten später kehrte er zurück, um

DEANNA CHASE

feststellen, dass Brinn die Küche putzte. „Das musst du doch
nicht tun. Komm schon. Essen wir fertig. Ich kläre dich über
den Plan auf."

Brinn küsste ihn auf die Wange und schloss sich ihm am
Tisch an. „Okay." Sie rieb die Hände aneinander und sagte mit
verschwörerischem Unterton: „Wie lautet der Plan? Ich bin
dabei. Brauchst du einen Geist, der bei ihm spukt? Ich bin mir
ziemlich sicher, dafür könnte ich sorgen."

Er lachte leise. Verdammt, sie war süß. „Das wird unser
Ersatzplan. Vorerst wird sich die Anwältin bei ihrem Arzt
melden und herausfinden, ob diese Vorladung irgendwie
rechtmäßig ist. Wir wissen nicht, ob er an irgendwelche
Informationen kommt, außer das Gericht verlangt danach,
aber ich glaube, mir würden sie sie vielleicht geben. Sie hat
dem Arzt schon früher die Erlaubnis gegeben, mit mir zu
reden. In der Zwischenzeit will sie, dass ich schriftliche
Aussagen von ihren Freundinnen einhole, die nahelegen, dass
die keine Probleme bei ihrer Urteilskraft feststellen konnten."

„Ist das nicht etwas, das normalerweise Anwälte machen?",
fragte Brinn, während sie eine Scheibe Speck aufspießte.

„Ich habe gesagt, ich würde es machen. Lorna, die
Anwältin, ist heute bei Gericht. Sie sagte, je früher wir
reagieren, umso eher können wir das für nichtig erklären."
Austin wusste, dass es nicht eilte, diesen Fall zu bearbeiten.
Weder er noch Gideon hatten es eilig damit, dass Kunst- und
Musikprogramm auf den Weg zu bringen, aber allein schon
die Vorstellung, dass sein Vater das machte, fraß Austin
innerlich auf. Je eher es vorbei war, umso eher konnte er
seinen Dad aus seinem Leben befördern.

„Okay. Was soll ich denn machen?", fragte Brinn. „Ich habe
heute frei."

„Mit mir und Caroline zum Mittagessen kommen?", fragte

222

er. Sie schaute auf ihre halb gegessenen Waffeln hinab und lachte. „Klar. Sieht aus, als würde ich später einen Work-out brauchen."

Er legte die Hand über ihre. „Mach dir deswegen keine Sorgen. Da habe ich bereits was geplant."

KAPITEL 23

*B*rinn folgte Austin ins *Woodlines*, das Restaurant, das Caroline zum Mittagessen ausgesucht hatte.

„Da ist sie ja", sagte Austin und wies auf einen Tisch recht weit hinten, der ihnen ein wenig Privatsphäre lassen würde.

„Wer ist denn da bei ihr?", fragte Brinn. Caroline schaute in ihre Richtung, doch eine weitere Frau, die neben ihr saß, mit kurzen grauen Haaren, nickte, während sie aufgeregt sprach.

„Ms. Betty."

Brinn hob die Augenbrauen. „Echt? Ich wusste nicht, dass sie auch kommt."

„Caroline hatte heute bereits etwas mit ihr vor. Und da ich Ms. Betty schon ein Mittagessen versprochen hatte, habe ich gesagt, es wäre in Ordnung."

Brinn fasste ihn am Arm. „Du weißt, dass bis heute Nachmittag die ganze Stadt von dieser Vorladung erfahren wird, wenn sie bei dieser Unterhaltung dabei ist, oder?"

Er wandte sich zu ihr, seine Augen leuchteten feurig. Aber als er sprach, wölbten sich seine Lippen zu einem fiesen Lächeln. „Weißt du, was für einen Schaden Ms. Betty einem solchen Fall zufügen könnte? Sie hat Oma geliebt. Ob es stimmt oder nicht, sie wird die ganze Stadt glauben machen, dass Oma nur wenige Tage vor ihrem Tod einen Essay hätte schreiben können, mit dem sie den Pulitzerpreis gewonnen hätte. Die öffentliche Meinung wird nicht auf der Seite meines Dads stehen. Und sobald sie von dem Kunst- und Musikprogramm hören, na ja ... Du siehst schon, worauf ich hinaus will."

„Gut eingefädelt, Mr. Steele", sagte sie. „Gut eingefädelt."

Er beugte sich hinab, um sie auf die Wange zu küssen, und plötzlich waren sie vom Johlen und Pfeifen der beiden Frauen umgeben, die auf sie warteten. Austins Gesicht wurde leicht rosa, während er sich an die älteren Frauen wandte. „Einen schönen Tag. Sieht aus, als hätte jemand schon früh mit den Cocktails losgelegt."

Ms. Betty hob ihr pinkes Getränk und nickte begeistert. „Man genießt am besten immer im Hier und Jetzt. Meinen Sie nicht, Austin?"

„Durchaus." Er zog für Brinn einen Stuhl heraus und setzte sich dann neben sie. „Und ehrlich, ein wenig Alkohol ist vermutlich nicht schlecht, wenn man das Thema der Unterhaltung bedenkt."

„Was ist denn, mein Lieber?", fragte Caroline, die eine weiche Hand über seine legte.

Er holte tief Luft und erklärte die Vorladung und das Anfechten des Testaments. „Lorna sagte, das wäre lächerlich und würde nirgendwohin führen, aber sie hat mich gebeten, von euch beiden Briefe einzuholen, in denen ihr Omas geistigen Zustand beschreibt, wie ihr ihn in den Wochen vor ihrem Tod erlebt habt."

„Wie kann er es wagen?", sagte Ms. Betty, die ihren Drink auf den Tisch knallte. „Peggys Namen so in den Schmutz zu ziehen? Wirklich, ich werde ihm Feuerameisen in die Schubladen stecken. Dieser undankbare, geldgierige Furzkopf."

Brinn stotterte vor Lachen. *Furzkopf?*, sagte sie tonlos zu Austin.

„Ms. Betty, Sie können ja ziemlich mit Worten umgehen", sagte er diplomatisch. „Aber lassen wir das mit den Feuerameisen vorerst."

„Also gut. Wir kommen später darauf zurück. Aber ich werde auf jeden Fall diesen Brief schreiben. Ich kann ein halbes Dutzend meiner Freundinnen aus der Seniorensiedlung dazu bringen, auch einen zu schreiben. Wie kann dein Vater so etwas wagen, und auch noch nach allem, was sie für ihn getan hat? Dass sie ihn da rausgeholt hat, ihn wieder finanziell auf die Beine gestellt hat, nach seinen Behandlungen."

Brinn beobachtete, wie die Erkenntnis über Austins Gesicht zog; das war offensichtlich eine Information, die er vorher nicht gehabt hatte.

„Deshalb hat sie ihm nur einen kleinen Anteil ihres Erbes hinterlassen", sagte er leise, als würde er nur mit sich sprechen.

„Ja", sagte Caroline. „Sie hat ihm gesagt, sie würde ihm einmal helfen, und danach wäre er auf sich gestellt."

Austin warf der besten Freundin seiner Großmutter einen Blick zu. „Ich weiß, dass ich dich schon mal gefragt habe, aber ich muss noch mal fragen. Weißt du, warum sie fast ihr halbes Vermögen Gideon Alexander hinterlassen hat?"

„Das weiß ich wirklich nicht. Aber wir wissen beide, dass sie das nicht einfach so gemacht hätte. Und obwohl ich zugebe, dass es seltsam ist, dass sie keine Erklärung hinterlassen hat, weiß ich, dass sie einen guten Grund hatte."

Alle waren kurz still, bis Ms. Betty eine Hand auf den Tisch knallte. „Wisst ihr, was Mathew braucht?"

Einen Klaps auf den Hinterkopf?, dachte Brinn für sich.

Unterricht in Demut, Mitgefühl und Ehre? Es gab eine Menge, wo Brinn bei Mathew Steele ein Defizit feststellte.

„Der muss sich mal so richtig im Heu rollen. Ich würde mich anbieten, denn so was ist genau das Richtige für mich. Wenn er nicht so verrückt wäre, würde ich den Kerl durchaus ...“

Austin hustete und hob eine Hand. „Ich glaube, wir können es uns vorstellen. Vielen Dank. Wenn Sie jemanden kennen, der ihm äh ... helfen könnte, seine Aggressionen abzuarbeiten, schicken Sie ihn vielleicht zu ihm.“

Ms. Betty legte den Kopf in den Nacken und kicherte. „Ich wusste doch, dass es Spaß machen würde, mit Ihnen zu Mittag zu essen. Das werden wir noch mal machen müssen, Austin Steele.“

Brinn konnte nicht anders, als sie anzulächeln. Der Tag hatte stressig angefangen, aber man musste es nur Ms. Betty überlassen, die Spannung zu lösen.

Die Tage, nachdem sie von der Vorladung erfahren hatten, erwiesen sich als immer stressiger. Nicht nur wurde Brinn ständig von Geistern heimgesucht, wenn sie nicht bei Austin zu Hause war, sondern Austin wurde auch zunehmend verstörter. Obwohl ein Richter die Klage als leichtfertig bezeichnet hatte, hatte das den Anwalt seines Vaters nicht davon abgehalten, in Form einer Berufung weiterzumachen.

Es gab eine Entdeckung, die erforderte, dass Austin die ganzen Akten und Schriftstücke seiner Großmutter durchging. Dazu kamen noch die Anwaltskosten. Austin beharrte darauf, dass er das Geld hatte, um dafür aufzukommen, aber das bedeutete nicht, dass er es nicht verabscheute. Und mitten in alldem musste er nach Los Angeles und zurück fliegen, damit er im Geschäft blieb. Er leitete das Studio, doch es gab ein paar Klienten, die nur mit ihm direkt arbeiten wollten. Er war abgelenkt und frustriert bis zu dem Punkt, an dem Brinn anfing, sich Sorgen um ihn zu machen.

„Ich weiß nicht, ob es diesen ganzen Aufwand wert ist", erklärte Brinn Miranda eines Tages, während sie beide im *Incantation Café* waren. „Austin ist nicht er selbst. Seine Beziehung zu seinem Vater war schon immer lädiert, aber nun ist sie feindlich. Ich weiß, dass es sich lohnt, für das Kunst- und Musikprogramm zu kämpfen; ich weiß nur nicht, ob es Austins geistige Gesundheit wert ist."

„Wir wissen doch beide, dass es das nicht ist, aber glaubst du wirklich, Austin wird das fallen lassen? Ich glaube, es geht an dieser Stelle ums Prinzip, oder?", fragte Miranda. „Außerdem, nach allem, was ich mir zusammenreime, hat Austins Vater schon zu lange Geld und Drohungen gegen jene eingesetzt, die er liebt. Ich glaube, seine geistige Gesundheit wird sogar noch mehr leiden, wenn er sich nicht gegen ihn zur Wehr setzt. Er muss das gewinnen. Es geht nicht nur ums Geld, sondern vielmehr darum, was richtig und falsch ist, und wie viel sich Austin von einem Vater wegnehmen lassen wird."

Brinn nahm die Worte in sich auf und wusste, dass es die Wahrheit war. „Du hast recht. Aber ich kann nicht einfach nur hier sitzen und ihn so leiden sehen."

„Du könntest etwas dagegen unternehmen", sagte eine raue Stimme in ihrem Ohr.

Brinn wedelte den Geist weg, als wäre er eine nervige Fliege. Es war inzwischen einfach schon garantiert, dass ein Geist sie aufspüren würde, wenn sie ausging. Sie hatte gelernt, wenn sie sie ignorierte, würden sie schneller weggehen.

„Bei mir funktioniert das nicht", sagte der Geist.

Brinn stöhnte und drückte das Gesicht in die Hände. „Lass es aufhören."

„Das würde ich nur zu gern", sagte Miranda mitfühlend. „Weißt du, nach all den Jahren, in denen ich über paranormale Dinge geschrieben habe, möchte man meinen, ich hätte ein paar Tricks gelernt, um die Geister verschwinden zu lassen."

„Das wäre nett. Obwohl Zya welche drauf hat, aber sie will sie nicht mit mir teilen. Sie sagt, ich hätte Arbeit zu verrichten. Aber ich habe diesen Kerl bereits wegen seiner Prostata gewarnt. Und ich habe einem Geist geholfen, seiner Tochter zu helfen, einen Anhänger zu finden. Ganz zu schweigen von dem, für den ich eine siebenundsechzig Jahre alte Frau davon abgehalten habe, mit einem Mann zu schlafen, der eine Menge Geschlechtskrankheiten hat. Das hat doch schon die Grenze dessen überschritten, was man von mir erwarten könnte, meinst du nicht?"

Mirandas Lippen zuckten erheitert, aber sie schaffte es, ein Lachen zurückzuhalten. „Du bietest einen öffentlichen Dienst an. Du solltest dich damit gut fühlen."

„Ich fühle mich nur genervt", sagte Brinn mürrisch. „Wie lange muss ich das durchziehen, bis ich etwas Frieden haben kann?"

Der Geist, der hinter Brinn schwebte, sagte: „Ich habe was, was du tun kannst."

Brinn zog ein finsteres Gesicht, drehte sich aber trotzdem um, um sie anzuschauen. Bis sie wusste, welche Aufgabe sie erledigen sollte, befand sie sich nicht gerade in einer Lage, etwas ignorieren zu können, das würdig wirkte. „Was denn?"

„Du kannst losgehen und selbst mit Mathew Steele reden. Er ist derjenige, der deine Hilfe braucht."

„Was?", fragte Brinn, blinzelte den Geist an. „Wie?"

„Das siehst du schon." Der Geist wedelte wild mit den

Fingern in der Luft und schwebte dann aus dem Café, direkt durch das Fenster.

„Worum ging es denn da?", fragte Miranda.

„Der Geist hat mir gesagt, ich soll gehen und Mathew Steele helfen." Eine Grube tat sich in Brinns Magen auf. Sicher hatte der Geist Unrecht. Wie könnte Brinn ihm denn helfen? Weshalb sollte sie das wollen? Er hatte vor, Peggy Steeles Geld zu stehlen und seinen Sohn und Gideon übers Ohr zu hauen, sodass sie ihr Kunst- und Musikprogramm nicht starten konnten.

„Ihm bei was helfen?"

Brinn warf die Hände in die Luft. „Ich habe keine Ahnung, aber auf gar keinen Fall werde ich Mathew Steele aufsuchen. Das ist nur ein Rezept für eine Katastrophe."

„So hört es sich auf jeden Fall an." Miranda stand auf und zupfte an ihrem Mantel. „Ich muss beim Buchladen vorbei. Ich habe Yvette versprochen, dass ich ein paar weitere Bücher signieren würde, die gestern reinkommen sollten. Willst du mit mir hin?"

„Klar." Brinn folgte der Autorin aus dem Café die Straße entlang zum Buchladen. In dem Augenblick, in dem sie eintrat, wusste Brinn, dass etwas nicht stimmte. Die Regale mussten eingeräumt werden, und Yvette war am Telefon, ging im Laden auf und ab, das Gesicht finster.

Miranda erreichte die Stelle, wo ihre Bücher normalerweise standen, runzelte die Stirn und kam zurück zu Brinn, die darauf wartete, dass Yvette mit dem Telefonieren aufhörte. „Weißt du, warum die Regale so leer sind?"

Brinn schüttelte den Kopf. „Wir hatten ein paar verzögerte Lieferungen, aber die sollten gestern eigentlich eintreffen. Yvette und Jacob wollten heute Vormittag einräumen." Brinn marschierte durch den Laden, um im Lager nachzusehen. Es war leer. Es gab keine weiteren Kartons, die darauf warteten, zerschnitten und recycelt zu werden. Ihr Magen wurde flau. Das war noch nie vorgekommen. Manchmal hatten sie Lagerprobleme, aber nicht mit jedem Buch von jedem Verlag, darunter auch den kleinen. Irgendwas war so richtig faul.

Brinn eilte zurück zum Tresen und hörte mit, wie Yvette demjenigen, mit dem sie sprach, sagte, dass es einen Irrtum gegeben hatte. Sie war nicht mit ihren Zahlungen hinterher. Ihre Kreditkarte war sogar ganz abbezahlt. Es gab keinen Grund, weshalb keine Zustellungen vorgenommen werden sollten. Als sie auflegte, warf sie ihr Handy auf den Tresen und ließ den Kopf frustriert hängen.

„Ich kann das nicht glauben", sagte Yvette.

„Was ist denn los?" Brinn kam neben sie.

„Unser Konto ist gesperrt. Der Großhändler schickt uns keine Bücher mehr, weil wir angeblich einen Vertragsbruch begangen haben, was immer das bedeutet." Yvette wandte den Blick an die Decke. „Diese ganzen Lieferverzögerungen waren eigentlich nur deswegen, weil unser Konto gesperrt ist. Nicht, weil es bei den Druckern oder beim Großhandel eine Verzögerung gibt. Es ist unser Konto, und ich kriege niemanden ans Telefon, der mir sagen kann, weshalb."

„Das ist ziemlich ungewöhnlich, oder? Ich habe so was noch nie gehört." Brinn ging hinter den Tresen und tippte auf den Computerbildschirm.

„Das passiert nur, wenn eine Buchhandlung ihre Rechnungen nicht bezahlt. Das ist hier nicht der Fall. Ich habe nichts bezahlt, weil wir zwei Wochen lang keine Lieferungen mehr bekommen haben."

„Lass mich mal das Konto ansehen und herausfinden, ob was komisch ist", sagte Brinn, die Angst hatte, dass sie etwas falsch gemacht hatte, als sie eine Bestellung platziert hatte. Sie hatte die Bestellungen für Yvette übernommen, nicht lange, nachdem diese ihr zweites Kind adoptiert hatten, damit Yvette weniger Arbeitsstunden hatte.

Als Brinn sich einloggen wollte, warf sie die Seite hinaus und behauptete, ihr Passwort wäre geändert worden. Sie schaute zu Yvette auf. „Hast du das Passwort für unser Konto geändert?"

Yvette schüttelte den Kopf.

Brinn verzog das Gesicht. „Wir wurden gehackt."

„Ich hab dir doch gesagt, du sollst dich mit Mathew Steele treffen", sagte ihr der Geist mit der rauen Stimme ins Ohr.

Brinn erstarrte und drehte sich um, um den Geist anzuschauen, der gerade erschienen war. „Sagen Sie, er hatte etwas damit zu tun?"

„Scheint das nicht offensichtlich?" Sie wackelte mit den Augenbrauen verblasste dann.

„Ich glaube, ich weiß, was passiert ist", sagte Brinn durch zusammengebissene Zähne. „Ich muss los."

„Warte", rief Yvette. „Was ist denn los?"

„Mathew Steele mischt sich meinetwegen in dein Geschäft ein. Damit lasse ich ihn nicht davonkommen. Nicht diesmal." Sie rauschte aus dem Laden, ihr ganzer Körper vibrierte vor Zorn. Dass Mathew Steele sich an den Leuten zu schaffen machte, die sie liebte, würde ein Ende haben.

KAPITEL 24

*B*rinn stürmte ins Haus und ging direkt zum Büro, wo sie wusste, dass sie Austin finden würde. Aber als sie dort ankam, war das Büro verlassen. „Verdammt", murmelte sie.

Wie sollte sie Mathew Steele konfrontieren, wenn sie keine Ahnung hatte, wo er wohnte?

Nachdem sie durch die Papiere auf dem Schreibtisch gewühlt hatte, fand sie endlich einige rechtliche Dokumente, auf denen seine Adresse stand. „Da! Erwischt."

Sie schnappte sich ihre Schlüssel, hielt inne, um kurz mit den Tieren zu kuscheln, dann brach sie wieder auf. Ihre Aufmerksamkeit wurde abgelenkt, als ein Hupen erklang, gerade als sie dabei war, ihr Auto aufzuschließen.

Wanda saß in ihrem SUV, den Kopf hielt sie aus dem Fenster. „Wohin bist du unterwegs?"

„Ich will Austins Vater zur Rede stellen." Sie versuchte, die Tür aufzureißen, schaffte es aber nicht, da sie feststellte, dass noch abgeschlossen war.

„Spring rein", sagte Wanda. „Ich fahre."

Brinn hob eine Augenbraue. „Warum bist du hier?"

„Yvette hat mich angerufen. Sie wollte nicht, dass du allein mit Austins Dad zu tun bekommst. Es ist vermutlich sowieso besser, wenn du eine Zeugin hast." Sie lächelte ihre Cousine rasch an. „Außerdem gehe ich doch mit dir bis ans Ende der Welt. Wer denn sonst?"

Bis ans Ende der Welt. Brinn wäre nie in den Sinn gekommen, ihre Beziehung so zu bezeichnen. Sie hatte immer gedacht, Abby wäre Wandas Lieblingsmensch, und vielleicht war es inzwischen Cameron. Aber Brinn? Sie waren doch nur Cousinen.

„Warum schaust du mich so an? Ich halte dir den Rücken frei, okay? Jetzt steig ein." Sie schob die Beifahrertür auf. „Treten wir diesem Dad in den Hintern."

Brinn konnte nicht anders, ein Lächeln trat auf ihre Lippen, und sie tat wie geheißen. Sobald sie angeschnallt war, war Wanda die Straße entlang unterwegs, und sie sagte: „Bis ans Ende der Welt? Seit wann denn das?"

Wanda warf ihr einen Blick zu, in ihrem Gesicht stand Überraschung. „Schon immer. Wie kommst du denn auf was anderes?"

Brinn zuckte mit den Schultern. „Weiß nicht. Es ist nur … du hast immer Abby nähergestanden."

„Ich kann mehr als eine beste Freundin haben, Brinn. Dich, Abby, Cameron, Blake." Sie bog auf die Hauptstraße, die nach Keating Hollow führte. „Es tut mir leid, wenn ich dir ein anderes Gefühl vermittelt habe."

Mit einem Kopfschütteln griff Brinn hinüber und drückte Wanda die Hand. „Das war wohl nur ich. Nachdem Austin gegangen war, ist es mir schwergefallen, Leuten wieder nahezustehen."

Wanda erwiderte den Händedruck. „In den letzten paar

Jahren sind wir ziemlich groß geworden, oder?"

„Schon."

„Erinnere dich nur daran, dass ich für dich da bin", sagte Wanda. „Und ich gehe auf jeden los, wenn er dir wehtut, also passt Mathew Steele besser mal auf."

Brinn lächelte sie an, dann wurde sie nüchtern. Was immer Mathew Steele vorhatte, es würde jetzt aufhören. Sie war fertig damit, sich mit seinem Mobbing herumzuschlagen.

„Wohin bin ich denn unterwegs?", fragte Wanda.

Brinn ratterte eine Adresse herunter. Wanda nickte und wurde schneller.

Mathew wohnte ein paar Kilometer außerhalb der Stadt an einem Feldweg, umgeben von dichten Bäumen. Als das blaue viktorianische Haus in Sicht kam, beugte sich Brinn vor, die Augen aufgerissen bei der Szene, die sich vor ihr ausbreitete.

Im vorderen Garten stand Austin und brüllte seinen Dad an, der einfach nur auf der breiten Veranda stand, die Arme vor der Brust verschränkt.

„Wusstest du, dass Austin hier ist?", fragte Wanda.

„Ich hatte keine Ahnung." Sobald Wanda das Auto anhielt, sprang Brinn hinaus und lief dorthin, wo Austin eine Reihe Beleidigungen herausbrüllte. Sie fragte sich, ob er wohl bereits herausgefunden hatte, dass sein Dad sich wieder in ihr Leben einmischte. Aber während er weiterhin Mathew anschrie, schloss Brinn, dass seine wütende Tirade nur mit der Klage zu tun hatte, nicht mit dem Buchladen.

„Wenn du glaubst, dass das irgendwas zwischen uns kittet, hast du völlig den Verstand verloren!", rief Austin. „Wenn überhaupt, dann tut sich dadurch eine Kluft zwischen uns auf, die so groß ist, dass du deine Enkelkinder niemals sehen wirst", warnte ihn Austin.

Mathews Blick landete auf Brinn, seine Augen wurden eiskalt. „Du bist hier nicht willkommen."

„Da bin ich mir sicher", schoss Brinn zurück. „Doch Sie haben das Recht verwirkt, in Ruhe gelassen zu werden, als Sie sich in Yvettes Geschäft eingemischt haben. Ich sehe, dass Sie noch immer alle zur Verfügung stehenden Mittel nutzen, um Austin von mir fernzuhalten. Die einzige Frage ist, warum? Warum ist es Ihnen so wichtig, dass wir nicht zusammen sind?"

„Er hat sich in Yvettes Laden eingemischt?", fragte Austin.

Brinn ließ die Hand in seine gleiten. „Ja. Irgendwie hat er ihren Großhändler dazu gebracht, ihr Konto zu suspendieren. Jetzt kann sie keine Bücher mehr bekommen. Keine Bücher, kein Laden. Kein Laden, kein Job für mich."

„Du weißt doch nicht, wovon du da redest", sagte Mathew mit einem höhnischen Lachen.

„Ist das wahr?", fragte Austin seinen Vater, aber ausgehend von dem mörderischen Blick auf einem Gesicht war er bereits von der Schuld seines Vaters überzeugt.

Mathew trat von der Veranda, ging auf Austin zu. „Sieh mal, Sohn. Wir müssen mit dieser Fehde aufhören. Ich passe doch nur auf dich auf. Das ist alles, was ich je getan habe."

„Passen Sie lieber auf *sich* auf!", brüllte Wanda Mathew an. „Wie können Sie es wagen, in diese Stadt zu kommen und meine Cousine zu behandeln, als würde sie irgendwie unter Ihnen stehen. Oder sie benutzen, um mit ihrem Sohn verfahren zu können, wie Sie wollen. Sie sind ein armseliger Mann, der Austin gar nicht verdient hat."

„Gehen Sie", sagte Mathew zu Wanda und wandte dann seine Aufmerksamkeit Austin zu. „Oder ich rufe die Behörden, damit man Sie entfernt." Er nickte zu Brinn hin. „Sie auch. Diese Unterhaltung ist nur zwischen dir und mir."

„Brinn und Wanda gehen nirgendwohin", sagte Austin. „Wenn du die Behörden rufen willst, dann lassen wir sie auch gleich die Situation drüben bei *Hollow Books* überprüfen."

Mathew zog sein Handy heraus und tippte auf den Bildschirm.

„Ich kann nicht glauben, dass er wirklich anruft", sagte Brinn.

„Ich schon", sagte der Geist mit der rauen Stimme. Sie war plötzlich direkt neben Brinn erschienen.

Ein weiterer Geist tauchte auf. Diesmal war es die großgewachsene Frau in dem langen schwarzen Kleid. „Er war schon immer ein Tyrann." Sie warf einen Blick auf den anderen Geist. „Schön, dich wieder zu sehen, Cass."

„Dich auch, Shondra", sagte Cass mit einem Nicken.

Sie wandten sich beide zu Brinn.

„Es ist Zeit", sagte Cass, ihre raue Stimme völlig überzeugt.

„Zeit wofür?", fragte Brinn.

„Deine Gabe einzusetzen", erklärte Shondra, die Mathew beäugte. „Das hier findet nie ein Ende, außer du tust es."

„Ich verstehe nicht", sagte Brinn. „Was findet kein Ende?"

„Runter von meinem Grund!", brüllte Mathew, während er nach vorne hechtete und Brinn packen wollte.

Austin bewegte sich so schnell, dass Brinn kaum Zeit hatte, zu verarbeiten, was los war, bevor Austin seinem Vater eine Ohrfeige verpasste. Mathew landete auf dem Hintern, spuckte Blut, weil seine Lippe geplatzt war.

„Heilige Scheiße!", rief Cass, in ihrem Gesicht stand Freude. „Wenn du wüsstest, wie oft ich das tun wollte." Sie warf den Kopf in den Nacken und kicherte. „Es gibt keinen, der mehr verdient hätte, was das passiert."

„Sie kannten Mathew Steele?", fragte Brinn sie.

„Nicht direkt, aber wir sind mit ihm verbunden", sagte Cass. „Deswegen sind wir hier. Um dir zu helfen."

„Mir bei was zu helfen?", fragte Brinn noch einmal. „Ich verstehe nicht, was Sie von mir wollen."

„Wir wollen, dass du deine Gabe einsetzt. Das ist der einzige Weg vorwärts", sagte Shondra. „Für alle. Dich, Austin, Mathew." Sie warf einen Blick auf Cass. „Uns. Du musst dich nur deiner Gabe öffnen. Ruf die Geister zu dir. Dann siehst du es."

Angst kroch Brinns Rückgrat hinauf. Sie hatte Jahre damit verbracht, ohne Geister zu leben, indem sie in Keating Hollow geblieben war, damit sie davon befreit war, verfolgt oder belästigt zu werden. Sie hatte immer nur Ruhe gewollt. Und nun sagten ihr diese Geister, die einzige Art, den Albtraum zu beenden, der sich vor ihr ausbreitete, wäre, wenn sie genau das in die Arme schloss, was sie niemals gewollt hatte.

Mathew war wieder auf den Beinen, seine Fäuste flogen, als er seinen Sohn mit Hieben eindeckte. Austin war allerdings zu schnell für ihn, und er hatte ihn rasch im Schwitzkasten. Austin war kein gewalttätiger Mann. Brinn hatte noch nie gesehen, wie er vorher jemanden angefasst hatte. Dieser Kampf mit seinem Vater war der Scheitelpunkt von allem, was passiert war, nicht nur in den letzten Wochen, sondern seit sein Dad versucht hatte, ihn vor Jahren unter Kontrolle zu bringen, als er das Geschäft vom Brinns Großmutter bedroht hatte. Wenn es eine Möglichkeit gab, dass Brinn das für ihn beenden konnte, würde sie es tun.

Sie wandte sich wieder an die beiden Geister. „Sie sagen, wenn ich mich für die Geister öffne, biegt es das irgendwie hin?"

„Das sollte es", sagte Shondra, ihr Blick fest auf Mathew gerichtet. „Das wird seine Aggressivität beenden."

Das reichte Brinn. Wenn Mathew einen Waffenstillstand ausrief, würde Austin das auch tun. Tatsächlich versuchte Austin bereits, die Lage zu entschärfen. Er hatte den ersten Schlag geliefert, aber seitdem hatte er nur versucht, den Fäusten seines Vaters aus dem Weg zu gehen.

Mathew drehte sich und bekam irgendwie Austin zu fassen. Er warf seinen Sohn über die Schulter, sodass Austin zu Boden ging. Er landete mit einem so harten Aufprall, dass es ihm bestimmt den Atem verschlug. Austin kam hoch, seine Fäuste flogen, und Brinn kam plötzlich der schreckliche Gedanke, dass sie einander töten würden, wenn nicht jemand etwas unternahm.

„Sagt mir, was ich tun soll", verlangte sie von den beiden Geistern, die sie anstarrten.

„Was tun?", fragte Wanda.

Brinn schüttelte den Kopf in ihre Richtung. „Nicht jetzt, Wanda. Was immer als nächstes passiert, bete einfach, dass es das Richtige ist."

„Du musst die Geister zu dir einladen", sagte Shondra. „Ruf sie zu dir. Du wirst wie ein Magnet sein. Sie werden gar nicht anders können."

„Und was passiert dann?", fragte Brinn mit zitternder Stimme.

„Du befreist sie", sagte Cass, ihre Stimme ganz freundlich. „Sie sind nur hier, weil sie hier sein müssen. Du hast die Macht, ihr ... *unser* Leiden zu beenden."

Brinn nahm sich einen Augenblick, um sich die beiden Geister wirklich anzusehen, die vor ihr standen. „Wenn ich Erfolg habe, dann dürft ihr weiterziehen?"

„Das hoffen wir", sagte Shondra mit einem Nicken. „Wir werden auch nicht die einzigen sein."

Brinn holte tief Luft. Das wäre sehr viel

zufriedenstellender, als die Hinterbliebenen aufzuspüren, nur um ihnen zu sagen, dass der Briefkastenschlüssel in einen Stiefel gefallen war. Sie nickte Shondra zu. „Okay, ich bin bereit."

Shondra bezog neben Cass Stellung. Die beiden Geister drängten sich ein paar Meter von der Stelle entfernt zusammen, an der immer noch der Kampf tobte. Sie wirkten beide aufgeregt, aber ihre Aufregung wurde von einer großen Prise Angst gedämpft. Brinn schätzte, dass, wäre sie ein Geist gewesen und hätte kurz davor gestanden, an ihren finalen Spukort geschickt zu werden, sie auch etwas nervös gewesen wäre.

„Wie mache ich denn das?", fragte Brinn die beiden Geister.

Sie zuckten beide mit den Schultern, dann traten sie noch einen Schritt zurück.

Brinn schätzte, ihr Crashkurs im Akzeptieren ihrer Gabe war vorbei. Es war an der Zeit, etwas zu versuchen. Irgendwas.

Sie stellte sich vor, wie Zya ausgesehen hatte, als sie in der Lagune gestanden hatte, und ahmte ihre Bewegungen nach. Obwohl Zya die Geister letztlich vertrieben hatte, hatte sie sie erst zu sich gerufen. Und das war, was Brinn vorhatte. Sie hob die Arme, legte den Kopf zurück und rief: „Geister, hört mein Rufen! Ich bin hier, bereit und warte darauf, euch zu helfen, damit ihr euch befreien könnt."

Sofort materialisierten sich zwei Geister. Zwei äußerst vertraute Geister.

„Oma!", rief sie, wollte sie unbedingt umarmen. Der andere war Peggy Steele, Austins Großmutter. Sie gingen beide zu Brinn herüber.

„Schön für dich, Kleine", sagte ihre Großmutter. „Ruf die Geister. Sorg dafür, dass sie dich hören."

Brinn warf einen Blick auf Peggy. Austins Großmutter

schaute völlig angeekelt auf ihren Sohn und ihren Enkel hinab. „Mathew Steele", keifte sie.

Mathew erstarrte, seine Faust war noch hoch erhoben, während er sich umschaute.

„Kann er dich sehen?", fragte Brinn.

Sie schüttelte den Kopf. „Noch nicht. Aber das wird er. Und dann wird es erst richtig heftig. Mach weiter, meine Liebe. Ziehen wir das bis zum Ende durch."

Brinn hob wieder die Hände, doch diesmal schloss sie die Augen und sprach direkt zur Göttin. „Schick mir die Geister, die festsitzen. Lass sie mich von den Banden lösen, die sie festhalten. Ich bin offen. Ich warte. Ich bin bereit, zu dienen."

Der Wind wurde stärker, ließ Brinns Haare um ihr Gesicht peitschen. Donner wogte überall um sie herum, und im nächsten Augenblick flackerte ein Lichtblitz durch den Himmel.

„Das ist es", sagte ihre Großmutter. „Es funktioniert. Sie kommen."

Brinn wagte es nicht, die Augen zu öffnen. Sie hatte zu viel Angst, dass es sie davon abhalten würde, zu tun, wovon sie tief in ihrer Seele wusste, dass sie es tun musste. „Ich bin euer Gefäß. Kommt zu mir. Befreit eure Seelen von dieser Welt."

Ein Schrei, der das Blut zum Gerinnen brachte, durchdrang die Luft, gefolgt von einem wütenden Brüllen. Brinn hielt die Arme erhoben, ihre Gedanken weit offen, und wartete, während die Welt um sie herum tobte.

„Sie ist beeindruckend, oder?", fragte Brinns Großmutter zu jemandem. „Ich könnte nicht stolzer auf sie sein."

Brinn streckte sich weiter, als würde sie selbst versuchen, den Himmel zu erreichen. Stolz erfüllte ihre Seele, weil sie wusste, dass ihre Großmutter guthieß, was sie tat. Dass sie sich ihres Stolzes würdig erwies. „Kommt zu mir!", rief Brinn ein letztes Mal.

„Das ist es", sagte Shondra. „Es ist fast vorbei, Cass."

Brinns Augen öffneten sich, damit sie die beiden Geister sah, die einander umarmten, beide mit einem schockierten, ehrfürchtigen Ausdruck auf dem Gesicht.

„Was denn?", fragte Brinn, doch als sie ihren Blicken folgte, klappte ihr Mund auf, und sie verstand plötzlich, worum es bei alledem ging.

Austin war ein paar Schritte von seinem Vater zurückgetreten und starrte entsetzt hin, während ein Geist aus seinem Körper gezerrt wurde. Der Geist tat alles, was in seiner Macht stand, um sich festzukrallen, und begann sogar wieder mit Mathew Steele zu verschmelzen. Aber Brinn wusste instinktiv, dass das daran lag, dass ihre eigene Magie nachgelassen hatte.

Sofort hob sie die Arme, deutete in die Richtung des Geistes. „Geister von Keating Hollow, kommt zu mir. Ich rufe euch, um euch zu befreien. Um euch von diesen menschlichen Banden zu lösen. Kommt zu mir!"

Der Geist wand sich und wehrte sich, versuchte, ganz mit Mathew zu verschmelzen, aber er hatte kaum Erfolg. Und als Brinn näher trat, wurde die Miene des Geistes panisch.

„Lass Mathew Steele los!", befahl Brinn. „Deine Zeit hier ist um."

Der Wind nahm zu, die Böen wehten heftiger als in den letzten Monaten. Und plötzlich ließ der hochgewachsene Geist eines Mannes Mathew Steele los. Austins Vater fiel zu Boden, sein Gesicht kreidebleich, und seine Finger bebten vor Anstrengung.

„Du!", rief der hochgewachsene Geist und deutete auf sie. „Du bist dafür verantwortlich. Ich wusste, dass du

Schwierigkeiten machst. Wenn ich dich nur eher losgeworden wäre. Wenn Mathew Steele ein wenig Rückgrat gehabt hätte, hätte er dich umgebracht, als er eine Gelegenheit dazu hatte."

Wanda keuchte und kam nach vorne. „Wenn du noch einmal so redest, stirbst du ein zweites Mal."

„Du kannst ihn sehen?", fragte Brinn, erschüttert von dem, was der Geist gesagt hatte.

„Ja." Sie schaute finster den Geist an, der immer noch in ihrer Nähe schwebte. „Halt dich von ihr fern, oder ich finde eine Möglichkeit, dich irgendwohin zu schicken, wo es echt schrecklich ist. West Texas vielleicht."

Brinn unterdrückte ein Schnauben – sie liebte es, dass Wanda sie verteidigte, als gäbe es etwas, das sie tun könnte, um dem Geist zu schaden.

An ihrer Seite erschien Austin, legte ihr einen Arm um die Taille. „Du bist hier nicht willkommen", sagte er durch zusammengebissene Zähne, während er den viel zu dünnen Geist anstarrte. „Du warst nie willkommen."

„Du siehst ihn auch?", fragte Brinn, ihre Stimme bebte ein wenig.

„Ja. Ich kann auch unsere beiden Großmütter sehen, die beiden Geister, die dort an der Seite stehen, und etwa Dutzend mehr, die einen Kreis um uns gebildet haben." Er verfestigte seinen Griff um sie. „Geht es dir gut?"

Sie schaute sich sein rotes Gesicht an, bemerkte die aufgeplatzte Haut über seinem Auge wegen des Kampfes. „Dir?"

„Ich überlebe."

„Ich auch", sagte sie.

„Du", sagte Mathew, der den Geist anstarrte. „Du bist der Mann, der in der Nacht nach dem schrecklichen Autounfall gestorben ist."

„Wer sollte ich denn sonst sein?" Der Geist schaute ihn finster an. „Du hast mein Leben genommen, also habe ich deins genommen. Ich hätte es noch immer, wenn nicht dieser Geistermagnet da drüben wäre." Er deutete auf Brinn. „Ich habe dir doch gesagt, du sollst sie loswerden."

Mathew schaute zu Boden und anschließend zu Austin. Er schloss die Augen, dann schüttelte er den Kopf. „Mein Sohn liebt sie."

Der Geist knurrte vor Enttäuschung.

Shondra und Cass kamen vor, stellten sich direkt vor ihn. Cass hob die Hand und schlug ihm ins Gesicht. „Du bist der Grund, weshalb wir solange festsaßen, du selbstsüchtiger Bastard. Alles nur, weil du dich nicht der Tatsache stellen konntest, dass du weiter ins nächste Reich ziehen musst. Na, ich bin fertig. Verstanden? Ich bin hier raus."

„Ich habe dich nicht aufgehalten", schoss der Geist zurück.

„Ach nein?" Sie hielt ihren Ringfinger hoch, zeigte einen kleinen Diamantring. „Das hat mich hier gehalten. Diese Hochzeit, zu der du mich überredet hast, hat mich hier gehalten. Unsere Verbindung. Jetzt bestimme ich. Du dringst nicht wieder in den Körper eines armen Mannes ein, nicht wegen eines sinnlosen Unfalls. Insbesondere eines Unfalls in einer dunklen, verregneten Nacht, an dem eigentlich keiner richtig schuldig war." Sie warf einen Blick auf Shondra. „Sie ist auch bereit, weiterzuziehen."

Shondra wirkte gequält, während sie sie beobachtete.

„Shonny?", fragte der Geist. „Du bist für mich geblieben?"

„Ich bin geblieben, weil ich musste", erwiderte sie mit ausdrucksloser Stimme. „Aber hätte ich eine Wahl gehabt, wäre ich sofort weitergezogen. Wer will denn schon über zehn Jahre festhängen, gebunden an die Ehefrau ihres Geliebten? Du Hurensohn." Sie hob eine Hand, zeigte einen sogar noch größeren Ring. „Du hast mich gebeten, dich zu heiraten, als du bereits verlobt warst. In dem Augenblick, in dem ich ja gesagt habe, war ich an dich gebunden. Und sieh nur, was du mir gegeben hast. Jahre, in denen ich über diese Erde gewandert bin, tot, zusammen mit deiner Frau, während du in den Körper irgendeines Mannes eingedrungen bist und dafür gesorgt hast, dass er seiner Familie schreckliche Dinge antut, nur damit du nicht rausfliegst. Armselig."

„Ich …"

„Niemand will das hören, John. Niemand", sagte Cass, die ihm das Wort abschnitt. „Es ist Zeit zu gehen." Sie streckte Shondra die Hand hin. Die beiden Frauengeister hielten sich an den Händen und gingen weg von John auf das schwache weiße Licht zu, das gleich rechts vom Haus sichtbar war. Zusammen traten sie in das Licht, und als sie verschwanden, tat es auch John. Sein Körper begann zu verblassen, aber noch bevor er sich völlig auflöste, kam der Wind auf und blies ihn direkt ins Licht.

Die Geister, die um sie herum waren, folgten ihnen, einer nach dem anderen gingen sie ins Licht, bis die einzigen Geister, die noch blieben, Violet Taylor und Peggy Steele waren.

Brinn wandte sich an ihre Großmutter. „Das haben alle gemeint, als sie gesagt haben, ich müsse meine Gabe in die Arme schließen, oder?"

Sie schenkte Brinn ein sanftes Lächeln. „Ja, Kleine. Jetzt, da du weißt, wie du ihnen hilfst, kannst du es besser kontrollieren."

„Meine Gabe ist, ihnen beim Übergang zu helfen?", fragte sie, während sie endlich alles zusammensetzte.

Ihre Großmutter nickte. „Lange Zeit dachte ich, deine Gabe wäre wie meine. Ich konnte einfach nur mit ihnen reden, sie abwehren, anderen helfen, mit ihnen zu kommunizieren, wenn es wichtig genug war. Darum habe ich die Schutzzauber hier um Keating Hollow errichtet. Damit du so lange wie möglich davon abgeschirmt bleiben könntest. Aber nachdem ich gestorben bin, wurde mir klar, dass es anders war. Dein Licht ist besonders. Jeder Geist, der dich sieht, weiß, dass du ihn nach Hause rufst. Manche werden es in die Arme schließen, manche werden fliehen. Aber sie wissen, dass du etwas Besonderes bist. Deshalb bekommst du so viele, die mit dir reden."

„Wenn du Schutzzauber errichtet hast, die mich isoliert halten, weshalb sehe ich dann plötzlich überall Geister?", fragte Brinn.

„Meine Zauber taugen nur eine Weile, meine Liebe. Außerdem war es an der Zeit, dass du es erfährst." Sie nickte Austin zu. „Du bist die Einzige, die ihm helfen konnte, endlich herauszufinden, was mit seinem Vater passiert ist."

Brinn starrte Austin an, der damit beschäftigt war, seinem Vater hinauf zum Haus zu helfen. Mathew Steele klammerte sich an den Arm seines Sohnes und bewegte sich wie ein gebrochener Mann, den Kopf gesenkt.

„Sobald alle Geheimnisse herauskommen, kann die Heilung beginnen", sagte ihre Oma.

„Ich hoffe es", erwiderte Brinn mit einem misstrauischen Seufzen.

„Mach schon. Peggy wird dir helfen, alle Einzelteile zusammenzusetzen." Ihre Großmutter nickte zum Haus hin.

„Ich bin mir nicht sicher, ob ich das tun sollte. Austins Dad hat vollkommen klargemacht, was er von mir hält."

„Da hat doch nur dieser Geist aus ihm gesprochen", versicherte ihr ihre Oma. „Jetzt geh schon. Es ist Zeit für mich, dass ich meine eigene Reise ins Licht antrete."

Brinns Augen füllten sich sofort mit Tränen, während sie den Kopf schüttelte. „Nein, Oma. Doch nicht gleich jetzt. Ich habe das Gefühl, dass ich dich gerade erst wiederbekommen habe."

„Ach, meine Liebe, ich bin immer bei dir. Genau da." Sie deutete auf Brinns Herz. „Meine Aufgabe hier ist erledigt. Es ist Zeit, dass ich meinen Ruheort finde. Aber ich werde immer bei dir sein, Brinn. Das weißt du, oder?"

Brinn nickte, noch während ihr die Tränen übers Gesicht liefen.

„Das ist kein Abschied, Brinn", sagte ihre Großmutter. „Eines Tages werden wir alle wieder vereint sein, wenn es an dir ist, ins Licht hinüber zu gehen. Und wenn du das tust, warte ich auf der anderen Seite, mit geöffneten Armen."

Brinn legte die Arme um ihre Großmutter und war überrascht, als sie auf feste Haut stieß. Sie hatte etwas viel Ätherischeres erwartet. Aber sie beschwerte sich nicht. Wenn das die letzte Umarmung war, die sie von ihrer Oma bekam, würde sie dafür sorgen, dass sie sich lohnte. Brinn schloss die Augen, hielt sich fest und flüsterte: „Ich liebe dich."

„Ich liebe dich auch, meine Kleine." Die Worte waren kaum ein Flüstern, während ihre Großmutter aus ihren Armen glitt und ins Licht ging, ohne zurückzublicken.

Tränen liefen unkontrolliert über Brinns Wangen hinab. Der Schmerz in ihrer Brust war beinahe zu viel, um ihn zu ertragen.

„Komm schon, Brinn", sagte Wanda leise, lotste sie zum Haus. „Bringen wir dich hinein, bevor noch weitere Geister vorbeikommen."

Brinn blinzelte sie an. Sie hatte völlig vergessen, dass ihre Cousine da gewesen war und alles beobachtet hatte. „Hast du sie gesehen, Wanda? Meine Oma?"

„Habe ich. Sie sah toll aus wie immer", sagte Wanda. „Obwohl ich ihren Geschmack in Sachen Haarfarbe gewöhnungsbedürftig finde."

Ein Lachen brach aus Brinn hervor. „Sie hatte schon immer eine Neigung zu dieser gebleichten Blondierung."

„Ich schätze, zu ihr passt es", sagte Wanda. „Ich hoffe auf jeden Fall, dass meine Oma so auf mich aufpasst, wie es deine getan hat. Das ist ziemlich großartig. Das weißt du, oder?"

Brinn nickte. „Ja. Ist es. Aber nun, da sie weg ist, werde ich sie echt vermissen."

„Ich weiß." Wanda schob den Arm durch den von Brinn und führte sie zum Haus. „Ich glaube, es ist an der Zeit, dass wir ein paar weitere Antworten erhalten, oder?"

„Ja. Ich bin mehr als nur bereit."

KAPITEL 25

$\mathcal{A}$ ustin ging im gemieteten Haus seines Vaters auf und ab, immer noch nicht sicher, wo er anfangen sollte. Es war ein ziemlicher Schock gewesen, zu sehen, wie ein Geist buchstäblich aus dem Mann herausgerissen wurde. Und obwohl einige Fragen beantwortet worden waren, waren einige erhebliche noch immer offen.

Besonders den Teil, dass sein Dad Brinns Arbeitsplatz sabotiert hatte. Oh, er hatte gehört, was der Geist gesagt hatte. Er musste es nur von seinem Dad hören.

„Es tut mir leid, mein Sohn", sagte Mathew Steele von seinem Platz auf dem abgewetzten Sofa aus. „Ich wollte dir niemals wehtun. Ich wollte nie irgendwem wehtun."

„Nicht mal Brinn?", fragte er, sein Tonfall immer noch eisig.

Sein Vater schüttelte den Kopf. „Das war alles John. Ich schwöre es. Er hat einen meiner Kontakte beim Großhändler bestochen, damit er die Bestellungen für *Hollow Books* unterbricht."

„Und du hast nichts dagegen unternommen?", warf ihm Austin vor.

„Austin", sagte Peggy Steele, „John war zu stark. Dein Vater konnte ihn nicht abwehren."

„Bist du da sicher? Was ist mit der Klage? War das auch John?"

Mathew nickte. „Das war er. Er wollte das Geld für sich."

Austin sah seinen Vater aus zusammengekniffenen Augen an. Er wollte unbedingt glauben, dass der Vater, den er in den letzten zehn Jahren erlebt hatte, eine Folge der Tatsache war, dass dieser Geist den Körper übernommen hatte, aber es wirkte alles schrecklich praktisch. „Sagst du, du hattest überhaupt keinen freien Willen, und alles, was du getan hast, das Trinken, die Drohungen, die Klage, das wäre alles John gewesen?"

„Nein." Mathew schüttelte langsam den Kopf. „Das Trinken war ich selbst. Ich wollte alles einfach ausblenden. Den Unfall, die Tatsache, dass du nicht mit mir gesprochen hast, und ja, den Geist, der versucht hat, mich aus meinem eigenen Körper zu werfen. Ich hatte schon einen freien Willen, aber wenn John fies geworden ist, wurde er auch stark, und ich konnte überhaupt nichts tun, um ihn aufzuhalten."

„Wenn er derjenige war, der hinter der Klage stand, dann kannst du doch jetzt das Handy nehmen und sie abblasen", sagte Austin. „Damit hättest du doch kein Problem, oder?"

„Nein." Sein Vater ließ den Kopf hängen und stieß ein tiefes Seufzen aus, während er sein Handy herausholte und eine Nummer eintippte. Es dauerte nicht lang, bis er seinen Anwalt anwies, die Klage fallen zu lassen. Als er den Anruf beendet hatte, schaute er auf. „Es ist erledigt. Und mir ist es recht. Du hast es so gewollt", sagte er zu Peggy. „Ich verstehe nur einfach nicht, wie oder warum du einem Fremden so viel Geld hinterlassen solltest. Es ist … gelinde gesagt ungewöhnlich."

Peggy beäugte ihn argwöhnisch. „Ich dachte, jetzt, da du die

Klage fallen lässt, würdest du auch auf diese ganze Vorführung verzichten."

„Was für eine Vorführung?", fragten Mathew und Austin gleichzeitig.

Sie sah ihren Sohn aus zusammengekniffenen Augen an. „Dass du vorgibst, nicht zu wissen, wer Gideon ist. Um Himmelswillen, ich habe nie verstanden, weshalb du so getan hast, als hättest du keinen weiteren Sohn. Oder dass Austin einen Bruder hat."

Beide Männer waren reglos und starrten Peggy mit aufgerissenen Augen an. Dann wandte sich Austin um, um seinen Vater anzufunkeln. „Gideon ist dein Sohn?"

„Ich …" Mathew schüttelte den Kopf. „Wie soll das möglich sein? Ich habe nur einen Sohn. Austin."

„Klingelt bei Sheila Sheraton irgendwas?", fragte Peggy.

Mathew keuchte. „Throms Frau? Der Gideon, der nach Keating Hollow gezogen ist, ist der Junge von Throm und Sheila?"

„Nicht von Throm und Sheila. Von *dir* und Sheila", sagte Peggy, die die Hände in die Hüften stemmte. „Ist dir nie der Gedanke gekommen, dass Gideon von dir sein könnte?"

Mathew schüttelte den Kopf. „Nein. Ich wusste nicht mal, dass sie einen Sohn hatten, bis er erwachsen war und in den Nachrichten auftauchte. Weshalb hat Sheila es mir nicht erzählt?"

„Throm" sagte Peggy. „Sie hat sich für Throm entschieden. Nachdem ihr eure Affäre beendet hattet, ging sie zurück zu ihm. Und weil du sie nie mehr kontaktiert hast, wurde mir nie bewusst, dass ich einen weiteren Enkel hatte, bis er kürzlich nach Keating Hollow zog." Sie schüttelte den Kopf, ihre Enttäuschung strahlte von ihr aus wie ein Leuchtfeuer.

„Wie hast du es herausgefunden?", fragte sie Austin. „Woher wusstest du, dass Gideon mein Bruder ist?"

„Ach, das ist leicht. Es sind seine Augen. In dem Augenblick, in dem ich ihn gesehen habe, wusste ich, dass das Steele-Augen sind. Dann habe ich ihn überprüft, habe mir sein Geburtsdatum besorgt und gemerkt, dass er acht Monate geboren wurde, nachdem dein Vater Sheila weggeschickt hat. Aber ich habe es trotzdem geschafft, an seine DNS zu kommen, und ließ einen Vaterschaftstest vornehmen. Ich wollte Mathew deswegen zur Rede stellen, aber mein Herz hat versagt, bevor ich ihn in die Mangel nehmen konnte, weil er so selbstsüchtig gewesen ist."

„Ich wusste es nicht, Mama", sagte Mathew. „Ich schwöre, ich wusste es nicht. Als Sheila gegangen ist, war es das. Ich habe mich nie mehr mit ihr getroffen, und ich wusste nichts über ihr Leben mit Throm. Er wusste von der Affäre, und danach hat er niemals wieder mit mir gesprochen. Ich kann auch nicht sagen, dass ich ihm das zum Vorwurf mache."

Austin stand auf und wandte sich an seinen Vater. „Mach was wegen des Problems bei *Hollow Books*. Mach es heute noch." Als er einen Blick auf seine Großmutter warf, war ihre Gestalt schon beinahe durchsichtig geworden. „Und du, keine Geheimnisse mehr."

„Ich habe darauf gewartet, dass er es dir selbst sagt. Ich hätte mir im Traum nicht vorgestellt, dass er es nicht wusste." Sie küsste sich auf die Handfläche und warf Austin einen Luftkuss zu. „Aber jetzt, da du alles weißt, lern Gideon kennen. Er ist ein toller Typ."

Austin nickte. „Ist er. Und das werde ich."

„Gut. Jetzt muss ich aber wohin", sagte sie und winkte, während sie in den Äther verblasste.

„Sie ist nicht ganz weg", sagte Brinn, die nachdenklich wirkte. „Ich frage mich, wohin sie ist?"

„Du bist vermutlich die Einzige, die das beantworten kann", scherzte Wanda. „Willst du sie zurückrufen?"

„Im Leben nicht. Peggy Steele ist knallhart. Ich will nicht, dass sie mir einen Arschtritt verpasst", sagte Brinn.

Austin ging zu ihr hinüber, küsste sie auf den Kopf und sagte: „Fahren wir nach Hause. Ich bin erschöpft."

„Ich dachte schon, du fragst nie." Sie ließ einen Arm durch seinen gleiten und wartete darauf, dass er sie aus der Eingangstür führte.

Er warf einen Blick zurück zu seinem Vater. „Nachdem du den Schlamassel mit dem Buchladen hingekriegt hast, kannst du bei mir zu Hause vorbeikommen. Vielleicht können wir dann versuchen, irgendeine Art von Beziehung aufzubauen."

Sein Vater nickte ernst. „Das würde mir sehr gefallen."

Austin nickte nur. Er war kein Narr. Er wusste, dass eine Menge Dinge, die sein Vater im Lauf der Jahre getan hatte, nicht an dem Geist gelegen hatten. Er würde Mathew Steele nicht jede beschissene Kleinigkeit, die er getan hatte, auf die Tatsache schieben lassen, dass er von einem parasitären Geist besessen gewesen war. Diese Verhaltensmuster waren wiederholte Verfehlungen, die sich über mehr als nur zehn Jahre abgespielt hatten. Aber Austin war bereit, es zu versuchen. Das musste er, wenn auch nur für seinen eigenen inneren Frieden.

Und vielleicht auch für sein Herz. Niemand wollte sich vorstellen, dass die eigenen Eltern egoistische Arschlöcher waren. Vielleicht, nur vielleicht, wäre das Mathew Steeles zweite Chance.

Wanda winkte aus ihrem SUV, während Austin Brinn in

sein Auto half. Sie schauten beide hinüber zur vorderen Veranda, wo Austins Dad stand, um sie zu verabschieden.

Einmal mehr fiel Austin auf, wie gebrochen er aussah. Er hoffte um seines Vaters willen, dass er nach ein paar durchgeschlafenen Nächten wieder mehr wie er selbst aussehen würde. Doch Austin schätzte, er hätte auch furchtbar ausgesehen, wenn ein Geist seinen Körper übernommen hätte.

Nur die Zeit würde zeigen, ob er sich erholen konnte.

„Bist du bereit, nach Hause zu gehen, Liebling?", fragte Austin Brinn.

Sie nickte. „Mehr als nur bereit. Ich kann es nicht erwarten, mich mit Dru und Oz und unserer Katzenbande in unser Bett zu kuscheln."

„Ich auch." Er grinste sie an, erleichtert, dass sie sich das Bett als ihr gemeinsames vorstellte. In Wahrheit hätte er ihr alles gegeben, was sie wollte, solange es sie glücklich machte. Selbst wenn das bedeutete, ein neues Bett zu kaufen. Oder drei weitere Hunde. Wenn sie es wollte, wollte er sie ihr geben.

„Warum siehst du mich so an?", fragte sie.

„Ich bin im Geiste nur ein paar Ideen durchgegangen, was wir in diesem Bett tun können, sobald wir nach Hause kommen. Das ist alles."

Sie strahlte. „Fahr schneller."

IN DEN TAGEN, die auf die Konfrontation bei Mathews Haus folgten, verschwanden die Probleme im Buchladen tatsächlich, und die Regale füllten sich wieder. Die Klage wurde fallen gelassen. Austin und Mathew hatten daran gearbeitet, ihre Beziehung wieder aufzubauen, nun, da sein Vater nicht mehr besessen war. Es war nicht gerade, was Austin sich erhofft hatte, aber sie kamen voran. Sie standen sich nicht wirklich nahe, doch sie hatten einen gegenseitigen Respekt aufgebaut.

Austin hatte das alte Sendergebäude gekauft, das vor nicht allzu langer Zeit mit einem Aufnahmestudio neu ausgestattet worden war, darum musste er nicht mehr so oft zwischen L.A. und Keating Hollow pendeln. Levi, Seth und Logan hatten es eingerichtet, aber nun, da Levi und Seth auf Tour waren, brauchten sie es nicht mehr. Er und Brinn hatten einen Schweißkurs belegt und waren zu ziemlichen Amateur-Konditoren geworden. Auf ihrer Liste standen immer noch eine Menge Dinge, die es zu tun galt, aber sie nahmen sich Zeit und genossen jedes davon.

Und Gideon verbrachte sehr viel mehr Zeit drüben bei Austin zu Hause. Es war seltsam für sie beide gewesen, das Etikett *Brüder* anzunehmen, aber Gideon hatte zugegeben, dass es eine Erleichterung war.

Gideon hatte eingestanden, dass er bereits gewusst hatte, dass sein Vater nicht sein leiblicher Vater war, aber er hatte nie gewusst, wer es war. Er hatte nur gewusst, dass seine Mutter mit dem besten Freund seines Vaters geschlafen hatte und dass sie sich getrennt hatten. Aber da das alles so viele Jahre passiert war, bevor Gideon herausgefunden hatte, dass er nicht Throms leiblicher Sohn war, hatte er nie feststellen können, wer es war, und Throm wollte es ihm nicht verraten. Nun, da Gideon wusste, dass es Mathew war, bemühten sie sich, einander kennenzulernen. Überraschenderweise lief das sehr viel glatter als Austins Weg mit seinem Vater. Vermutlich, weil die Beziehung nicht durch die Vorgeschichte belastet war, die Austin und Mathew hatten.

„Du bist ein guter Bruder", sagte Gideon eines Abends, während er in einer Hand ein Bier hielt und mit der anderen auf einen Notizblock kitzelte.

„Bin ich das? Warum?", fragte ihn Austin.

„Weil du mich beim Pokern immer gewinnen lässt", erwiderte er mit einem leisen Lachen.

Austin schüttelte den Kopf. „*Lässt* ist womöglich eine leichte Übertreibung."

Gideon schnaubte. „Ich wollte dich doch nur nicht vorverurteilen."

„Okay. Das reicht", sagte Miranda, die ins Zimmer kam und eine Hühnerdose in der Hand hielt. „Die Kekse sind weg, Austin. Ich dachte, du hast gesagt, sie wären da drin. Sieht so aus, als hätte dein Huhn sie alle gegessen."

Brinn kicherte. „Ich liebe diese Behälter. Aber man sieht dann nur schwer, wenn die Kekse alle weg sind." Sie stand auf, nahm die Dose und sagte: „Komm schon, ich weiß, wo es vielleicht noch einen Vorrat gibt."

Es dauerte nicht lang, bis die Frauen zurückkehrten, und diesmal hatte jede von ihnen ein Zuckerplätzchen und lachte über etwas, das eine von ihnen gesagt hatte.

Miranda ging hinüber zu Gideon und legte ihm eine Hand auf die Schulter. „Komm schon. Wir waren lang genug hier. Wir lassen diese beiden Turteltauben ihren Abend wieder haben."

Gideon warf einen Blick zu Austin und stand sofort auf. „Okay. Bin dabei. Bring mich nach Hause, Frau."

Miranda verdrehte die Augen. „Nenn mich noch einmal *Frau*, und ich geb dir eins auf die Nase. Miranda heiße ich. Weißt du noch?"

„Aber natürlich." Seine Augen waren glasig, sein Lächeln ein wenig schief.

„Wie viel habt ihr beide getrunken?", fragte sie.

„Nicht viel. Nur …" Er zählte es an den Fingern ab, runzelte die Stirn und sagte dann: „Ich habe keine Ahnung."

Brinn brach in Gelächter aus.

Austin lachte auch, und zum ersten Mal hatte er das Gefühl, dass sein Leben perfekt war. Fast perfekt. Es gab nur noch eines, was zu tun blieb.

„Austin hat mich dazu gebracht", sagte Gideon.

„Nein, habe ich nicht. Ich habe nach zwei Bier aufgehört." Austin hob die Augenbraue zu den mehr als sechs leeren Bierflaschen auf dem Tisch.

„Ich bin ziemlich sicher, Miranda und Brinn haben geholfen", sagte Gideon.

„So viel haben wir nicht geholfen", sagte Brinn, die ihn angrinste. Oft sahen sie Gideon nicht betrunken. Sie stellte fest, dass sie es amüsant fand.

„Gehen wir", sagte Miranda, die ihn zur Eingangstür zog. „Es ist Zeit, dich nach Hause zu schaffen, dir etwas Wasser einzuflößen und dich ins Bett zu stecken." Sie warf einen Blick auf Brinn und Austin. „Wir sehen uns nächsten Freitag. Ich kann es nicht erwarten, nach Napa zu kommen und Ballon zu fahren."

„Geht mir auch so", sagte Brinn. Sie hatten beschlossen, Miranda und Gideon auf ihren Ausflug einzuladen, nachdem Miranda gesagt hatte, dass die Ballonfahrt auch auf ihrer Liste stand.

Gideon legte einen Arm um sie und flüsterte ihr etwas ins Ohr, bei dem sie kicherte.

Brinn grinste, während Austin davon sprach, sich am nächsten Tag zu treffen und an dem Kunst- und Musikprogramm zu arbeiten. Gideon hob eine Hand, womit er deutlich machte, dass sie ihn gehört hatte, dann gingen die beiden hinaus, ließen Austin und Brinn allein.

Austin wandte sich an Brinn. „Machst du einen Spaziergang mit mir?"

„Jetzt?" Sie starrte ihn an, als hätte er den Verstand verloren. „Es ist fast Mitternacht. Bist du sicher, dass du nicht mehr als zwei Bier hattest?"

Er lachte leise. „Ich bin mir sicher. Es ist nur ein Spaziergang über das Grundstück. Sag ja. Ich habe eine Überraschung für dich."

Sie beäugte ihn misstrauisch, sagte aber: „Okay. Du weißt doch, dass ich Überraschungen mag."

„Weiß ich." Mit einem Grinsen nahm er sie an der Hand und führte sie durch die Hintertür hinaus und einen frisch angelegten Weg entlang, der zur entlegenen Ecke des Grundstücks führte. In den Tagen nach dem Exorzismus bei seinem Vater hatte er sehr viel Zeit draußen verbracht und daran gearbeitet, das Grundstück seiner Großmutter aufzuwerten. Unter anderem hatte er dabei einen freien Weg zu seinem Lieblingsort angelegt.

Als sie an der Lichtung eintrafen, stieß Brinn ein überraschtes Keuchen aus. „Du hast das gemacht?"

Er nickte. Sie waren an dem Baum, in dessen Stamm die Initialen geschnitzt waren. Er hatte sich für sie beide zu einem Lieblingsort entwickelt, darum hatte Austin eine schmiedeeiserne Bank und ein paar passende Stühle aufgestellt, damit es einen Sitzbereich gab. „Nimm Platz", sagte er.

Sie tat wie geheißen und lehnte sich zurück, schaute auf die Sterne durch die kleine Lichtung empor. „Es ist wunderschön."

„Genau wie du."

Sie lächelte ihn an und warf dann einen Blick hinüber zu dem Baum mit den Initialen. „Hast du je rausgebracht, wem die Initialen gehören?"

„Schon. Ausgerechnet mein Vater wusste es." Er nahm ihre

Hand in seine beiden, während er weitersprach. „Sie stehen für Margaret Carlisle und Bud Davis."

„Ist Margaret nicht der Name deiner Großmutter?", fragte sie.

„Ja, und Carlisle ist ihr Mädchenname."

Sie runzelte die Stirn. „Aber wer ist Bud Davis?"

„Er war ihr erster Mann."

Brinns Augen wurden groß. „Sie war verheiratet, bevor sie deinen Großvater geheiratet hat?"

„Ich weiß. Das war auch für mich eine Überraschung", sagte er leise. „Er starb nur sechs Monate, nachdem sie geheiratet haben. Es war ein tragischer Unfall, und mein Dad sagt, er glaubt, sie ist niemals darüber weggekommen. Er sagte, sie sei häufig hier herausgekommen, wenn sie Zeit für sich brauchte."

„Aber deine Großmutter und dein Großvater, sie hatten eine gute Ehe, oder?", fragte Brinn.

Er nickte. Sein Großvater war ein tüchtiger Geschäftsmann gewesen, aber wegen seiner Großzügigkeit hatte ihn die Gemeinschaft geliebt. Er war sicher, dass seine Großmutter ihn geliebt hatte. Doch das bedeutete nicht, dass sie nicht um ihre erste Liebe trauerte. Selbst als Austin zu jemandem außer Brinn weitergezogen war, hatte er für sie in seinem Herzen immer einen besonderen Platz gehabt. „Das hatten sie. Aber du weißt ja, wie es ist. Über seine erste Liebe kommt man niemals hinweg."

Sie griff nach oben und drückte ihm eine Hand an die Wange. „Nein. Kommt man nicht."

Austin glitt von der Bank hinab auf ein Knie und schaute zu ihr auf. „Weißt du, was heute für ein Tag ist?"

„Dienstag?", fragte sie, ihre Stimme bebte leicht, während sie auf ihn hinab lächelte.

„Es ist der Jahrestag unseres allerersten Kusses."

Tränen glänzten in ihren leuchtenden Augen, während ihr Lächeln größer wurde. „Du erinnerst dich an diesen Tag."

„Aber natürlich." Er holte eine kleine Ringschachtel heraus. „Ich erinnere mich an alles. Ich habe dich immer gewollt, Brinn. Ich kann mich nicht an einen Tag erinnern, an dem ich dich nicht bei mir wollte, in meinem Leben, an meiner Seite. Ich liebe dich. Ich habe dich immer geliebt. Willst du …"

„Ja!", rief sie, bevor er die Worte herausbekam. „Ja. Eine Million Mal ja."

Er lachte, während er seine eigenen Tränen wegblinzelte, und dann schob er ihr den Ring auf den Finger.

Sie zog ihn zurück auf die Bank und drückte ihm beide Hände an die Wangen. „Ich liebe dich auch, Austin Steele."

Austin beugte sich vor und küsste seine Verlobte. Sie saßen lange Zeit da, küssten sich, flüsterten und hielten einander fest. Und als sie gerade bereit waren, zurück zum Haus zu marschieren, erschienen gleich am Baum zwei Gestalten.

„Sieh nur", flüsterte Brinn, die auf sie deutete.

Die beiden Geister waren jung, in den frühen Zwanzigern, und sie hielten einander an den Händen, während sie Brinn und Austin anschauten. Dann lächelte die junge Frau, und Austins Herz begann schneller zu schlagen. Es war seine Großmutter Peggy. Doch der Mann, bei dem sie war, war nicht sein Großvater.

„Es ist Zeit, zu gehen, Bud", sagte sie leise. „Unser Werk hier ist vollendet."

Er schaute auf sie hinab, berührte mit seiner Hand die geschnitzten Initialen und nickte.

Peggy lächelte Austin und Brinn leicht an. „Seid nett zueinander, und wisst jeden Tag zu schätzen, den ihr habt."

Austin nickte. „Das machen wir."

Die beiden drehten sich um und gingen durch den Wald

zusammen weg auf ein schwaches weißes Licht zu. Und als sie eintraten, wusste Austin, dass es das letzte Mal war, dass er seine Großmutter je sehen würde.

Brinn schniefte leise neben ihm. „Das war schön."

Er nickte, während er auf sie hinabschaute, nahm er sie fester und sagte: „Gehen wir nach Hause."

KAPITEL 26

Zya nahm einen großen Schluck von ihrem starken Cider und wünschte sich, sie hätte beschlossen, am Valentinstag zu Hause zu bleiben. Sie war inzwischen seit etwas über einem Jahr in Keating Hollow, und manchmal fühlte sie sich immer noch wie eine Außenseiterin. Aber das lag vermutlich daran, dass sie, wenn Brinn sie nicht herauslockte, eine kleine Einsiedlerin war. Und nachdem sie Brinn über einen Monat lang abgesagt hatte, war sie endlich eingebrochen und hatte zugestimmt, auf ein paar Drinks auszugehen.

Die Party fand in der Townsend-Brauerei statt, und das Beste, was man darüber sagen konnte, war, dass der Alkohol hervorragend war. Sie hatte keine Ahnung, weshalb sie einverstanden gewesen war, zu kommen. An dem Ort waren lauter Pärchen, und sie schauten sich alle mit Herzen in den Augen an.

War das nicht einer der Gründe, weshalb sie Salem verlassen hatte? Um von der Liebe wegzukommen? Oder konkreter von dem Mann, von dem sie gedacht hatte, sie würde ihn lieben, nur um festzustellen, dass er in drei andere Leute verliebt war.

„Zya!", rief Brinn, die sie sah. „Hey, du hast es geschafft."

Die beiden hatten kürzlich eine Menge Zeit gemeinsam verbracht. Zya hatte Brinn beigebracht, wie sie ihre Abwehr aufbauen konnte, damit sie nicht die ganze Zeit von Geistern überlaufen wurde. Und Brinn war zu einer guten Freundin geworden, hatte Zya in die Gemeinschaft von Keating Hollow geholt. Sie hatte sie während des letzten Sommers auf verschiedenste Hochzeiten geschleppt. Alle waren wunderbar und magisch gewesen und hatten an Zyas verhärtetem Herzen gezerrt. Zya stellte fest, dass sie Brinn und ihre Freundinnen ehrlich mochte, obwohl sie immer noch Schwierigkeiten hatte, sich wegen ihrer Vergangenheit zu öffnen. Aber wer hätte es ihr denn zum Vorwurf machen können? Nach allem, was in Salem passiert war, war sie bereit für einen Neuanfang.

„Hey, Brinn. Wo ist deine andere Hälfte?"

Sie deutete auf eine Gruppe Männer auf der anderen Seite des Pubs. „Da drüben, wo er versucht, eine Gruppe zu bilden, um uns Damen zu einem Golfmobilrennen herauszufordern."

Zya grinste und schüttelte den Kopf. „Ihr und eure Rennen. Ich dachte, nach dem letzten Fiasko würdet ihr mal Pause machen. Hatte am Ende nicht Wandas Wagen zwei Platten, und gab es da nicht irgendeinen Motor, der ersetzt werden musste?"

Brinn verzog das Gesicht. „Ja. Das war schlimm. Aber Abby und ich haben Wanda schließlich geschlagen, und Abby hat diese schreckliche Wette nicht verloren. Jetzt darf ich Abbys Golfmobil jederzeit nutzen, wenn ich möchte. Sag es aber bloß nicht Wanda. Sie leidet immer noch unter dieser epischen Niederlage."

Mit einem leisen Lachen schüttelte Zya den Kopf. Sie hatte

noch nie Menschen wie die Frauen von Keating Hollow
gekannt. Sie hatten die Art Freundschaften, auf die Zya immer
neidisch gewesen war, und die sie für sich niemals zuvor hatte
pflegen können. Aber jetzt ... Vielleicht konnte sie auch daran
teilhaben. Wenn sie lange genug blieb.

Zya hatte so eine Art, einfach alles einzupacken und zu
gehen. Es war ihre tödliche Schwäche. Diesmal allerdings hatte
sie einen Laden eröffnet und gebetet, das wäre ein Grund, sie
an einem Ort zu halten. Keating Hollow hatte ihr einfach das
Gefühl gegeben, dass sie vielleicht dieses Mal ihre Heimat
gefunden hatte.

„Also kann ich auf dich zählen beim Golfmobilrennen?",
fragte Brinn. „Nach der Party natürlich."

„Klar", sagte sie, konnte dem Drang, an etwas teilzuhaben,
nicht widerstehen.

Die Tür schwang auf, und eine hochgewachsene, schöne
Frau mit kastanienbraunen Haaren kam herein. Sie strahlte,
während sie mit dem Handy in der Luft wedelte. „Es passiert!",
rief sie. „Silas wurde endlich für einen Oscar nominiert!"

Alle in der Brauerei klatschten und gratulierten Shannon.
Silas war ihr Bruder, und sie managte seine Schauspielkarriere.
Alle im Pub plauderten über Silas und fragten nach seinem
Freund Levi, der unterwegs war und sein eigenes Ding machte,
indem er sich einen Namen in der Musikindustrie schuf. Es
klang, als würden sie beide ein zauberhaftes Leben führen, und
Zya fragte sich, wie das für sie funktionierte. Sie hatte früher
schon Fernbeziehungen geführt, aber die waren fast nie gut
gelaufen. Irgendjemand ging immer fremd.

Es dauerte nicht lang, bevor Brinn Zya nach draußen holte,
um sie in die Thematik der Golfmobilrennen und den ganzen
Spaß darum herum einzuführen, doch als sie gerade bereit

war, einzusteigen, summte auf ihrem Handy eine Textnachricht.

Sie schaute auf ihr Handy hinab und musste noch einmal hinsehen.

Brody schrieb ihr. Ihr Brody. Der Brody, den sie fünf Jahre lang nicht gesehen hatte.

Sie las die Nachricht. *Ich bin an deinem Haus.*

Zya runzelte die Stirn. *In Salem?*

Nein. In Keating Hollow.

Das war unmöglich. Zya starrte auf das Handy, ihr Herz hämmerte, sprang ihr beinahe aus der Brust.

„Zya? Alles in Ordnung?", fragte Brinn.

Sie schaute zu ihrer Freundin auf. „Ich ... ich muss los. Entschuldige, Brinn. Können wir das verschieben?"

„Natürlich. Was ist denn los?"

„Nichts. Ich ..." Sie spürte, wie sich ihre Lippen zu einem Lächeln wölbten. „Mein bester Freund hat mich nur überrascht und ist bei mir zu Hause. Ich muss los."

Ohne auf Brinns Antwort zu warten, schrieb Zya zurück. *Ich bin gleich da.*

Mit rasendem Herzen und schwitzenden Handflächen eilte Zya nach Hause. Sie konnte nicht glauben, dass Brody da war. Sie war halb in ihn verliebt seit dem Augenblick, in dem er ihren ersten Freund verhauen hatte, nachdem er mit ihr an ihrem Geburtstag Schluss gemacht hatte. Seitdem waren sie beste Freunde.

Na ja, das waren sie gewesen, bis er nach Europa gezogen war, um bei seiner französischen Freundin zu leben.

Aber jetzt war er zurück. In Keating Hollow. Und er war gekommen, um sie zu besuchen.

Sie sah ihn in dem Augenblick, in dem sie an ihrem Haus

im Wald zum Halten kam. Er saß auf ihrer Verandaschaukel, den Kopf in den Händen, und wirkte niedergeschlagen.

Zya stieg aus dem Auto und rief: „Brody?"

Er riss den Kopf hoch und erhob sich. Da fiel ihr das kleine Mädchen auf, das neben ihm stand.

Sie runzelte die Stirn, während sie auf ihre Veranda ging. Sie standen da und starrten einander kurz an, bis Brody schließlich sagte: „Zya, ich würde dir gern meine Tochter Winnie vorstellen."

Zya blinzelte. *Tochter?* Hatte er gerade Tochter gesagt? Brody hatte ein Kind und hatte es ihr nicht erzählt? Ihre Welt stellte sich auf den Kopf, und sie fühlte sich, als wäre sie unter Wasser gezogen worden und könnte nicht atmen. Endlich bekam sie sich in den Griff und kniete sich vor dem wunderschönen kleinen Mädchen mit den dicken schwarzen Locken hin. „Hi, Winnie. Ich bin Zya."

„Hi", sagte sie schüchtern mit dem süßesten Lächeln, das Zya je gesehen hatte.

Ihr Herz schmolz nur so dahin. Aber als sie zurück zu Brody aufschaute, kniff sie die Augen zusammen und fragte tonlos, *Tochter?*

Brody nahm sie an der Hand und zog sie an sich, umarmte sie auf die Art, wie sie es brauchte. Aber sie fühlte sich gerade stark, als würde sie neben sich stehen, denn er hatte eine Tochter, und sie hatte es nicht gewusst. Dann flüsterte er ihr ins Ohr: „Ich bin alles, was sie noch hat. Können wir bleiben?"

Zya zog sich vor ihm zurück, sah, dass in seinen Augen ein Trauma lauerte, und nickte. Sie hatte keine Ahnung, was passiert war, oder weshalb Brody es ihr vorenthalten hatte, aber jetzt war er hier. Und ganz gleich, wie sehr sie ihn anbrüllen und schreien wollte, weil er sie im Dunkeln gelassen hatte, das konnte sie nicht. Ihr Herz ließ es nicht zu.

Leise begab sie sich zur Tür, öffnete sie und winkte sie hinein.

ÜBER DIE AUTORIN

Die *New York Times*- und *USA Today*-Bestseller-Autorin Deanna Chase ist gebürtige Kalifornierin, abgewandert ins südöstliche Louisiana, wo die Uhren etwas langsamer ticken. Wenn sie nicht gerade schreibt, genießt sie mit ihrem Mann das Leben in New Orleans oder spielt mit ihren Hunden, zwei Shih Tzus. Weitere Informationen und Updates zu ihren neuesten Büchern findet man auf ihrer Website www.deannachase.com